伊犁有一条汉人街

觉罗康林 ◎ 著

人民东方出版传媒
東方出版社

图书在版编目（CIP）数据

伊犁有一条汉人街 / 觉罗康林 著 . — 北京：东方出版社，2020.8
ISBN 978-7-5207-1538-6

Ⅰ.①伊…　Ⅱ.①觉…　Ⅲ.①长篇小说—中国—当代　Ⅳ.①I247.5

中国版本图书馆 CIP 数据核字（2020）第 086729 号

伊犁有一条汉人街
（YILI YOU YI TIAO HANRENJIE）

作　　者：觉罗康林
策　　划：吴常春　王丽娜
特约策划：一晓文化
产品经理：王丽娜
责任编辑：王丽娜
出　　版：东方出版社
发　　行：人民东方出版传媒有限公司
地　　址：北京市朝阳区西坝河北里 51 号
邮　　编：100028
印　　刷：北京文昌阁彩色印刷有限责任公司
版　　次：2020 年 8 月第 1 版
印　　次：2020 年 8 月第 1 次印刷
开　　本：880 毫米 ×1230 毫米　1/32
印　　张：8.75
字　　数：180 千字
书　　号：ISBN 978-7-5207-1538-6
定　　价：42.00 元
发行电话：（010）85924663　85924644　85924641

目录

下篇

前言

汉人街，它是属于大家的，属于每一个参与建造它的人，属于每一个在这里打拼谋生的人，属于每一个在这里出生长大的人，同时，它也属于每一个伊犁人，每一个认识和热爱它的人。

应该说，一百个人心目当中有一百种不同模样的汉人街：

一说汉人街上没汉人，一说汉人街叫新华路；

一说汉人街美食多，一说汉人街脏乱差；

一说汉人街是跳蚤市场，一说汉人街是大巴扎；

一说汉人街物美价廉，一说汉人街……

而我要说的是，汉人街是一个充满传奇色彩的地方，它诞生于清朝末年，经历一百多年的兴衰荣辱，成为一个多元文化熔铸的奇迹。

早在1840年，来自天津、陕西、山西、山东、云南等地的汉族人，以天津杨柳青人为主，在宁远城（今伊宁市）东南郊置地建房、修庙、办商栈，蜚声中外的伊犁汉人街由此诞生。在之后的若干年里，来自俄罗斯等异国他乡的华人也在这里安家落户，在文化、饮食、建筑等方面，成为创造汉人街的一支力量。

《伊犁有一条汉人街》通过“我”的所闻、所见和生活经历，给读者展现一个有血有肉有故事的汉人街。

我出生在英阿亚提街。英阿亚提街旧时称三道弯子，三道弯子也是汉人街的一部分，汉人街分南岔子和北岔子两片区域，三道弯子属于北岔子。这样说来，我也算是一个在汉人街出生长大的人。

“不识庐山真面目，只缘身在此山中。”

从另外一个角度讲，诗文说的是对的，因为熟视无睹嘛，对身边四周的事物早已习以为常，缺乏好奇与探究，甚至有些麻木。在很长一段时间里，对汉人街，我就像一个身处其中的局外人，从未关心过它的过去，至于眼前和将来，我也是无心顾盼。直到有一天，我在日本北海道遇到一位日本老先生，可以这么说，是这位日本老先生改变了我对汉人街的认知以及态度。

这位日本老先生是一个中国通，在台北工作多年，他去过世界很多国家的唐人街，让我吃惊的是，他还知道中国伊犁有一个汉人街！

正是他，让我明白，汉人街于我是多么重要，在汉人街出生长大是一件多么幸运的事。环境造就人，我愿意自己身上有汉人街的烙印，那种诙谐、俗气、朴实、公道，再加几分商人的智慧和狡黠。

汉人街让我很早就明白了人世间的冷暖酸甜。

有人问我，给汉人街贴上一个什么样的标签合适，我说应该是“汉人街不相信贵贱”。作为美食小天堂，在这里，无论你是腰缠万贯的大“巴依”，还是手持啥啥金卡、铂金卡的新贵，跟那些兜里揣着十块零花钱的穷小子没啥两样，这里没有雅座、包厢，这里的桌椅板凳不缺面子不缺腿就是好的，反正，你吃的是美食而不是桌面和椅子腿。

这也正是汉人街的魅力所在，哪怕你拥有一个不食人间烟火的高傲灵魂，只要踏进这片街区，你就不得不放下架子，跟一群赶集的乡巴佬挤坐在一条长板凳上吃烤肉，跟街边摆摊的妇孺讨价还价……

一句话，汉人街可以教会你做人和做事，还有很多很多。

上 篇

1. 富良野橘红色晚霞

2013 年夏天。

日本北海道富良野。

我下榻的客栈在富良野盆地东南缘，这里是一片山坡地，站在客栈门口，整个富良野市尽收眼底。客栈的名字叫弗洛纽，老板是个收藏爱好者，客栈大堂里摆满了各式各样的汽车、摩托车玩具模型，靠墙的架子上、窗户边的桌子上、收银台上面，到处都是。老板的衣着装扮也很奇特，他给我的第一印象，感觉这位五十开外的老男人自己就像一个收藏品，留着胡须，梳着古怪的发型，活脱脱一明治时期的日本浪人。

离客栈不远，隔一条小巷，有一家餐馆，门楣上方横挂一块木板做的牌子，上面用烙铁烫了“風見雞”三个字，门边靠墙摆放着一辆老旧的拖拉机，应该是坏的，搁那儿当装饰。到富良野那天下午，我去这家餐馆喝啤酒，就坐在拖拉机边上那个敦实的小木头桌旁。啤酒是当地产的，很新鲜，搭配美味的烤鸡，一杯接一杯，不知不觉干掉两三瓶，在那一刻，我心里突然产生一种错觉，以为自己身处伊犁汉人街，坐在烤肉摊上喝鲜啤呢！

富良野夏日的傍晚美妙无比，夕阳把整个天空和大地都染成了橘红色，连啤酒杯里升腾起来的气泡都是橘红色的，就像梦境一般。

一个人喜欢一个地方，在我看来，有点像喜欢一个人，没有什么道理可言，就是喜欢。

我去过很多地方，远的近的都算上，几十个应该有了，当中富良野是我最倾心的去处之一，它有一种气质：朴实、静美、浪漫、梦幻。它轻易就能勾起你内心里最美好的情绪，让你有种恋爱的感觉，就像投入漂亮姑娘矜持而温暖的怀抱里，心醉神迷、流连忘返。

说起来有点奇怪，另外还有两个地方，我从没去过那里，可我始终觉得它们在我心里存在很久了，如果说人有前世的话，那它们一定是我上辈子生活过或者逗留过的地方。

这两个地方的名字，一个叫喀布尔，一个叫白沙瓦，前者是阿富汗首都，后者是巴基斯坦最大的省会城市。如果打个比方，它们就像我的恋人，每每听到有人提起它们的名字，我平静的内心里顿时会激起波澜，那是一种既美妙又感伤、既亲近又遥远陌生的复杂情绪，难以用言语表述。

话扯得有点远了。

那天我在“風見雞”喝啤酒，没见着餐馆老板，接待我的是一位中年妇女，胸牌上的名字是花子。花子不会说中国话，也听不懂英语，我对日语一窍不通，我们两个好比哑巴遇到聋子，没办法用言语沟通。好在餐馆门口有一块广而告之的牌子，上面画着一只鸡，边上还书写着“烤”的字样。我抬手指指牌子上的鸡，又怕她给我端上来一整只烤鸡，忙忙地拿手比画，示意两个鸡蛋大小一块就行。末了我又朝她做了一个饮酒的动作，并一再强调："啤酒，beer、beer，啤酒！"

花子冲我点点头，微笑着给我鞠了一躬离开了。我想她明白了我意思，知道我要的是啤酒而非清酒。我对日本清酒不感兴趣，说不上为什么，反正不对味儿。想起伊犁人常说的一句话：伊犁人嘛，除了伊犁河的水，喝啥都不对味儿。

来日本这些日子，我有个惊奇的发现，在日本餐馆里跑堂的大多都是老太婆，很少有年轻姑娘，无论在繁华的东京都、北海道的札幌，还是在偏远的富良野，都一样。

2. 风见鸡老板是个中国通

客栈老板虽然看起来有些古怪，接触下来却感觉人很随和，跟明治时代的日本浪人完全不是一回事。说这话，好像我多了解日本浪人似的，那都是电影里的印象：身着和服、佩带长刀、梳着古怪的发型，一副落魄又不失侠义的样子。

客栈老板讲一口流利的英语，这在日本还是一件稀罕事儿。日本人说英语既难听又难懂是全世界公认的。一般情况下，日本人不怎么说英语，可能是不喜欢说，即便他们说了你也不一定能听懂；反过来，你说英语，前提是你说得要标准，他们一般都能听明白。怎么说呢，日本人说起英语来，当然客栈老板这样的日本人除外，大多讲得都很烂，跟狗啃西瓜有的一比——让听的人着急抓狂。

又犯伊犁人毛病了——爱糟蹋人，就是笑话别人。这应该是伊犁文化的一部分。伊犁人喜欢“恰克恰克”（维吾尔语，幽默、笑话），新疆最有名的“恰克恰克奇”（讲笑话的人）就是伊犁人，他叫伊沙木·库尔班。伊沙木·库尔班这名字对外地人来说还是有些陌生，如果告诉你他就是那个被誉为活着的“阿凡提”的维吾尔族老人，你一定惊叹：“噢——他呀，还有小毛驴！”于是，一个机智、幽默，又有几分滑稽的维吾尔族老人的形象便浮现在你脑海里，还有许许多多充满智慧的幽默段子。伊沙木老人几年前已经过世了，愿他的灵魂安息。

很多人跟我提过同样一个问题：阿凡提的笑话怎么不可笑啊？指的是那些维吾尔语翻译成汉语的笑话。最初我不知道怎么解释这件事儿，后来，我慢慢悟出其中原因。其实，翻译笑话跟烤肉串一样，刚烤出来很好吃，放凉了再拿去加热，口感就不对了，怎么也品不出原来的美妙滋味。翻译笑话跟加热凉了的烤肉串是一个道理。

去年我听过伊沙木的一个笑话，当时我都笑到腿肚子抽筋。我把它翻译给朋友们听，效果却不是想象中那样：

一天，伊沙木坐在门口晒太阳，邻居出门看见他，问：“伊沙木大哥，您吃饭了吗？”伊沙木回答：“我三天没吃饭了。”邻居以为他生病了，关切地问：“您不舒服吗？”伊沙木摇了摇头，说道：“不不，我很好。只是，三天来，我遇到的净是些吝啬鬼，就会张口问‘吃饭了吗’，可没有一个慷慨解囊请我去下馆子。”

弗洛纽客栈老板是学酒店管理的，还在美国一家酒店工作过几年，估计他的英语就是那时候练出来的。他和风见鸡老板秋田先生是好朋友，他说想介绍我们认识一下。秋田先生会讲中国话，可以说是中国通了，他在台湾待过很多年，退休以后才回到富良野。

这天上午我去参观富良野最大的葡萄酒厂，它们酿造的桃红葡萄酒口感不错，参观完我又买了几瓶，回来给客栈老板送了一瓶。客栈老板说秋田君上午来过，他向秋田提到了我，如果我下午没有其他安排，可以去风见鸡拜访秋田先生。

有时候，人与人之间的关系，真的很奇妙。你跟某些人，虽相识多年，却还是感觉很陌生；而跟另一些人，虽素昧平生，却一见面就像老朋友，无话不谈。我和风见鸡的秋田先生就属后一种，刚见面就聊到了一起，一点陌生感都没有，十分亲切。

下午没事，我拎了一瓶葡萄酒去风见鸡拜访秋田先生，在餐馆门口跟他撞了个正面，他刚好掀开门帘出来。无须自我介绍，他看了我一眼就知道我是谁了。他先是按日本人的礼节朝我鞠了一躬，接着就拉住我的手，笑着用汉语说道：“您好您好。这边请，这边请。”不由分说，他直接把我引到拖拉机旁那张木头桌子跟前，请我坐下。

“初次见面，一点小意思，不成敬意。”我把手里的葡萄酒递给秋田先生，“请您收下。”

“您太客气了。实在不好意思。”他接过葡萄酒，又点头又鞠躬，“弗洛纽住着怎么样，还好吗？”

秋田先生的中国话说得很标准，只是台湾腔重了一点。

“挺好，很安静。”我笑答。

“我们这里人少，哪里都很安静。”

“是啊。”我坐到木桌旁的椅子上，对秋田先生说，“前两天我来您这里喝啤酒，就坐这个位子。”

他乐呵呵地看着我，说我太会选地方了，这里视野开阔，可以一边喝啤酒一边欣赏落日。

秋田先生看起来不像饭馆老板，人长得白白净净，个头不高，有点精瘦，一副教书先生的模样。给我印象最深的是他那双长长的眉毛，在轻风里旌旗般飘扬。

3. 伊犁汉人街

秋田先生是富良野人，在这里出生长大，参加工作之后被派去台湾常驻，在台湾工作生活将近二十年。

“我受中国文化影响很深，中国有句话叫‘落叶归根’，退休以后我就回富良野来了，我的根在这里。”秋田先生看着我，一脸孩童般天真烂漫的神情，“再说，富良野是一个非常美丽的地方，有大片的薰衣草田，空气都是香的。”

我告诉秋田先生，我的家乡伊犁河谷跟北海道富良野这儿同一个纬度，也有大片的薰衣草田，空气也是香的。

他一听到我说“伊犁”，立刻瞪大了眼睛盯住我，脸上的惊奇表情看着有点夸张：“您说什么？您是伊犁人？”

我点点头：“我出生在伊犁。”

“那么，您一定知道，那地方有一条街道，叫唐人街，是吗？”他问。

“当然知道，我就是在那条街上长大的，不过那条街不叫‘唐人街’，叫汉人街。”我回答。

“哦，是吗？”他脸上露出一丝歉意的微笑，说道，“我在台湾的时候，在一本书上读到的，当时一下就跟美国的唐人街联系起来，所以脑子里就把它记成唐人街了。实在不好意思！”

秋田先生说，他在台湾工作期间，每次到美国出差，都要去唐人街上转转，像洛杉矶、波士顿这些城市的唐人街他都去逛过。小时候，他们家有个邻居是华人，是从美国搬来的，在美国的时候住在洛杉矶唐人街上。邻居家有个儿子，跟秋田先生一般大，叫阿福。阿福告诉他，他们原来的家附近有一个点心铺，做一种非常好吃的草莓蛋糕，想吃的话，早晨天不亮就跑去排队才行。在秋田先生的印象里，阿福一直都很怀念美国，确切地讲应该是怀念唐人街，更确切地讲应该是怀念那里的草莓蛋糕。

或许受阿福影响，秋田先生从小就对唐人街充满说不清也道不明的渴望和遐想。

在台湾的时候，一次去台北图书馆查阅资料，他在一本书里偶然发现中国新疆的伊犁有一条街叫汉人街。不过他把汉人街记成唐人街了。他当时觉得非常好奇。在他看来，唐人街这种东西，只有在中国以外的地方存在，怎么会在中国国内还有呢？于是他就很用心地去读了那些文字。那是一本什么书，他忘了，不过记住了书上讲的一些内容，比如那条街上的汉族人大多是天津人，还有一些从俄罗斯逃亡来的华人等。

一次回国探亲，那时候他爷爷还健在，他就把这件事告诉了爷爷。爷爷听了半天没有说话，后来一个人走到后园里坐下，开始闷头抽烟。

秋田先生临回台湾的头天晚上，爷爷把他唤到身边，给他讲了一个故事。故事里有一个日本北海道农民，响应政府号召，去中国东北种地。原来在那里种地的中国人被迫逃亡俄罗斯，后来听说那些逃亡俄罗斯的中国人又被送往遥远的西部地区开荒。

后来，过了很多年，秋田先生才知道，故事里的那个北海道农民，就是他的爷爷。

这到底算不算是一种缘分呢？我是说我跟秋田先生的相遇相识这件事。世界说大也非常之大，说小也非常之小，因为有“缘分”这种东西存在，于是一切都变得皆有可能。就说我跟秋田先生两个人，一个原本在地球的那个角落，一个在地球的这个角落，有那么一天两人居然会在世界的这个角落相遇，并且坐在一起，谈论起一条街、一个老人的故事。

在那一刻，我望着靠近西天边的落日，内心里涌起一股莫名的情绪。是激动？不是；是伤感？不对。总之，有点复杂，一言两语难以说清道明。秋田先生不明白他爷爷那时为什么会有那样的反应，但是我知道，如果有机会，我会告诉他一切。

4. 我是锡伯族

来日本这些天，我好像什么也没做，整天净鞠躬点头了，不管见谁，也不管说什么，只管鞠躬只管点头。我颈椎不是很好，奇了怪了，这几天老毛病一直都没发作，难道这是频频行鞠躬点头礼的好处？

那天下午，秋田先生说他要请我喝啤酒，他把花子叫来，用日语吩咐了几句，然后坐到我左手边的椅子上，我们并肩面朝夕阳西下的远山。他转过脸对我说："除了烤鸡，我们这里的烤牛肉也不错。今天乡下亲戚送来一些新鲜蔬菜，我们也可以尝尝。"

"谢谢。不好意思打扰您。"我说。

"不客气。"老先生坐姿挺拔，看起来十分精神，"谢谢您赏脸。我这是第一次跟新疆人吃饭。对不起，我要跟您请教一个问题，你是新疆少数民族吗？"

"我是锡伯族。"我说。我知道他对我们锡伯族知之甚少，甚至一无所知，于是进一步解释："新疆有 13 个世居民族，维吾尔族、汉族、哈萨克族、柯尔克孜族、俄罗斯族等，锡伯族是其中之一。不过锡伯族早年生活在中国东北地区的呼伦贝尔大草原，后来，在清朝乾隆年间，有一部分锡伯族人被调遣到新疆伊犁驻防，从此就在当地繁衍生息，一直到现在。"

“噢——”老先生点了点头，“原来是这样啊，真了不起！”

在我们说话间，花子已经把一盘烤鸡、一盘烤牛肉、两盘新鲜蔬菜摆到桌子上，还有两杯啤酒，我面前是一只很大的玻璃杯，秋田先生面前是一只小一点的玻璃杯。他看出我眼里的疑问，跟我解释说，他年岁大了，已不胜酒力，只能这么做做样子，陪陪我。他让我放开喝，喝尽兴。我告诉他，论喝酒，我也是外强中干，有架势没有酒量，这么大的杯子，最多一杯到头。

秋田先生笑着点了点头，说：“那就随意，喝高兴为止。咱们先喝酒，喝好了您再给我好好讲讲伊犁汉人街的故事，我很想知道那是一个什么样的地方。”

我一听让我给他讲汉人街的故事，脑子里“嗡”了一下，心想：我刚刚还在琢磨，怎么样找个合适的机会给他讲讲汉人街的故事呢，他就自己找上门来了。

可是，真到了动真格儿要讲汉人街了，我突然觉得自己被打蒙了似的，有点不知所措。我该从什么地方、什么时候讲起呢？……

第二天早晨，我去客栈大堂续交房费，老板笑眯眯地盯着我看，看得我心里都有点发慌，问他究竟，他告诉我，昨天晚上很晚，秋田先生送我回客栈，说我好像路都走不稳了。我说我喝多了，腿有点发软，不过脑子还算清醒。

我说的是真话，昨天晚上我喝多了，喝了三大杯啤酒，中间又品了几盅北海道清酒，秋田先生说北海道清酒跟出口外国的日本清酒不一样，度数高，口感也更清爽。经不住诱惑，我尝了一杯又一杯，生生把自己尝迷糊了，心里好像明白自己依然在地球上，可腿脚却开始漫步太空了，说出来的自然也多半是不着天不着地的神话。

锡伯族人有句话，形容喝多酒的人，十分形象：酒喝多了，不知道把鼻子嘴巴丢哪儿了。也许，昨天晚上我就是这种状态。至于秋田先生要听的汉人街的故事，早被我丢到了脑后。

酒这东西，真不是玩意儿，你越爱它，它越害你，害得你不人不鬼。

睡到下半夜，我突然醒了，脑子很清醒，第一个闪过脑际的就是秋田先生要求我给他讲汉人街故事的事儿。不知怎么，这个时候我好像一下有了灵感，知道应该给他讲什么。他汉语讲得的确很好，跟他聊天时我甚至以为他就是一个中国人，是同胞。可事实上，他是一个地地道道的日本人，他爷爷曾经还是到中国东北种地的“日本开拓团”的一员呢，我给他讲述我知道的汉人街的故事，想想还真是别有一番深意。

5. 汉人街的由来

离开北海道的前一天早晨，秋田先生来客栈拜访我，说下午要给我饯行，他还邀请了客栈老板一起。

老先生这么客气，让我实在不好意思，我说我心领了，非常感谢。老先生以为我是害怕喝酒才推辞，赶紧解释说，这次不让我喝那么多酒了，大家坐在一起说说话，他要好好听我讲一讲我的汉人街。

没错，他当时就是特意强调是我的汉人街，他说：“我要听听您的汉人街到底是一个什么样的地方。”

在老先生那儿，汉人街一下变成了我的汉人街，这让我有点始料未及，但似乎又在意料当中，我半夜醒来想到的不就是“我的汉人街”故事吗？另外，他非要从我这儿听到汉人街的故事，应该不只是好奇，当年他爷爷听他说起汉人街时的反应，在他心里或许一直都是一个疑问。再一方面，那天我们一块儿喝啤酒，我随口说了一句“现在的汉人街没有汉人”。他听了，眼睛直勾勾地盯着我，问道：

“您说什么？伊犁那个汉人街上没有汉人？这究竟是怎么一回事啊？”

我举起酒杯：“我敬您，祝您身体健康，生意兴隆。”

我故意避开这个话题。此时此刻、此情此景之下，我还没准备好，不知道该怎样给他讲汉人街的故事。

“谢谢。”老先生端起酒杯跟我碰了一下，笑着说，“生意嘛，过得去就好，挣的钱够给厨师和花子发工资，剩下一点请朋友们喝酒。房子是家父留下的，我自己也有退休金，所以不需要挣太多钱，够用就行。”

我对老先生肃然起敬。知足常乐，这是我们祖先说的话，可我们现在人的所作所为，已严重背离祖训，而且越离越远了，我们甚至时时刻刻都能感觉得到，贪婪和无尽的欲望就像空气一样弥漫在我们生活的角角落落，而且还有疯狂蔓延的趋势。

看来，我的一句话，又给秋田先生对汉人街的好奇添了一把火，他一定要听我说说才肯罢休了。

通常情况，说到汉人街，无非是讲讲它的历史，它的来龙去脉，它不同于其他任何地方的独特模样。

首先，所谓汉人街，指的并不是一条街道，它是一大片区域，这片区域包括一条主街道加上若干条纵横交错的小巷小道。另外，这片区域还有一个显著特点，用一个字就能概括，就是“乱”，街巷都没什么规划，宽宽窄窄、曲里拐弯，有些巷道走着走着就成死胡同了，当地维吾尔族人把这种路叫“喀特廓切”，就是断头路；街边摊点也是，摊主想怎么摆就怎么摆，很随意。

从资料上可以查到的关于伊犁汉人街的文字并不多。但这并不能说明什么，不是说它名气不大，只是关于它的文字记载少而已。资料显示，汉人街的历史最早可以追溯到第一次鸦片战争爆发的1840年，从这一年开始一直到1920年，在七八十年时间里，来自天津杨柳青、陕西、山西、山东、云南等地的汉族人，在当时的伊犁宁远城（今伊宁市，当时被当地少数民族及俄罗斯人称为呼勒加）东南郊购置地块，大兴土木，建房修店，逐渐形成了一处商贸中心，被当地维吾尔族人称为汉族巴扎。

这就是人们普遍认可的关于汉人街由来的解释。这种解释没错，也比较全面，但是，我如果给秋田先生也讲这些，你说有意义吗？答案一定是否定的。所以说，我必须给他讲我的汉人街，这也是他自己要求的。难道说“我的汉人街”跟“伊犁汉人街”

有什么不一样吗？答案依然是否定的。

6. 我的汉人街

我的汉人街是真实的。

在我最早的记忆里，汉人街就是一处闹市、就是闹市里叫卖的一小玻璃杯冰激凌、就是冰激凌那种美妙无比的甜蜜滋味，伴随甜蜜滋味的还有爷爷沙哑的嗓音：“好吃吗？是不是耳朵让人割掉都不知道啊？”

那时候我很小，那时候我爷爷还很年轻强壮，他把我像拎小狗一样从地上拎起来拥入怀中，走过后滩河上的木板桥，沿麦草巷子走过鸡蛋巷子再拐几个弯就到了汉人街，汇入熙熙攘攘的车马行人队伍里，被人推搡着来到汉人街大桥上面，这里是摊贩集中的地方，卖什么的都有，吆喝声此起彼伏。我就是在汉人街大桥上、在爷爷怀抱里，破天荒第一次吃到传说中的冰激凌。于是，在那个时候，在我认知的世界里，汉人街就是一杯把冰凉、甜蜜和愉悦瞬间就能送达大脑最深处的冰激凌。

还有，随着慢慢长大，我的汉人街又从冰激凌变成一串串的烤羊肉、一笼笼升腾着热气的薄皮包子、在油锅里吱吱作响的油糕、刚从馕坑里抓出来的香喷喷的烤包子……还有晴天里尘土飞扬、雨天里污泥没膝的那一条条巷道……还有那些偷偷摸摸在巷道里丢髀石、成群结队在后滩草地上斗鸡的赌客……

或许，秋田先生并不要听这些。我不了解他的过去，不知道老先生年轻时是一个什么样的人，交过几个女朋友，初恋情人又是谁。关于这些我自然不能当面问他，那样太失礼了。既然他要听我给他讲我的汉人街，那么好吧，我就把窝在心里多年的一个故事讲述给他，因为它就是我的汉人街的一部分，而且是最重要、最让我难以忘怀的部分。

我必须承认，我对汉人街一往情深，多半源于对她的怀恋，她叫娜佳，比我大一岁多，我应该叫她姐姐，可我从没叫过她，叫不出口。对，我就把我和娜佳的故事讲给秋田先生听。这么多年过去，我一直把它深埋在心底，没有在任何场合、任何人面前吐露过一个字。不知道为什么，我突然有一种冲动，一种极其强烈的一吐为快的冲动，愿意把它一股脑儿地倾倒在富良野这片美丽的土地上，热情的秋田先生应该是最理想的听众。我也相信，卸下这个沉甸甸的感情包袱，我的内心世界也将得以彻底解放。

那天下午，秋田先生早早就给客栈老板打电话，让我们过去，说菜都准备好了。

这次我们没坐外面，外面风有点大，花子给我们安排的是屋子里靠近窗户的一张桌子。我和客栈老板并排坐在桌子一侧，秋田先生坐在我们对面。秋田先生换了一件浅蓝色的短袖衬衣，脸颊修饰得干干净净。他问我喝啤酒还是清酒，或者两者都来一点。我赶紧向他摆手，我说给我一小杯啤酒就好。

说话间菜就开始上了，烤鸡和烤牛肉是少不了的，这是风见鸡的招牌菜，另外还有一些小菜，一小碟一小碟，摆了小半桌。

我们一边夹菜一边碰杯酌酒，就这样，我开始给秋田先生讲我的汉人街——我和娜佳的故事。

7. 娜佳的家世

人们记忆中的历史、那些过往岁月里的点点滴滴，都是鲜活的、有生命的，而文字记录的历史是死的，它们好比戈壁沙漠中的石头，沉闷而固执。

娜佳的家世是一段一段的记忆，所以生动，所以让我犯迷糊，总是难以厘清一团乱麻般的心绪，弄不明白自己如此这般地沉迷陶醉，究竟是源于对她本人还是对她充满传奇色彩的家世。

娜佳长得像洋娃娃，白净的脸，翘起的鼻子，长睫毛下一对微黄微蓝的眼睛，一头飘逸透明的黄头发。她是个混血儿，伊犁人叫二转子，而在他们自己人中间，他们称自己是米基斯（俄语：混血儿）。先说她爸爸这一支，她爸爸的爸爸，也就是她爷爷，是纯俄罗斯人，而奶奶是随父母从山东逃亡到俄罗斯远东地区的中国人。再看她妈妈这一支，她妈妈的爸爸，也就是她姥爷，是个天津商人，而姥姥是来自俄罗斯的犹太人。就是说，她爸爸妈妈都是混血儿。说起来有点复杂。不过，这样的家庭在伊犁并不少见。

时间倒退八十多年，1936 年 5 月，入侵中国东北的日本关东军，宣布了一项宏大的移民计划，也就是所谓的“满洲农业移民百万户移住计划”，大批日本农业贫民开始涌入东北地区。这就是后来被称为“日本开拓团”的日本移民。

仅仅过了一个月，也就是1936年7月，与中国东北相邻的俄罗斯远东地区也发生了一件大事，生活在这里的中国人，也包括朝鲜人，总之，所有长着中国人、朝鲜人面孔的人，统统都要被当局迁往遥远的巴尔喀什湖东部一个叫阿克斗卡的地方。原因很简单，就是怕这些人被日本人利用，充当间谍。当时，娜佳的爷爷和奶奶结婚还不到一年，奶奶肚子里正怀着她爸爸伊万。

爷爷找当局交涉，希望把奶奶留下来，可是没用，只要是中国人、朝鲜人，无论男女，都必须离开远东。爷爷没有办法，也只好跟着奶奶一起上路。当时被迁走的人，只允许随身携带少量物品，搬不走的所有家产，包括房子、房子里的物品，还有饲养的家畜等，当局专门派人登记造册，等他们到了阿克斗卡，会如数得到补偿。

爷爷是独生子，他父亲在第一次世界大战中阵亡了，那时候他才两岁，母亲后来改嫁，从新西伯利亚搬到了远东地区。在他十五岁那年，母亲突然得病去世了，后来继父把家和小农场丢给他，自己一个人走了，不知道去了哪里，再没回来。

爷爷奶奶离开远东的时候，小农场里有七八匹好马，另外还有将近二十头准备出栏的肥猪。

爷爷奶奶刚到阿克斗卡，娜佳的爸爸伊万就出生了。从远东地区过来的中国人被安排在那里修铁路，因为爷爷是俄罗斯人，奶奶又刚刚生下孩子，出于对爷爷的照顾，当局允许他们一家暂时离开铁路工地，到附近村子里去居住，等孩子长大一点，再让奶奶去工地干活。当局还把远东家里的东西都如数折算成卢布，分文不少地交给了爷爷。

一天，爷爷一大早就出去了，天黑了才回来，一进家门就跟奶奶说，他们必须抓紧时间离开那里，走得越远越好。爷爷从别人那儿得知，不久前在莫斯科又枪毙了一批人。当时正值苏联在全国范围内开展大肃清运动，所有被怀疑有颠覆国家、推翻苏维埃政权阴谋的人，都被抓起来，严重的枪毙，不严重的投进监狱或送到西伯利亚去。任何人都有可能被怀疑，尤其像爷爷这种娶了外国老婆的人。就在那天夜里，爷爷奶奶决定离开阿克斗卡，而且马上就走，到一个没人认识他们的地方生活。一开始他们还没想好具体往哪儿走，更没想过要到中国去。

第二天一早，爷爷就去离铁路工地最近的一个小村庄，从村民手里买下了一辆单辕两套车，在中国新疆把这种马车叫“六根滚”。另外他又买了两匹好马。他把车和马都留在它们旧主人家里，又找人买了几块铺床用的羊毛毡子。他一样东西都没往铁路工地这边拿，都搁在村民家里了。

他们从远东过来的时候，押送他们的是个俄罗斯年轻士兵，叫伊万。伊万老家也是远东，所以他跟爷爷很快就成了好朋友，一路上对爷爷奶奶照顾很好，尤其是奶奶，他把自己在驾驶室里的座位让给奶奶，自己坐到车厢里去跟爷爷抽烟聊天。那时候的路跟搓衣板差不多，卡车避震性能又差，走起来跟跳鼠一样一跳一跳的，如果没有伊万的照顾，把自己的座位让给奶奶坐，到不了阿克斗卡奶奶可能就流产了。

爷爷奶奶把他们的想法悄悄告诉了伊万，伊万听了，半天没有说话，他从口袋里掏出烟盒，给自己和爷爷各拿了一张烟纸，抓了一小把烟末撒在上面，开始卷起来。他做这些的时候依旧沉默不语，卷好烟点上抽了几口以后，才压低了声音对爷爷奶奶说："你们既然决定离开这里，不如走得再远一点，干脆到……"说到这儿，伊万又把声音压低了一些，看了看奶奶，"到你们国家去。虽然你们国家也在打仗，那是在东边，西边应该太平。"

爷爷和奶奶相互对视片刻，随后不约而同地点了点头。

第二天，伊万给他们送来一麻袋柴火，倒出来一看，柴火中间藏着一杆双管猎枪，还有一盒装好的子弹。那时候猎枪可以带着上路，其他武器比如步枪、手枪这些，绝对不行，如果被当局查到，可是要坐牢的。

一切准备就绪，爷爷奶奶就跟其他一同从远东来的同乡道别，说他们暂时搬去隔壁村子里住，等孩子长大一点再回工地上来。前面几天，爷爷一个人悄悄到村里去，以给刚刚生产的妻子做金项链为名，从村民那儿买了不少黄金。他心里清楚，卖给他黄金的村民也会守口如瓶，如果让当局知道他们出卖黄金，他们一样会被抓起来。

就这样，他们先去了隔壁的那个村子，在卖给他们马车的村民家里住了两天，到了第三天深夜，他们赶着马车，不声不响地离开了那个村子，走进村子南边那片一望无边的荒漠戈壁。那时候娜佳的爸爸伊万才刚刚满月。当然，他们离开阿克斗卡的时候，爸爸还没有名字，爷爷奶奶为了纪念帮助过他们的那个叫伊万的士兵，就给自己的儿子取了“伊万”这个名字。

8. 逃往瓷国的地图

那天，他们离开工地的时候，伊万过来送他们，给他们拎来几听罐头。爷爷跟伊万相拥道别，说了很多感谢的话。伊万伸手摸了摸睡在奶奶怀里的小伊万，叹息道：

“唉——，小家伙，就知道睡觉。”

伊万又一次拉住爷爷的手，说了声“路上多保重”，就转身走了。

第二天太阳升起的时候，他们离开阿克斗卡铁路工地已经很远了，举目四望，目光所及，看不到村落人烟，他们走在一片茫茫无垠的沙漠戈壁中间。车轮下是干燥的沙土，沙土上稀稀拉拉生长着一些艾蒿。

爷爷是个细心人，他在村民家里这两天，除了拾掇马车照顾马匹，就找人家聊天，详细了解这一带的情况，阿克斗卡北边是哪儿、南边最近的地方叫什么、哪里有路、哪里有水、哪儿还有村落……爷爷耳朵听心里记，就这样，他在脑子里粗略勾画出一条走向遥远国度的路线图。

奶奶坐在车上整理物品，她从伊万送给他们的几听罐头中间发现了一团纸，打开一看，上面画了一些线条，还有一些文字，靠右手这边是一只带花儿的小瓷碗。

爷爷从奶奶手里接过那张纸研究了片刻，突然兴奋地高举起双手，大声呼喊起来：

“伊万万岁！伊万万岁！”

爷爷的声音在旷无人烟的荒野里回荡。

原来，这是一张手绘的地图，跟爷爷脑子里勾画的线路图大同小异，只是更简单清晰，一目了然。伊万的地图是用铅笔画的，图纸最上方标了一个“阿”，显然是阿克斗卡的缩写；接着有一条线从“阿”地往下稍稍偏左画下来，到达一个叫塔尔迪库尔干的地方，线条又从“塔”地继续朝正下方画下来，到达萨雷奥泽克地方，到了“萨”地线条画向了右手方向，线条的终点是一只瓷碗。那个时候，中亚很多地方的人，称中国“器纳”，就是瓷器、瓷国的意思。

那时候他们没有指南针，只能靠太阳辨别方向，所以每天早晨太阳升起时，他们就确定好这天要走的方向。当时中亚地区人烟稀少，有时一连走很多天都遇不到一个人，更没有村庄和人家。

娜佳小时候见过爷爷奶奶，不过对奶奶印象深一些，因为爷爷在她还不记事时就去世了，过了几年奶奶也走了，大家都说奶奶是因为承受不了失去爷爷的打击，伤心死的。奶奶在的时候给娜佳讲过爷爷年轻时候的一件事，他们当时在远东，家里的一匹小马驹生病了，躺地上一动不动，叫来兽医，兽医说已经救不活了，爷爷顿时号啕大哭起来，跪在地上，把小马驹的头揽进怀里，一边哭一边说："对不起、对不起，我救不了你。"

爷爷心地善良，是个好人。他打死也不肯去当兵，不是因为胆小怕死，而是害怕自己杀人。对爷爷来说，别说杀人，就是杀一只鸡都是天大的事儿。

人心向善，善事自然也会向人。

爷爷奶奶带着小伊万一路向南，也不知道走了多少天，反正很久很久。一天，车子刚绕过一片树林，他们就看见从树林里走出来一个骑马的老人，应该是个猎人，身上背着一杆猎枪。老人看见他们，便勒住缰绳停了下来。车子走到老人跟前，爷爷也把车停下来，下去跟老人握手。就这样，两个人抽着烟攀谈起来。老人就住前面不远的那个村子，这里就是塔尔迪库尔干。

小伊万躺在妈妈怀里，好奇地睁大眼睛打量着骑在马背上的老人，老人朝他挥手打招呼，喊了一声"喂——"，他居然冲着老人咧嘴笑了。老人一看，乐坏了，呵呵大笑起来。后来知道，当地有个说法，小孩子冲老人咧嘴笑，老人会健康长寿。

老人向爷爷奶奶做了自我介绍，他叫瓦列里·安德烈耶维奇。

一定是小伊万的笑，让瓦列里老人欢喜不已，非要邀请爷爷奶奶去他家里做客，住上两天，休整休整再上路。就这样，爷爷奶奶跟着瓦列里去了他家，并且住了下来，一住就是五天，瓦列里好吃好喝招待他们，临走，他写了一张纸条塞到爷爷手里。纸条上只写了一个名字，没有地址。瓦列里一边帮爷爷套车，一边小声说道："我知道你们要去哪儿。纸上是我弟弟的名字，他在呼勒加城（今伊宁市）有个水磨，当地人叫俄罗斯水磨。如果需要帮助，你们就去找他，就说你们是我朋友。”

爷爷对瓦列里谢了又谢。临别，爷爷把手腕上的手表取下来，想送给瓦列里作个纪念，瓦列里不肯接受，他说：“这东西你自己留着，路上用得着它。知道离开塔尔迪库尔干往哪儿走吗？正确方向是十点半钟方向，可那边要翻过一座山，马车过不去，所以你们只能沿着一点钟方向的路走，那条路会把你们带到萨雷奥泽克，到了萨雷奥泽克再转向九点钟方向。”

9. 萨雷奥泽克

“萨雷奥泽克”是哈萨克语，黄色凹地的意思。

爷爷奶奶跟瓦列里挥手告别，踏上了从塔尔迪库尔干去往萨雷奥泽克的路。深秋季节，大地一片萧瑟，从无遮无拦的旷野上不时吹来饱含枯草气息的风。再过一个多月，这里就会被大雪覆盖。

离开塔尔迪库尔干的第二天或是第三天下午，他们翻越过一个小山坡，前方出现了一座木屋，木屋边上有围栏和棚圈，显然是一户牧民的住所。从山坡上下来的路正好经过木屋边上，还离得老远，一条牧羊犬就吠叫着冲爷爷奶奶的马车迎过来。听到狗叫，从木屋里出来一个男人，站在门口朝马车这边张望。

到了跟前，爷爷拉住缰绳，让马车停下来，跟站在木屋前面的人打招呼："您好！"

看穿着和长相，那人应该是个哈萨克人，年岁比爷爷长一些。他走到马车跟前，看了看车里的奶奶和她怀里的孩子，跟爷爷握了握手，问道："你们这是要去哪儿？"

"萨雷奥泽克。"爷爷回答。

"哦。"那人点点头，说道，"前面还有两天的路。"

"路上有车马店什么的吗？"爷爷问。

那人摇了摇头。他又看了一眼奶奶怀里的小伊万，说："没有。我是这里的主人，你们如果愿意，可以在我这儿住一晚，明天一早再上路。"

"这样不会打扰您吗？我们还有小孩子。"爷爷看着那人说。

"正因为这小孩子，我才留你们。"木屋主人说时看着爷爷奶奶笑了。

木屋里又出来一个女人，应该是女主人，她一边往头上裹着头巾一边朝马车这边走过来。

"您好！"奶奶跟她打招呼。

女主人走到马车跟前，看着奶奶笑笑，然后伸手从奶奶怀里接过正在睡觉的小伊万，朝木屋走去。

木屋主人帮爷爷一起卸了车，把两匹马牵到马厩里去。

太阳很快就下山了，木屋被暮霭笼罩着，牛羊都进了自己的棚圈，小牛不时发出"哞——哞——"的叫唤声，羊们也"咩——咩——"地附和着。

女主人烧了一锅肉汤，汤里又放了一些洋葱，味道很香。哈萨克人家的烤饼很好吃，掰开来里面白白的，一股浓浓的奶香味儿。奶奶这是第一次见哈萨克人用扣锅烤饼子。扣锅分上下两半，把和好的发面摊在下一半锅里，再把上一半锅扣上，埋进牛粪饼烧的火灰里，等上几十分钟挖出来，饼子就烤好了。

木屋主人叫别克耶夫，在山那边的一个小村庄里出生长大。这片山谷是集体农庄的冬窝子，他负责看管集体农庄在这里过冬的二百多只羊和几十头牛。

吃过晚饭，天还亮着，爷爷和别克耶夫两人坐在门口外面的木头墩子上聊天，爷爷问别克耶夫要不要喝点酒，别克耶夫朝屋里看了一眼，悄声问爷爷："你车上有酒吗？"

爷爷点点头，说："有酒，没有酒杯。"

两人同时起身，别克耶夫进屋里去拿酒杯，爷爷朝马车那边走去。爷爷在塔尔迪库尔干的时候买了几瓶伏特加放车上了。

天色渐渐暗淡下来，爷爷和别克耶夫面对面坐着，一边聊天一边你一杯我一杯地喝着伏特加酒，不知不觉喝下去大半瓶。

"喝完这杯咱就不喝了。你们明天还要赶路，早点休息吧。"别克耶夫说道。

"再次感谢您留我们过夜。"爷爷把酒杯斟满递给别克耶夫。

"我看你是一个诚实的人。"别克耶夫从爷爷手里接过酒杯，压低声音说，生怕被人听到似的，"不管是走亲戚还是啥，你们最好别去萨雷奥泽克，听说最近那里闹运动闹得很厉害，抓了很多人，如果你们的亲戚被抓了，你们也会受牵连。你老婆是中国人吧？"

“对，她是中国人。”爷爷回答。

“我本来不想留你们，省得给自己找麻烦，这年头没有几个人可以相信。我是可怜你们那孩子，你们要是被抓起来，孩子怎么办？”

“他们为什么无缘无故抓我们？”爷爷很不解。

“你这人不但诚实，还有点傻。”别克耶夫摇摇头说道，“赶紧把你的‘为什么’收起来吧，你要敢问他们‘为什么’，你就等于发出了挑战，那你非挨打不可，打得你屁滚尿流。”

“那、那我们怎么办？”

“掉头，回去啊。”

“可是，我们走了这么长时间走到这儿，就糊里糊涂地回去啊？”

别克耶夫没有马上接爷爷的话，他把手里的酒杯递给爷爷，说：“再给我倒一杯酒。”

马厩里传来马匹的嘶鸣声，打破了傍晚山谷的寂静。

“人喝多酒就管不住自己的嘴，该说的不该说的都要说。”别克耶夫把爷爷递给他的酒一口喝下去，然后拿手背抹了一下嘴，继续说，“你们不想往回走，其实也有一个地方可以去。我有个朋友也跟你老婆一样是中国人，上个月带着全家走了，去中国了。”

“您是说，我们可以去中国？”爷爷随口这样问。

“你们也可以往回走啊。”别克耶夫抬眼望着爷爷。

“要是不想回去呢？”

“那、那就继续往前走，出了这个山谷有一小片树林，过了树林就往左手拐，那儿没有路，是一片戈壁滩，不过这个季节好走，往东穿过戈壁滩就找到路了。千万别迷路，千万别走到萨雷奥泽克去。”

爷爷点点头，什么也没说，伸手紧紧握了握别克耶夫的手。

10. 俄罗斯水磨

爷爷奶奶到达呼勒加城时，已经是年末了，地上覆盖了厚厚一层积雪。太阳当空，路面上的冰雪闪烁着水晶般鲜亮的光泽，在车轮下发出“吱吱呀呀”的脆裂声。

瓦列里·安德烈耶维奇给爷爷的纸条上写着“伊戈尔·安德烈耶维奇”几个字。进城路上，他们见人就打听，向人家一遍遍重复“伊戈尔·安德烈耶维奇、伊戈尔·安德烈耶维奇”。人家好像根本没听明白他们说什么，一脸茫然地看看他们，摇摇头就走开了。走半天他们没碰见一个俄罗斯人，也没遇到一个能听懂俄语的人。这时，爷爷突然记起他们离开塔尔迪库尔干时，伊戈尔·安德烈耶维奇的哥哥瓦列里特意提醒爷爷的话，说呼勒加城的人都知道有个俄罗斯水磨。

在那个冰天雪地的冬日午后，他们总算在呼勒加城里遇到了一个热心肠的人，这个人本来骑马往西门方向走，爷爷拦住人家打听俄罗斯水磨，因为语言不通，爷爷就给骑马人比画，嘴里

“哗啦啦”模仿水流声，接着又是“咕噜噜、咕噜噜”拿手画圆圈，模仿磨盘转动的样子。骑马人愣了一会儿，突然乐了，看着爷爷笑笑，掉转马头，挥手示意跟他走。

骑马人在前面带路，爷爷赶着马车跟在后面，他们穿过城市街道，朝东门外走去。出了东门，眼前是一条曲曲弯弯的巷道，巷道两旁大小店铺一间挨着一间。相比刚才城里的平静祥和，这里却是另一番景象，巷道里人来车往，吆喝声此起彼伏，一片繁忙的景象。

骑马人领着他们过了一座木桥，木桥坐落在一条由北向南流经的河流之上，桥面上铺设的是一块块厚实的木板，桥身则由一根根粗壮的圆木搭建而成。过了木桥骑马人把他们引进一条伸向东北方向的巷子里，走了一阵，前面就出现了一座横跨河道的木板屋，水流正沿着木板屋下方的水槽“哗啦啦”冲下来，从一个平卧在河底的水轮上方越过，流向下游。显然，水磨休息了，没在磨面。

骑马人抬手指指木板屋，嘴里叽里咕噜说了些什么，朝爷爷他们挥了挥手，掉转马头原路回去了。

没错，这就是俄罗斯水磨，因为它看上去就很俄罗斯，爷爷奶奶在塔尔迪库尔干见到过跟这几乎一模一样的水磨，水磨的主人是个俄罗斯老人。离开塔尔迪库尔干的时候，他们还到那个水磨旁边的面包房里买了一口袋列巴呢。

就这样，爷爷奶奶带着小伊万，经历千辛万苦，终于来到呼勒加，找到了俄罗斯水磨，见到了伊戈尔·安德烈耶维奇，在他的帮助下安顿下来。

很多年过去了，爷爷奶奶还会时常提起他们刚到呼勒加的那个冬天。对爷爷奶奶来说，那个冬天是温暖的、幸福的，今生今世难以忘怀。

11. 伊戈尔 · 安德烈耶维奇

俄罗斯水磨的主人伊戈尔 · 安德烈耶维奇已经五十多岁了，和太太莎莎两口子住在水磨旁边的那个院子里，院子的大门正对着水磨，坐在屋里透过窗子就能看到水磨前面停车场的情况。

掐指一算，伊戈尔和太太莎莎在中国生活也快二十年了。

时间过得真快，一晃就是这么多年。年轻时候的伊戈尔 · 安德烈耶维奇是沙皇俄国军队里的一名军官，1917 年俄国十月革命爆发，他稀里糊涂卷进一场内战，后来沙皇俄国彻底覆灭，他变成了反革命叛乱分子，被苏维埃工人政权通缉。对伊戈尔 · 安德烈耶维奇来说那是一段黑暗的日子，他躲在太太莎莎父亲的农场里，整日寝食难安。这样的日子差不多持续了一个多月，一天天刚黑，他以前的一名勤务兵偷偷跑来给他通风报信，说他的副官也是好友波波夫被逮捕了，过两天就要流放到西伯利亚去。勤务兵走后，莎莎对伊戈尔说："亲爱的，我可不愿看到他们把你送到西伯利亚去，那是死路一条。"

"我也不想啊，亲爱的。可是，我又能怎么办呢。"伊戈尔沮丧地说道。

莎莎看着伊戈尔的眼睛，声音很小但语气十分坚定，说：“逃跑吧！”

“那、那你怎么办？”

“我跟你一起走。”莎莎说这些话时没有一丝犹豫。

“不，不行。”伊戈尔摇了摇头，看着莎莎，说，“外面很危险，还是我一个人走吧，如果我能活着，以后一定回来找你。”

莎莎什么也没说，转身走进里屋。等她再次出现在伊戈尔面前时，换上了一身骑马出行的行头，手里还拎着两个布袋子。看来她是早有准备，只是在等待这样一个时机。

事已至此，伊戈尔不再犹豫，也不再坚持自己的意见，他换了一身狩猎时穿的衣服，找来一条用羊毛线编织的麻袋，把他那杆心爱的双筒猎枪装进麻袋里。一切准备就绪，趁着夜黑，他们一人骑一匹马，神不知鬼不觉地离开了莎莎父亲的农场，走进圣彼得堡郊外漆黑而沉寂的原野。

在那段逃亡的日子里，他们昼伏夜行，绕开所有村落人烟，走了很久才来到塔尔迪库尔干，躲在哥哥瓦列里·安德烈耶维奇家里。后来，听说苏维埃工人政权的军队正在全国范围内镇压反革命叛乱分子，他们如惊弓之鸟，赶紧卷起包袱离开塔尔迪库尔干逃往位置更靠南面的阿拉木图。再后来，他们又离开阿拉木图逃往中国，最后落脚呼勒加。

在那段逃亡的日子里，莎莎还怀过一个孩子，但流产了，之后就再也没怀孕。

伊戈尔·安德烈耶维奇小时候给父亲帮忙建造过水磨，所以建水磨对他来说并不是难事。另外，他选择这块地方，也是看中了大桥板子（汉人街的旧称）这片市场。中国人讲“近水楼台先得月”，俄罗斯人也有类似这样一句俗语：有鱼的地方熊才能吃出好膘。再一方面，俄罗斯水磨这块地方当时是一片撂荒的河滩地，伊戈尔托人找了当局负责这片区域的人，花了一点钱，拿到一张盖有印章的纸，就开始圈地建水磨了。

一开始，伊戈尔和莎莎在一块地势高一点的地方给自己盖了一间房子，圈了一片院子，先安顿下来。住房有了，生活也步入正轨，伊戈尔便开始实施自己建造水磨的计划。

伊戈尔小时候经常跟着父亲和哥哥出去打猎，练就了一手好枪法，这个时候正好派上用场。呼勒加城北边就是阿拉淘山，山里有野猪和狗熊，野猪肉和熊掌熊肉可以卖给在大桥板子那儿做生意的汉族人，换来的钱除了日常开支，剩余都用到修建水磨上。夏天建水磨、冬天上山打猎，他们的日子就这样一天天地过去了。

水磨建成投入使用已经是五年以后的事儿了。

12. 温暖的冬天

爷爷奶奶和小伊万乘坐的马车出现在俄罗斯水磨前面的场地上的时候，伊戈尔和莎莎正坐在屋里喝下午茶，莎莎抬头朝窗户外面看了一眼，对伊戈尔说：“伊戈留沙（伊戈尔的昵称），有人来磨面了。”

伊戈尔看着窗外，愣了半天：“好像不是来磨面的。我去看看。”说着起身拿起皮大衣边穿边往外面走。

莎莎站在窗台前望着外面，嘴里小声嘀咕道：“车上面还、还有一个小孩子。”

爷爷从车上跳下来，把手里的皮鞭扔到车上，摘下头上的黑色貂皮帽子拍打了几下，把上面的冰雪打下来。他又跺了几下脚，摇晃着朝伊戈尔他们家敞开着的院门走过来，跟走出院子的伊戈尔撞了个正面。爷爷向伊戈尔伸出手，两人握手问候。

“您是伊戈尔·安德烈耶维奇吗？”爷爷问。

伊戈尔点点头，回答：“是我。”

“我们从塔尔迪库尔干来，我是瓦列里·安德烈耶维奇的朋友……”

不等爷爷把话说完，伊戈尔就转回头朝屋子那边大声喊道：“莎莎，快出来，家里来客人啦！”

原来，爷爷奶奶带着小伊万离开塔尔迪库尔干以后，瓦列里·安德烈耶维奇就给弟弟写了一封信，信里提到爷爷奶奶还有小伊万，说这家人很可能来呼勒加找他，如果是那样，看在他们怀里那个才几个月的可怜的小孩子的分上，一定要帮帮他们。

莎莎也从屋子里出来，一边往头上裹羊毛头巾一边朝大门这边走过来。

这时候奶奶也从马车上下来，抱着小伊万走到伊戈尔和莎莎面前，用地道的俄语向他们问好，在那一刻，一种无形的不可名状的强大力量瞬间就将他们的心凝聚在一起，无论是对伊戈尔和莎莎还是对爷爷奶奶来说，那种来自至亲的足以融化整个冬天的温暖，让大家不由得紧紧拥抱在一起。奶奶流泪了，莎莎也流泪了，那不是伤心，那是一种不可名状的情绪宣泄，当中有喜悦，也有安慰，在那一刻，任何语言都显得多余、显得苍白无力，不能够传达他们内心的感受。

莎莎把小伊万接过去抱在自己怀里，爱怜地望着他冻得红扑扑的小脸蛋，忍不住又哭又笑。她一边抹眼泪一边嘀咕着："可怜的小家伙，一定冻坏了。"

"你们都进屋去吧，赶紧暖暖身子，马车就交给我了。"伊戈尔让爷爷奶奶还有抱着小伊万的莎莎都进屋去，自己转身走向停在水磨前面的马车。

很多年过去，那时候娜佳已经开始记事了。也是在一个冬日的午后，奶奶坐在温暖的火炉边，把娜佳搂到怀里，给她讲起他们刚刚来到俄罗斯水磨、见到伊戈尔和莎莎的情形。刚开始讲的时候，奶奶脸上洋溢着难以抑制的幸福笑容，可以想象那是一个非常美妙又温馨的场景。可是，奶奶讲着讲着就讲不下去了，开始抹眼泪。娜佳还小，不明白奶奶为什么会那么伤心，拿小手帮奶奶揩揩眼泪，奇怪地问：

"奶奶，你为啥哭了？"

奶奶强作笑脸，摇摇头，说道："想起伊戈尔和莎莎了。"

"伊戈尔和莎莎是谁呀？"

“伊戈尔和莎莎呀，他们是世界上最好的人。”

也就是从那时起，在娜佳的内心世界里，有这样两个人，他们一个叫伊戈尔一个叫莎莎，尽管娜佳从没见过他们，也不知道他们长啥样，但她知道他们是世界上最好的人。

爷爷奶奶到了中国境内，他们原先的计划是继续往东走，到奶奶的老家山东去。他们想在俄罗斯水磨住一段时间，等过了冬，天气暖和了再上路。伊戈尔和莎莎得知爷爷奶奶的打算，劝他们打消这个念头，这个时候往关内走，简直就是自讨苦吃，又是抗战又是内战，到处兵荒马乱。伊戈尔认识几个在大桥板子（汉人街）那儿摆摊的山东人，他们是今年年初才从老家山东逃荒到呼勒加来的。

就这样，爷爷奶奶留在了呼勒加，留在了俄罗斯水磨。

伊戈尔和莎莎将爷爷奶奶视为一家人，小伊万更是成了伊戈尔和莎莎老两口的心肝宝贝，尤其伊戈尔，走到哪儿都带着他，每次去巡查河道水情，也总喜欢把小伊万带在身边，两人骑一匹马，一出门就是一整天。日子一天天一年年过去，小伊万也慢慢长大了。

那是1944年秋天的事儿，那一年小伊万刚刚上学。一天，伊戈尔的朋友，一个叫冯胖子的汉族人，赶着一辆马车，带着一家人投奔伊戈尔来了，他说巩哈县（今尼勒克）那边发生了暴乱，警察局和县国民党党部都被占领了。

这就是后来被称为“三区革命”的地方武装暴动的开始。

13. 枪声四起

1944年11月初的一天，天刚蒙蒙亮，伊戈尔就起床了，刚推开房门，就听见远处传来“砰——砰——”两声枪响，枪声清脆而响亮，打破了冬季清晨的寂静。紧接着，呼勒加城四周枪声大作，噼里啪啦的枪声中间还夹杂着人们“乌拉！乌拉！”的呐喊声。

事情发生得说突然也不突然，半个月前伊戈尔的朋友冯胖子从尼勒克县投奔他来的时候，整个伊犁地区的局势就已经变得很紧张了，在汉人街居住和做生意的汉族人，有的搬进呼勒加城里头去住，也有拖家带口赶着马车逃往乌鲁木齐、哈密方向的。

不到中午，就传来消息说呼勒加城被攻破了，警察局局长也在去往警局的路上被人枪杀，守城的国民党部队伤亡惨重，残余部队被包围在北大营和飞机场等几处孤立的据点内。顷刻之间，整个城市陷入了无政府的混乱状态，接踵而至的便是各种令人不安的消息：谁谁家被人抢劫一空，谁谁全家被人杀光，谁谁在路上遭人棍棒袭击，谁谁出了家门就一去无回……很多很多，一时间人心惶惶，整个伊犁河谷都被恐怖气氛笼罩着。

自从暴动的起义军围攻呼勒加城那天开始，整个汉人街就几乎成了空巷，店铺打烊，家家紧闭门户。

呼勒加城被围攻那天，吃过午饭伊戈尔就把冯胖子一家藏到卧室地板下的隔层里，隔层只有半米多高，底下铺上毡子褥子，人就只能卧着躺着，连坐都不行。莎莎把奶奶和小伊万接到自己屋里。下午开始，伊戈尔和爷爷一人拿一把猎枪，一个守前门一个守后窗，大家都非常紧张，好像随时都可能发生一场流血的战斗。

后来，过了很多年，奶奶给娜佳讲起当时的情形，依然心有余悸的样子，说话声音都是颤抖的，她说："那是她第一次感觉到死亡离他们这么近，可能随时都有人破门而入，朝他们开枪，杀死他们所有人。"也是在那一次，奶奶完全改变了对爷爷的看法，对爷爷有了不同以往的全新认识。在奶奶眼里，爷爷是一个软心肠的男人，压根儿就不敢拿枪对准人，更别提杀人了。但当自己的亲人面临危险时，爷爷却用自己强悍无畏的一面掩盖住平日里的平和善良，眼神里流露出罕见的杀气，紧握猎枪的双手显得异常强劲有力。

"只要陌生人靠近我们的家，就警告他离开，不听就开枪！"伊戈尔用两只炯炯有神的眼睛看着爷爷，命令似的说道。

"好！"爷爷回应道，声音坚定而果断，"不听就开枪！"

那一天，时间过得很慢，整个下午大家都处于极度紧张和慌乱当中。奶奶说，当年她和爷爷带着小伊万偷偷离开阿克斗卡逃亡的两个月时间，好像都没有那天下午和接下来的那个夜晚那么漫长，一整个夜晚，除了小伊万，他们都没有合眼，一直熬到天亮。当冬天的太阳不慌不忙地从东方升起，把明亮无比的光芒通过窗户送进室内，照射到对面墙上和围坐在火炉旁的伊戈尔、莎莎、爷爷奶奶脸上、身上的时候，新的未知的一天又开始了。

莎莎起身去拿茶壶，准备给大家烧茶。这时突然听见有人敲门，敲击声不大，但很急促。伊戈尔顺手拿起身边的猎枪，看了一眼爷爷，爷爷也拿起枪跟在伊戈尔身后，两人朝门口走去。

“谁！”伊戈尔问。

“伊戈尔，是我，吐拉洪。”门外的人回答。

伊戈尔拉开门闩，轻轻把门推开一道缝，门缝里出现了一张留着络腮胡子的维吾尔族男子的脸：“你们怎么样，都好吗？”

“进来吧，吐拉洪。我们都很好。”伊戈尔打开门请吐拉洪进来。

吐拉洪是伊戈尔他们的邻居，住在南面那片树林尽头的那个院子里。吐拉洪家比伊戈尔他们晚搬来几年，应该是水磨建好那一年的事，当时伊戈尔还开心得不得了，因为吐拉洪是个铁匠，等水磨开始磨面了，找铁匠帮忙干的小活儿很多，那些大大小小打凿磨盘纹理的凿锤，每用过一次都需要再次拿到铁匠铺开刃淬火。

后来，除了凿锤开刃淬火，还有很多其他的活儿，全都交给吐拉洪，有时候水磨要检修了，吐拉洪会关了铁匠铺过来给伊戈尔帮忙；伊戈尔也一样，水磨这边没活儿了，他也会跑到铁匠铺帮忙打铁，尤其要做六根棍马车的时候，因为这种马车最初是从俄罗斯那边传过来的，一开始也只有俄罗斯人会做。伊戈尔以前在圣彼得堡见过别人做马车，所以有印象，能帮到吐拉洪。吐拉洪的铁匠铺在汉人街北岔子，从大桥板子过来，沿麦草巷子一直往后滩方向走，在麦草巷子和鸡蛋巷子交叉的地方，铺子门口有一棵老榆树。

吐拉洪走进屋子里，看了看大家，走到床边伸手摸了摸小伊万的头。小伊万还小，不知道外面发生的事情，正睡得香甜。

“我昨天半夜从雅玛渡赶回来，那边亲戚家的一位老人去世了。”吐拉洪看着伊戈尔说，“我很担心有人来你们这边找麻烦。”

“谢谢你。我们都没事儿。”伊戈尔感激地看着吐拉洪说道。

吐拉洪用目光扫视了一下屋子里的人，压低声音说：“唐掌柜一家人藏在我们家，他们很安全。我现在回去，你们这边要是有什么事，就喊我。”

唐掌柜是个天津人，他还有个弟弟在霍尔果斯，弟媳妇是犹太人，兄弟俩在汉人街有一个商铺，大多数生意都是跟苏联人做的。

14. 张司令之死

社会局势渐渐得到控制，占领呼勒加城的起义军成立了临时政府，居住在汉人街上的汉族人家门口都贴上了临时政府内务部发放的盖有印章的“不准伤害”的证明，临时政府还把印有类似字样的袖章发给汉族成年人，确保他们出门安全。

一天，一个哈萨克族牧民，把一大群牛羊赶到俄罗斯水磨来，把伊戈尔家的大院子塞得满满当当，顿时牛叫羊唤一片嘈杂。

原来，冯胖子离开尼勒克县的时候，把自家的牛羊全都托付给邻居哈萨克族牧民家了，这群牛羊中间也有伊戈尔的十来头牛和二三十只羊。几年前伊戈尔给冯胖子送过去五头牛十多只羊，让冯胖子代养，现在回来数目翻了一倍。

院子里本来就几匹马，所以干草备得不多，只有一小垛干苜蓿。

伊戈尔赶紧去找吐拉洪，让他帮忙处理这些牛羊。这年头兵荒马乱的，肯定卖不上啥好价格，只要有人愿意出钱，就赶紧让他拉走。

还好，几天工夫，大部分牛羊都让人买走了，还有一些换成了草料，家里就留了两头产奶的母牛和几只羊。

牛羊都处理完了，冯胖子的那个哈萨克族邻居也放心地回尼勒克县去了。他回去以后过了几天，冯胖子的小舅子李三找到俄罗斯水磨来了。冯胖子一家都以为李三已经被人杀害了，没想他活得好好的，还找到了他们。李三是个单身汉，一直跟冯胖子他们一起生活，尼勒克县发生暴动的时候，他正好去巩留那边办事，就这样家里跟他失去了联系。冯胖子到处找人打听，没人知道他的下落，十多天过去一点消息都没有。冯胖子带家人离开尼勒克县去呼勒加那天，有人跑来告诉他们，听说巩留街上一个骑马的人被流弹击中头部，当场就死了。冯胖子老婆一听，哭得死去活来，认定死的那个人就是她弟弟。

李三有很多哈萨克族朋友，暴动发生的时候他们把他藏了起来，后来听说尼勒克县又被国民党军队收回，才送他回到尼勒克县家里。

从呼勒加派去的国民党部队刚刚收复尼勒克县，连屁股都还没坐稳，就传来消息说呼勒加城被起义军占领了。带领国民党部队去收复尼勒克县的国民党军官姓张，老百姓都叫他张司令。这个张司令个头很大，站在队伍当中足足高出身边人一个脑袋。他的坐骑是一匹白色的骏马，这匹骏马的个头也很大，正好配他高大的身躯。李三说他近距离看过那匹白马，一双鼻孔大到都可以塞进一个拳头。

“那个张司令，他太可怜了，还有那匹漂亮的白马。”李三不无伤感地摇着头说，眼睛里闪动着泪花，不知道他是怜悯那个张司令还是心疼那匹白马，抑或两者皆有。

李三嘴里的这个国民党司令，冒着冬季的严寒暴雪，带领部队长途跋涉赶到尼勒克县，好不容易把“暴民”撵出县城，就传来呼勒加城失手的消息。他的部队也已损失过半，再让他打回呼勒加城，希望非常渺茫。他陷入了进退两难的绝境，最后选择了自杀。

听说，那天晚上张司令一个人留在指挥所，把副官和警卫员都打发走了，让他们回营房休息。夜半时分，他拿了一块儿面包到马厩里，把面包掰碎，一小块一小块地喂到自己那匹白色坐骑的嘴里，面包喂完了，他摸了又摸心爱的白马的头，然后从腰间的枪盒子里掏出手枪，轻声说了一句：“好兄弟，咱们到另一个世界再见吧。”说完，他把枪口对准了马头。

“砰——砰——”，随着两声沉闷的枪响，白马倒地，四蹄在空中蹬踢挣扎了几下，就不再动弹了。接着，这个张司令就地坐在倒下的爱马边上，举起手枪对准了自己的脑袋。

等哨兵听到枪响跑过来，司令和白马双双倒在马厩的地上，都已经没有了气息。

第二天，人们看见头上绑着白布条的士兵们，用一架马拉雪橇拉着他们的司令离开尼勒克县往呼勒加城方向走去，司令个子很高，两条穿着高腰皮靴的长腿从雪橇后面伸出来，靴后跟都拖到了地上。

15. 阿瓦古丽

那是1945年元月初的事儿，吐拉洪来找伊戈尔，说汉人街醋酱坊钟掌柜的太太来他们家了。钟掌柜两个月前，也就是起义军进攻呼勒加城的前一天，抱着小女儿去城里亲戚家串门，后来听说跟着败退的国民党部队躲进了北大营，从此杳无音信。昨天北大营被起义军攻破了，里面的汉族老百姓跟着国民党残余部队往北山方向逃跑，听说雪地里到处是死尸。

钟掌柜是天津杨柳青人，20世纪20年代初，他就跟着叔叔来到了伊犁，当时他只有十一二岁。刚开始，叔叔在同乡的帮助下，跟另一个同来的杨柳青人合伙，在南岔子东边租了一片菜地种菜。过了两年，两人把那片地买下来搞了一个大菜园，再后来叔叔把菜园的股份转给了那个合伙人，自己接手了汉人街一家小酒坊。钟掌柜现在的这个醋酱坊就是当年那个小酒坊改造的。钟掌柜一直跟着叔叔，叔叔没有其他家人，只有钟掌柜这个侄子，于是叔叔百年之后醋酱坊就留给了钟掌柜。

那时候吐拉洪在醋酱坊旁边的一家铁匠铺里当学徒，钟掌柜和吐拉洪年岁相仿，两人自然就玩到了一起，关系还非常好。钟掌柜和小女儿一直没有音信，这两天突然又响起了枪声，肯定又打起来了，钟太太赶紧跑来找吐拉洪，这种时候也只有他能够帮到她。

听说参加攻打北大营和飞机场的起义军中还有俄罗斯红军，指挥官也是俄罗斯人，所以，在呼勒加俄罗斯人是绝对安全的。不用说，吐拉洪来找伊戈尔的意思就是想让他和自己一起去找钟掌柜。

伊戈尔是个热心肠的人，再说钟掌柜又是俄罗斯水磨的老客户，两人关系一直很好，不管从哪个方面讲，他都应该帮人家这个忙。

伊戈尔和吐拉洪一人骑一匹马离开了俄罗斯水磨，伊戈尔随身带上了他那把双管猎枪，有备无患。爷爷也想跟他们一起去，被伊戈尔拒绝了，他让爷爷留下来，保护好家里人。

他们从后滩直接进入北边的坟地，沿着一条牲畜在雪地里踩踏出来的小径往北大营方向走去。

他们走到北大营附近的时候，一支二三十人的骑兵队伍从他们身边经过，一路朝北山方向跑去。从北山那边还有零零星星的枪声传来。

“你们要去哪儿？前面在打仗！”一个赶着马车迎面而来的维

吾尔族人冲他们喊道。

“您好！”吐拉洪跟赶车人打招呼，“我们来找人，找一个抱小孩儿的汉族人。”

“你们先到北大营里头去找找吧。还有那边山坡下面，也有几个死人。”赶车人举起手里的皮鞭指了指北大营北边不远处的一个小山丘。

伊戈尔和吐拉洪刚走到北大营大门口，就被一个荷枪实弹的人喝住了，摆手让他们后退。吐拉洪上前说明来意，那人告诉他，里面的情况很复杂，正在做调查登记，有任何消息都会通知家属。

伊戈尔曾经是军人，对一些特殊气味儿十分敏感，他在空气中嗅到了弹药和血腥味儿，心里隐隐有一种不好的预感，看这情形，钟掌柜和他的小女儿是凶多吉少啊。

他们绕过北大营，沿着逃出北大营的人可能逃跑的路线一路向北，走过一片平坦的雪地，就爬上了刚才路人说的那个小山丘。他们在小山丘下面的一个坑洼里看到了几具尸体，有士兵的，也有老百姓的，里面没有钟掌柜，也没有小孩子。

冬天的太阳没精打采地挂在西天边上，伊戈尔和吐拉洪掉转马头往回走，前方还在打仗，不断有枪声传来，继续往前走无疑是找死。

他们走回到巴音岱那边的时候，看见一户人家的门口站着几个维吾尔族人，应该是这里的居民。吐拉洪走过去跟他们打招呼，然后询问有没有人见到一对汉族父女或听到和他们有关的消息。当中一个年岁大一点的男子告诉吐拉洪，他家邻居昨天带回来一个五六岁的汉族小女孩儿。吐拉洪问女孩儿是不是穿着一件粉红色的棉衣，那男子说他不知道，不过他可以带他们过去认一认。

吐拉洪和伊戈尔都见过钟掌柜的小女儿，应该能认得出来。

那男子的家离得不远，拐过一个巷口就到了，他让吐拉洪和伊戈尔在门口等着，自己一个人走进邻居家。不多一会儿，一位六十开外的维吾尔族老人跟他一起走出来。吐拉洪赶紧下了马，走上前问候老人。伊戈尔也下马上前跟老人握了握手。

“你们要找的小女孩儿叫啥名字？”寒暄过后老人问吐拉洪。

“这个，这个，”吐拉洪吞吐着不知道说什么，“他爸爸是钟掌柜，小女孩儿的名字不知道。伊戈尔，你知道吗？”吐拉洪回头问伊戈尔。

“我、我也不知道。”伊戈尔摇了摇头。

“她说她的维吾尔族名字叫阿瓦古丽。你们找的是这个小女孩儿吗？”老人看看吐拉洪又看看伊戈尔。

“对对，我们找的就是她！”吐拉洪听了老人的话，惊喜万分，“阿瓦古丽这个名字是我老婆给她起的，我想起来了！”

“小孩子很可怜。那个男人应该就是她爸爸，子弹从这儿进去，从后面出来，死了。”老人在自己心口比画着说道。

吐拉洪听了老人的话，怔了一下，接着就用手捂住自己的脸，蹲在地上“呜——呜——”地哭起来了。

16. 天生一对

冬天过去，春天到来，动乱与战争也翻越过北山逼向迪化，伊犁河谷开始渐渐恢复往日的平和。

动乱过后的汉人街，已经不再是往日的汉人街，很多商铺人去屋空，居民院落的大门小门都紧闭上锁，人们面目中的惊恐与不安依旧。

冯胖子一家在汉人街北岔子租了一个小院子住下，他们不准备回尼勒克县了，想等局势稳定了再做下一步打算。听冯胖子的意思，他们不想在伊犁待了。

唐掌柜一家在吐拉洪家躲了一个冬天，开春的时候才搬回他们在汉人街的家里，他弟弟唐彼得也带着犹太媳妇从霍尔果斯回来了。

唐掌柜的铺子在汉人街南岔子，沿街一排门面，后面院子很大，院子里东面一排西面一排两排房屋，唐掌柜住东屋，弟弟唐彼得住西屋。

那天，伊戈尔和娜佳爷爷两人牵着四匹马，去吐拉洪的铁匠铺给马换夏季马蹄铁，正好唐掌柜也在那儿。唐掌柜见了伊戈尔，笑问道：

“伊戈尔，把你这四匹马卖给我，怎么样？”

“两匹是我的，我的马不卖；两匹是他的，你问他卖不卖。”伊戈尔说时指了指娜佳爷爷。娜佳爷爷听不懂汉语，不知道他们在说什么，只是看着他们傻笑。

“你不卖，他更不会卖的，他那么喜欢马。”唐掌柜看看娜佳爷爷说道。

“唐掌柜买马做什么？”伊戈尔问。

“唐掌柜还要在我这儿做两辆马车，准备回老家了。”吐拉洪在一旁对伊戈尔说。

唐掌柜看着伊戈尔点了点头。

唐掌柜是“赶大营”的杨柳青人，也是最早定居汉人街的天津人之一。弟弟唐彼得来得晚一些，那时候唐掌柜生意做大了，需要人手帮忙，于是就写信把弟弟招来。弟弟以前名字叫唐文财，做生意需要经常跟俄罗斯人打交道，后来就改名唐彼得。他们在苏联有一个大客户，是个犹太人，这个犹太人有个妹妹，会说汉语，每次到中国他都带着妹妹一起来，给他当翻译。一来二去，唐彼得就跟那个犹太人的妹妹好上了，她叫娜塔莎，她还有个中国名字，叫娜美丽。

发生暴动以前，唐彼得和娜美丽多数时间都住在霍尔果斯，他们在那儿也有一个商铺，专门做苏联人的生意。年初，他们把那里的商铺转让给别人，搬回了汉人街。

“唐掌柜回老家，以后还回来吗？”伊戈尔问。

“不回来了，我已经老了。我们有句话叫‘告老还乡’。”唐掌柜强作笑脸，看着伊戈尔这样说。说这些话的时候，他心里一定不好受，毕竟他奋斗一辈子攒下的家业都在这里，舍下这一切离开，完全是一种无奈的选择。

伊戈尔听了，默默地点了点头。

昨天，唐彼得和娜美丽带着他们的女儿去水磨做客，他们的女儿长得很漂亮，一眼就能看出来是个混血儿，把爸爸妈妈长相上的优点都集于一身。他们的女儿叫唐尼娅。莎莎见了唐尼娅，感叹不已，说唐尼娅和小伊万简直就是天生一对！

还别说，“天生一对”的小伊万和唐尼娅，站在一起还真有点中国人讲的“夫妻相”，这俩孩子说不上哪儿长得像，反正什么地方像。或许俩孩子年岁相仿，一个 9 岁一个 7 岁，一见面就玩到了一起，小伊万把自己所有玩具都拿出来给唐尼娅玩，自己站在一旁观望，俨然一个哥哥。

唐彼得跟伊戈尔说，他留下，不跟哥哥走，一方面他们还有家当在这里，没法带走；另一方面，也考虑到娜美丽的情况，她去了他们老家一定会很孤独，她在这儿还有同乡可以相互走动走动，说说话，另外她的亲戚都在阿拉木图，以后有机会了回家探亲也方便一些。

或许，这就是一种缘分，冥冥之中老天早就安排好了。

那天，小伊万大大方方地把自己所有好玩的东西都拿出来给唐尼娅玩，但他一定想不到，这个小妹妹将来会成为他的人，跟他一起生活，还给他生孩子。

17. 毅然与爱然

局势才安稳两天，汉人街就出了另外一件大事，伊犁商会会长杨从的女儿杨凤仪自杀身亡。

那天，唐彼得和太太娜美丽到水磨来，说起这件事情，尽管已经过去好些天了，唐彼得还没从失去侄女杨凤仪的悲痛中解脱出来。

唐彼得和哥哥唐掌柜跟杨凤仪他们家是老乡，都是杨柳青人，两家祖上就有交情。唐彼得说，在他哥哥唐掌柜初到伊犁汉人街的时候，几乎身无分文，杨会长出资帮他租店进货，一点点做起来，也才有了兄弟两个今天的家业。杨凤仪一直管唐彼得叫小叔叔，唐彼得每次去苏联回来，只给一个人带礼物，这个人就是侄女杨凤仪。杨凤仪去新疆省立女中上学，还是唐彼得护送她去的。

杨凤仪在新疆省立女中学习期间，跟阿布杜克里木·阿巴索夫相识，当时他在新疆省立一中学习汉语，两所学校相隔不远。

早在 1937 年，新中国成立后成为新疆维吾尔自治区党委书记的赛福鼎结束在苏联的留学生涯回国，经塔城去往乌鲁木齐途中，碰巧遇到暑假回伊犁的阿巴索夫，当时阿巴索夫只有十六七岁，两人简单寒暄几句之后，阿巴索夫就问赛福鼎有没有从苏联带些书回来，比如《资本论》《国家与革命》《论列宁主义基础》等等。赛福鼎听了十分震惊，这个十多岁的毛头小孩儿，居然……这也难怪，赛福鼎早就听说陈潭秋、毛泽民、林基路这些共产党人在新疆活动的消息，但没想到他们的工作做得如此出色。在杨凤仪就读的省立女中，有不少教师也是共产党人，她深受他们的熏陶和影响。很显然，是共同的志向让两个年轻人走到了一起，尽管民族不同、生活习惯迥异，但他们志同道合，都怀揣一个美好的愿望——让新疆各族人民过上和平安宁的生活。

中学毕业，杨凤仪就回到了伊犁，开始在伊犁女子学校当老师。

1942 年秋天，陈潭秋、毛泽民、林基路被盛世才逮捕。

林基路是阿巴索夫的恩师，他在新疆学院担任教务长时，阿巴索夫是他的学生，也是他的小兄弟。阿巴索夫后来成为一名坚定的共产主义者，就是受了林基路的影响。

1943 年初，阿巴索夫离开乌鲁木齐回到了伊犁，并在杨凤仪和她哥哥的帮助下，也进入伊犁女子学校教书，后来又兼任伊犁行政专员公署的翻译。

那段时间，唐彼得也见过阿巴索夫，他很喜欢这个说一口流利汉语的维吾尔族小伙子。但是，他怎么也想不到侄女和这个维吾尔族小伙子会那么快就发展到谈婚论嫁的地步，在当时那种情况下，别说作为父亲的杨从，就是外人也很难想得通。侄女这件事，唐彼得和哥哥唐掌柜也议论过，哥哥跟杨会长一个态度，坚决反对，不过唐彼得的态度有些模棱两可，他不想跟哥哥和杨会长站一起，这样会很伤侄女杨凤仪的心；他也不想公开站到杨凤仪一边，这会得罪杨会长，哥哥也一定会骂他。

等到悲剧发生，唐彼得懊悔莫及，娜美丽说她从没见唐彼得那样伤心过，杨凤仪下葬那天，他把一辈子的眼泪都流完了。

唐彼得说，早知道事情会变成这样，无论如何他都应该站到侄女一边，精神上支持她，她也许就不会感到孤独无助，走到绝路上去。

那是悲剧发生以前早些时候的事，盛世才当局在伊犁开始大肆抓人，阿巴索夫绝对难逃一劫，杨凤仪非常担心。唐彼得有个俄罗斯朋友叫库茨明，他跟阿巴索夫也很熟。一天天色刚刚抹黑，库茨明和阿巴索夫一人骑一匹马悄悄离开呼勒加，沿着伊犁河一路逃往苏联。

1944 年 10 月，尼勒克爆发武装暴动仅仅一个月，阿巴索夫就率领一支由避居苏联的各族青年组成的游击队，越过边境回到伊犁，11 月 7 日打响了攻打呼勒加城的战斗，并大获全胜。

就在这一年冬天，阿巴索夫突然病倒了，他患的是伤寒，非常严重。杨凤仪寸步不离地在他身边守护了一个多月，请医生、煎药、喂药，愣是把阿巴索夫从死亡线上拉了回来。阿巴索夫的母亲都说，多亏了杨姑娘没日没夜的悉心照顾，不然她儿子很难活下来。

阿巴索夫在伊犁女子学校任教时写了一篇文章，需要一个笔名，他选择了“毅然”。毅然是维吾尔语槭树的音译。后来，杨凤仪也需要用一个笔名，她就给自己起了“爱然”。

爱情，之所以称为“丘比特的箭”，或许因为，它也有可能射伤自己，造成悲剧。

国民党不甘心失败，不断向伊犁增派部队，大有不彻底消灭起义军不罢休之势。在这种情况下，杨会长心里自然非常忐忑，到底哪一方能笑到最后还很难说，所以，女儿要是嫁给一个起义军领导人，他和他全家都会牵连其中。一天唐彼得去杨家串门，杨会长一见他就开始大发雷霆，骂女儿杨凤仪不是东西，败坏门风等等，话很难听。杨凤仪躲进自己房间里不露面。

那段日子，杨凤仪就是在这种爱情和亲情的矛盾、信仰和理性的冲突、民族观念与政治压力的冲突和旋涡中，经受着煎熬。

1945 年 4 月的一天，阿巴索夫下了班去看望杨凤仪，临别时，杨凤仪让阿巴索夫把手枪留给她，说自己夜里害怕，担心坏人闯进屋来，阿巴索夫没想太多，顺手掏出手枪交给了她。

杨凤仪给阿巴索夫留了一封信，信中说，“我没有办法再忍受这种对纯洁爱情的凌辱。我为你死去了，但我希望你为我、为革命、为新疆各族人民活下去”。

杨凤仪下葬后过了差不多一个月，唐彼得买了一大束侄女喜欢的玫瑰花去了坟地，离坟地不远有一户维吾尔族人家，这家人认识唐彼得，他们说两天前太阳刚下山的时候，阿巴索夫来了，他把马车停在他们家门前，一个人走到墓地里，在杨凤仪的墓前坐了一宿，第二天太阳升起来才离开。

半个世纪之后，中央书记处书记邓力群谈到“三区革命”时曾说，新疆少数民族英雄人物当中，阿巴索夫是最好的一位，当时有一部分人主张新疆脱离中国，阿巴索夫把自身安危置之度外，勇敢地站出来跟这些人展开斗争。

1949 年 8 月 27 日，阿巴索夫等“三区革命”领导人，乘苏联飞机飞往北京参加政协会议途中，在外贝加尔湖附近意外坠机，机上人无一生还，那一年他才 28 岁。

如果有天堂，杨凤仪在天堂并没有等阿巴索夫太久。

18. 各奔东西

接下来的几年里，新疆局势一直动荡不稳，国民党收复伊犁的计划屡遭失败，但国民党政府并不死心，不知将来何去何从。

此时的汉人街，可以比作一件器物——镂空的木盒。怎么讲？看着是盒子，可四壁镂空，徒有盒子的虚名。

曾几何时，这里蓬勃繁荣，在短短不足两公里的街巷里，聚集了四百余家大小商铺，在这里居住和做生意的汉族人就有几千人之多。现如今，只有感慨：繁华落尽，物是人非。

唐掌柜一家走了，他们要回天津老家。那天一大早，伊戈尔和吐拉洪就去给唐掌柜一家送行，莎莎专门为他们烤了一面袋的列巴，还有一面袋风干羊肉，头天下午就让伊戈尔送过去了。唐掌柜自己赶一辆马车，他大儿子赶一辆，两辆马车装得满满当当，大件东西没有，都是些值钱的小玩意儿，剩下就是穿的吃的和日常用的。

对了，冯胖子一家半年前就走了，也是两辆马车，一辆马车坐人，一辆马车装了一些家具什么的。冯胖子的老家在甘肃，他们没有回老家，到了哈密就停下了，不想再继续往关内走。他给伊戈尔写信报平安，说一家人已经安顿下来了，准备在那儿开个铺子，做点小生意过活儿。

唐彼得把唐掌柜一家送到迪化就回来了，他们家要在迪化休整一段时间，等过了冬，来年天气暖和了再上路。

到这一年年底，汉人街早已名存实亡，汉族人大部分都搬走了，有的回了老家，有的去了迪化、哈密等地，有的搬到呼勒加城里去住了。没有剩下几家。

不知道是不是受汉人街上这些邻居纷纷离开的影响，这几天伊戈尔也变得有些坐立不安。一天早晨，他出去打扫马厩，回来一个人坐在那儿闷头抽烟，一句话不说。

“伊戈留沙，亲爱的，您怎么啦？”莎莎有所觉察地搂住伊戈尔的肩膀，这样问。

伊戈尔长叹一口气，轻声说道：“不知道我这样想对不对？”

莎莎盯着他的眼睛，说道：“说吧。”

“亲爱的，你想过回家吗？”伊戈尔突然这样问。

莎莎愣了一下，不明就里地说道：“亲爱的，您没糊涂吧，我们不就是在自己家里吗？”

伊戈尔摇了摇头，说：“我是说，回咱们圣彼得堡那个家。”

现在轮到莎莎叹气了：“唉——，圣彼得堡啊圣彼得堡。亲爱的，您醒醒吧，圣彼得堡跟咱们早就没有任何关系了。”

“汉族人讲究人老了要‘落叶归根’，咱们俄罗斯人有这样的讲究吗，莎莎？”

“咱们没有那些讲究。亲爱的，将来咱们死了，只要把您和我，把咱们两个人埋在一块儿，哪儿都一样。”莎莎说着推门出去了。

伊戈尔不再说话，他默默低头抽烟，一口接一口吐出浓浓的烟气，好像要用这些烟气把自己掩埋起来，逃避开这纷乱的世界。

差不多已经半年时间，伊戈尔的身体好像出现了一点状况，别说干活儿了，走路都觉得累，两条腿沉重得跟灌了铅一样。可是，这事儿他不想跟任何人讲，对太太莎莎也一样。他有意把水磨丢给爷爷看管，自己经常骑马外出，去见一些老朋友。这时候伊万也快长成小伙子了，每天放学回家，第一件事就是跑水磨里头去看看，如果有人磨面，他就挽起袖子帮人家收麸皮装面粉。他还经常趁爷爷不在，自己动手调整磨盘间隙，直到磨出来的面粉自己摸着粗细合适为止。不管是伊戈尔还是爷爷，从没人教过他应该怎么做，他是观察别人怎么做，然后自己摸索，很快就学会了。他对水磨有一种几近着魔的喜好。星期天不去上学，爷爷奶奶早晨一般都不叫醒他，想让他多睡一会儿。可如果这天早晨有人来磨面，只要水磨一动，他就醒来了，好像有特异功能似的。他一骨碌爬起来，一头钻进水磨里去。

那些经常来水磨磨面的人，当着伊戈尔和爷爷的面就说他们两个都不如伊万会磨面，他才是真正的磨坊主。伊戈尔听了，心里别提多高兴了，俄罗斯水磨算是后继有人了，自己已经老了，不定哪天就撒手人寰，去见上帝了，自己辛苦一辈子建造的水磨坊，也能够继续运转下去，并且还要运转很久很久。

19. 莎莎的心愿

新疆刚解放不久，伊戈尔就去世了，他心脏不好，一直不当回事，也从不跟任何人提及自己的身体状况，而且时不时还喝点酒。那天晚上，都要睡觉了，伊戈尔把爷爷叫过去，两人一边聊天一边喝酒，酒喝得也不多，结果睡下去就没醒来。

伊戈尔走了以后，莎莎的身体一下就垮了，好像一夜之间就衰老了很多。爷爷奶奶非常担心。那段时间，奶奶没白没黑地陪在莎莎身边，安慰她，劝她想开一点，她身边还有亲生儿子一样的爷爷和亲生女儿一样的奶奶，还有她最亲的孙子伊万。

对莎莎来讲，这个时候，不管谁、不管说什么，好像都没有什么意义，因为对她最有意义的伊戈尔丢下她一个人走了。不过，好像还有一个人，让她有一种莫名的牵挂，这个人就是伊万。当奶奶提到伊万的时候，莎莎的内心里似乎突然闪过一道亮光，那是一道希望的亮光，能够给她继续生存下去的力量和勇气的亮光。

这些日子，娜美丽也几乎每天都来陪一会儿莎莎，说说话。

星期天，娜美丽带着女儿唐尼娅一块儿来看望莎莎。唐尼娅跟伊万在一个学校上学，年级低两级。莎莎一见到唐尼娅，就拉住她的手不放，还问她见过伊万没有，问了一遍又一遍，反反复复，问得唐尼娅都不好意思了，脸颊红红的，抹了胭脂一样。

唐尼娅已经出落成一个漂亮的小姑娘，她不像小时候那样，一见到伊万就哥哥长哥哥短地唤着，总跟在他后面了。两个孩子本来两小无猜，大人们三说两说，结果无意中在他们内心造成了猜忌，使他们开始在大人们面前有意回避和疏远彼此。

“你去看看我们家伊万吧，他在水磨里忙活呢，我们大人说点别的话。”莎莎对唐尼娅说。老太太眼睛里流露出慈爱的，又有几丝狡黠的眼神。

“去吧，去看看哥哥在干啥。”娜美丽柔声对女儿说。

唐尼娅忸怩一下，不知道是不情愿还是因为羞怯，她磨磨叽叽数着步子离开屋子朝水磨那边走去。老远，唐尼娅就听见水磨里传出来“叮叮当当”的敲击声。

唐尼娅站在敞开的水磨坊门口往里看，伊万蹲在磨盘上面，手里拿着一把凿锤，正低着头一下一下细致地敲打着磨盘表面。

“嗨，哥哥！”唐尼娅喊了一声。

伊万停下手里的活，抬眼朝门口看过来，他鼻梁上架着一副茶色水晶眼镜，头上、脸上、衣服上都是面粉，乍一看像个小老头。唐尼娅走到他跟前，看着他，乐了，笑着说：“哥哥，你戴眼镜像个老爷爷。”

“是吗，你以后就叫我伊万爷爷。”伊万摘下眼镜，丢下手里的凿锤，直起身子站在磨盘上。

“这两块石头都要敲吗？”唐尼娅指指摆在一起的两块磨盘石问道。

“对呀，前段时间一连好几天磨包谷面，磨损很严重。”伊万回答。他说话的样子像个老练的磨坊主。

“这些纹路是你凿出来的吗？真好看。”

“当然了。”伊万看着两块磨盘石表面那些漂亮的纹路，不无得意地回答道。

“它们像太阳花，对吧，哥哥？”唐尼娅满心欢喜的样子。

“它们应该是太阳花和小风车结合起来的样子，中间部分像小风车的样子，最边上像太阳花的碎花边，那些碎花边很重要，靠它们把小麦和玉米颗粒磨成细细的面粉。”伊万认认真真地给唐尼娅解释着。

“哥哥，你真厉害！”唐尼娅用敬佩的眼神望着伊万说。

伊万被唐尼娅如此地敬佩和羡慕，一时之间都有点不知所措了。看来，唐尼娅真的跟别的女孩儿不一样，她不嫌弃水磨又吵又脏，愿意进到里面来，还跟自己讨论磨盘上的纹路。真是太好了，这正是他希望的。他还希望她跟自己一样，喜欢听水磨磨面时发出来的“咕噜噜、咕噜噜……”磨盘相互摩擦的声音和“啪嗒、啪嗒……”筛子撞击面柜的声音。在他这儿，这些声音比任何音乐都美妙动听，它们用这种古老而又原始的节律，诉说着令人心醉神迷的故事。

那一天，水磨里只有伊万和唐尼娅；那一天，冲下水槽的水流溅起的水花又大又漂亮；那一天，二十岁的伊万第一次紧紧握住十八岁的唐尼娅的手；那一天，水磨四壁厚实的木板墙、静卧的沉重的磨盘，还有弥漫在水磨坊里的石头、面粉、木头和水汽混合的空气，见证了一对年轻人如水晶般透彻的两颗心碰撞的美妙瞬间。

事后，过了很多年，当有人问起她和他是怎么样走到一起的时，她曾说过这样一段话：“我也不知道怎么回事，好像那个水磨坊里有一种魔力，它帮助他俘虏了我的心，我想逃跑，可我的心不让我离开。”

好像，几年来，莎莎就一直等待着这样一个日子，这也是她最大的心愿——让伊万和唐尼娅这两个孩子走到一起。

秋天，伊万和唐尼娅，在所有人的祝福声中走到了一起。婚礼按照俄罗斯人的习俗在呼勒加城里的教堂举行，牧师给他们主持了婚礼。婚礼仪式结束，两个年轻人捧着一束鲜花到教堂后面的墓地，在伊戈尔的墓前献上鲜花，伊万还把新娘介绍给伊戈尔“认识”。

就在这一年冬天，当第一场雪覆盖住整个大地，莎莎咽下了她在人世间的最后一口气。她安详地闭上了双眼。

20. 公私合营

汉人街上的那些大小商铺和作坊，开始进行社会主义改造，听说伊宁市饮食业服务公司也找过钟太太，要对钟掌柜留下的醋酱坊按政策实行改造，以后要以公私合营形式管理。

钟太太很干脆，把醋酱坊交给饮食业服务公司，自己带着两个女儿搬走了，去投奔在乌鲁木齐工作的弟弟。

一天，政府的人到俄罗斯水磨来了，让爷爷奶奶拿出水磨的相关手续。莎莎去世的时候倒是给爷爷奶奶留下了一些东西，翻找半天，就找出来一张盖有印章的地契，上面标明了地段和面积，没有修建水磨之类的字样。政府的人说，如果没有其他证明手续，水磨就是违法建筑，必须拆除。这下让爷爷奶奶和伊万着急了，不知道该去哪儿、找什么人来说明水磨是伊戈尔和莎莎留给他们的。当初伊戈尔修建的时候也是政府允许的呀。

爷爷去找唐彼得帮忙。正好，唐彼得邻居家的儿子在政府部门工作，他把这件事交代给了汉人街街道委员会，很快街道委员会就派人来了解情况。

过了几天，街道委员会的人领着另外两个人来了，说这两个人是喀尔墩村的书记和会计。街道委员会的人宣读了政府的处理意见，首先，俄罗斯水磨没有相关合法手续，但由于它是属于历史遗留问题，不存在违法建造一说；其次，俄罗斯水磨地处喀尔墩村行政管辖范围内，可以考虑把水磨纳入村里的集体经济，按照公私合营形式经营管理。

爷爷奶奶听得云里雾里的，根本搞不明白是咋回事。爷爷问伊万，伊万说自己听明白了一点，好像水磨要归村里管了。那位村书记赶紧解释说，不完全是这样，俄罗斯水磨继续由爷爷看管，以后爷爷一家也是村里的人了，村里的玉米小麦全都要拿到这里来加工，给他们算工分，到了年底再结算。

爷爷奶奶和伊万好像听明白了又好像没听明白。不管怎么样，眼前这一切都要发生改变了，俄罗斯水磨不再属于他们，不过暂时还是由他们来看管。

又过了一段时间，汉人街街道委员会的人来找伊万和唐尼娅，因为他们两个都是中学毕业，有文化，叫他们去街道委员会帮忙。本来都已经把他们划归喀尔墩村了，变成了村民，街道委员会这么一插手，他们摇身一变又变成城镇居民了。伊万在街道委员会做翻译，唐尼娅成了宣传干事，因为她字写得好，还会画画儿。

不久，“反右”运动开始了。因为伊万和唐尼娅两人都在苏联那边有亲戚，像他们这类人都有里通外国的嫌疑，所以就不能在任何一级政府部门工作。他们被打发回了村里，也就是回家看水磨。

就是在这段时间，伊万和唐尼娅有了他们的第一个孩子，是个女儿，爷爷给她起了一个好听的俄罗斯名字，叫娜塔莎。有了小孙女，爷爷奶奶高兴得不得了，尽管外头轰轰烈烈搞“反右”运动，俄罗斯水磨这儿还是一如既往地平静，没有人来找他们的麻烦，一家人过着几乎与世隔绝的生活。伊万整天待在水磨里，弄弄这儿搞搞那儿，奶奶和唐尼娅在家看孩子，爷爷整天神出鬼没，有时候一连好几天不见人影，当他在某个深夜突然跑回家，一定背回来大包小包一堆东西。原来，他是跟亲家唐彼得两个人进山采野蘑菇和野果去了。

有一天，娜塔莎开始咳嗽，奶奶和唐尼娅抱着她去看医生，拿回来一些药，吃了几天仍不见好，接着又去了几趟医院，反而病情越来越严重了，不光咳嗽，又发起了高烧。

这是一个没法说清楚的事。本来娜塔莎只是咳嗽，后来高烧不退，直至医治无效去世。或许，一开始就是伤风感冒引起的咳嗽，她们抱她去看医生，那段时间正好流行伤寒，感染的可能性很大。总之，娜塔莎的死，对爷爷奶奶的打击非常大，好像这事儿在他们心里结成了一个无法解开的死疙瘩，不久爷爷就得病了，奶奶的身体也每况愈下。

后来伊万和唐尼娅又生了一个女儿，这一次爷爷说什么都不愿给孙女起名字了，他们抱着她去了教堂，牧师给她起了个名字，叫娜佳。

娜佳长到两岁多，爷爷的病加重了，不久便离世了。又过了几年，娜佳刚开始记事，奶奶得了跟爷爷一样的病，也去世了。奶奶在的时候，差不多每天都让娜佳搀扶着她坐到大门口去。她们一边晒着太阳，一边看着伊万在水磨里进进出出忙活。也就是在这段日子里，奶奶给娜佳讲述了许许多多以前的事情，从遥远的苏联远东讲到阿克斗卡，又从阿克斗卡讲到呼勒加汉人街、讲到俄罗斯水磨，还有伊戈尔和莎莎。

21. 奶皮子和馕

娜佳后来说，爷爷奶奶去世早，从另一个方面讲，也是一种解脱。

是啊，在那个人人自危的年代，几乎无人幸免心灵与肉体的磨难，由于汉人街特殊的历史背景和人员成分，这里成了割除资本主义尾巴和打倒资产阶级的主战场。

唐彼得家沿街一排门面早先被公私合营，变成了糖烟酒公司的门市部。有几年，唐彼得也参与了分红，后来感觉情势不对，他开始退避，再后来干脆把家里所有跟公私合营有关的手续都烧了，并主动去找糖烟酒公司领导，要求把门市部的所有权交给国家，自己放弃所有股份，从此那些门市部跟自己没有任何关系。尽管如此，他和娜美丽还是被下放到伊宁县巴依托海公社接受劳动改造。下放之前还专门为唐彼得他们举行了一场批判大会，革委会的人把汉人街上的群众都召集到锡伯车马店的大院子里，给每个“地富反坏右”分子都戴上一顶高帽子，让他们在台子上站成一排，低头面向群众。

一个戴军帽的人站在一张桌子上面，举起拳头高呼口号：“打倒资本主义！”下面群众随声附和：“打倒资本主义！”声音震耳欲聋。不过这些群众大部分都是维吾尔族人，他们多数不会说汉语，人家喊“打倒资本主义”，他们在底下鹦鹉学舌般地高喊口号，喊着喊着，“打倒资本主义”就变成了“大当吉姆代独”（你爸说安静）。接着就开始哄笑，都笑个半死。

开批斗会那天，娜佳和几个小伙伴在后滩河边玩耍，有人说去看跳舞，孩子们乱哄哄就跟着去了，结果到了会场，她看见姥爷戴着一顶高帽子，低头站在台子上。她不知道发生了什么事，一下吓哭了。这时候有个人抓住她的手，领着她往外面走。她抬头一看，是邻居家的穆萨喀（喀：维吾尔语，哥的意思）。穆萨是吐拉洪的小儿子，他子承父业，做了铁匠，大家都叫他铁匠穆萨。

走出锡伯车马店大门的时候，有个戴红袖章的人拦住他们，质问铁匠穆萨为什么要离开。铁匠穆萨面无表情地看着那个人，说：“这孩子胆小，吓哭了，你没看见吗？”

“他们是无产阶级革命事业的接班人，从小就要接受这样的锻炼。”那人义正词严地说道。

“好吧。”铁匠穆萨点了下头，说，“她现在哭了，我带她去河边洗一下脸，干干净净回来锻炼。”

“一定要回来。”那人用警告的口吻说道。

“好好。”铁匠穆萨一边应着一边拉着娜佳走出大门，回头对那人说，“等她长大了，不哭了，再让她来锻炼。”

“你说什么？”那人厉声问。

“你要是一头驴，我一定把铁掌子钉你屁股上，混蛋！”铁匠穆萨紧握住娜佳的手，嘴里嘟囔着，头也不回地往水磨那边走去。

除了那天那几个挨批斗的人之外，汉人街上所有被公私合营的铺面和作坊的掌柜，一个不落都被下放了。

锡伯车马店的位置在现在的喀赞其里头，它旁边还有另一家车马店，掌柜也是锡伯人，是我爷爷。那时候我才四五岁，啥都不知道，爷爷奶奶也跟唐掌柜他们一样，下放到老家察布查尔县纳达齐牛录村劳动改造，哥哥姐姐也跟着他们去了。哥哥那时候已经小学毕业，姐姐还没上学，她比娜佳大一岁吧，娜佳叫她姐姐。

到了20世纪70年代，地主、资本家这些人都下放完了，该轮到那些在汉人街大桥上面和大桥周围摆摊设点的小商小贩了，他们因为在城里没有正当职业，属于无业游民，被疏散到农村落户。就这样，汉人街作为伊犁地区最大最古老的巴扎，这个时候基本上被掏空了，至少明面上资本主义被彻底清除干净了。但是，暗地里，汉人街巴扎依然存活着，好比一堆被扑灭的篝火，虽然不见了明火，灰烬掩盖下的星火还在。

一天，伊万中学时候的一个同学从乌鲁木齐回来了，说是来伊犁开会。三天会议结束，有一天自由活动，他就跑来找伊万，说特别想吃奶皮子，想得头天晚上都失眠了。

伊万就把他带到汉人街。这个时候的汉人街已经有了一个新名字，是政府给它起的，叫新华东路，这条路西边部分叫新华西路。

汉人街上，不对，新华东路这片，除了公家开的几家门市部，比如食品门市部、杂货门市部等，其他都关门了。伊万和他同学到新华东路的时候正好是小中午时分，就是十二点多到一点这个时间，街上没有什么人，安安静静的。他们过了大桥板子，来到一个紧闭着的大门前停下。看看附近没人，伊万轻轻敲了几下大门，过了片刻，边上小门被拉开了一道缝，一个维吾尔族老太太探出头来看了看他们两个，小声问："什么事？"

"我是俄罗斯水磨的伊万，这是我朋友，他想买一碗奶皮子，还有馕。"伊万小声回答。

老太太走到外面观察了一下周围，说了声"等一下"，就回到院子里去了。

又过了一阵，小门再次被拉开，里面站着一个十岁大小的男孩子，他一手拿着一个小碗，另一手拿着一块馕，说："两毛钱。"

小男孩儿收钱找钱都很老练，显然不是一两次这样做了。

伊万把奶皮子递给同学，吩咐他藏好，自己把那块馕揣进怀里，两人故作镇定，款款地往后滩方向走去。事后，那个同学跟伊万说，那是他这辈子吃过的最好吃的美食了——馕抹奶皮子。不知道他同学说的是不是真话，总之，偷吃的东西都很香，这倒是真的。

22. 道士的背影

汉人街这片地方的人经历了太多的批斗会，不过伊万和他太太唐尼娅是个例外，他们深居后滩，没事几乎都不离开俄罗斯水磨。另一方面，因为当年公社书记一句“你们以后就是我们公社社员了”的话，也救了伊万一家，让他们躲过了被当成“地富反坏右”子弟下放到农村劳动改造的厄运。

那天伊万路过汉人街南岔子那儿的关帝庙，正好遇上一帮红卫兵从庙里把老道士拉出来批斗。老道士是庙里的主持，伊万很早就认识他。

那应该是他刚念初中时候的事儿，一天早晨伊万上学路过庙门口，正好碰见老道士从庙里出来，伊万礼貌地问候他，老道士朝他招手叫住了他。老道士亲切地问：

“上学啊？”

“嗯。”伊万点头。

“上几年级啦？”老道士看着他笑问。

老道士头上戴一顶黑布帽子，身上也是黑上衣黑裤子，背上背了一只竹子编的背篓。

“六年级。”伊万回答。

“很好。好好学，将来做个有出息的人。”老道士说道。

“再见！”伊万朝老道士挥挥手，准备转身离开，这时他看见老道士弯腰从地上捡起一张纸丢进背篓里。他有点好奇，便驻步看着老道士，老道士边走边弯腰从路上捡拾人们丢弃的废纸，把它们一张一张放进背篓里。

后来听说，老道士每天早晨都会出来在街上捡拾废纸。不过他捡的都是上面有字的废纸，不管是手写还是印刷，也不管汉字还是外国文字或民族文字，只要上面有字，他就会捡起来，但他不捡空白纸。对这件事，不光伊万好奇，别人也一样，有人还专门找他打问，老道士回答：文字是人类祖先最伟大的发明创造，对文字的不敬，就是对祖先的不敬，这个罪可是很大的。

人们对老道士的好奇不仅因为这个，从他们爷爷奶奶开始到他们爸爸妈妈再到他们自己，老道士始终是那样一副模样，好像永远都不会变得再老，就是说，时间在他那儿是停滞的。

关帝庙院子里还有一个偏殿，那是娘娘殿，呼勒加这片地方的汉人，有很多都去关帝庙里的娘娘殿求过子，都是由老道士引领着，一边念经一边“叮叮当当”地摇响手里的铜铃，走过一道狭窄的通道，绕整个娘娘殿走一圈，再磕头、捐钱、上香、许愿。

所以，那个时候呼勒加的人们都认为老道士可以帮助他们念经祈福得子。

“恩将仇报啊！”这是老道士被红卫兵揪出来批斗之后，见人就说的一句话。后来，老道士如平地蒸发一般消失了，谁也不知道他去了哪里。

老道士失踪之前大概一个礼拜，伊万在后滩那儿的河边见到过他，两人还说了一会儿话。临别，老道士意味深长地对伊万说了这样一句话：“你爸爸是个好人，你也是好人，希望你的孩子也是。”最后，老道士转身离开，嘴里依然反复低声嘀咕着：“恩将仇报啊。”

一开始，伊万不知道老道士为什么老是念叨这句话，后来听说，那天把他从庙里揪出来的几个年轻娃娃当中，对他下手最狠的那两个，正是他念经念得的孩子。

伊万一直都忘不掉那天在河边老道士转身离开的背影。人们心目中永远都不会变老的老道士，好像几天时间就变成了另外一个人，变成了一个真正的老人，佝偻着腰，步履蹒跚，随时都会跌跤的样子。

这次见面之后过了几天，就听说老道士不见了。

中 篇

1. 两小无猜

娜佳他们家和我们家是邻居。说是邻居，可两家并没挨着，也不在一条街巷里，两家中间还隔着一片被伊犁人称为后滩的河滩地。这片河滩地呈长条状，由湿地、许多大大小小的泉眼、一条由东向西的小河组成。他们家在湿地和小河的南缘，南缘属于汉人街；我们家在湿地和小河的北缘，北缘属于英阿亚提街。

我上学早，六岁不到就上了学；之前，每天娜佳一个人走很远的路去学校，没人做伴，于是我没到上学年龄就被送到学校，跟着娜佳一起上学，有点像陪读。每天早晨，我背上书包去水磨跟娜佳会合，我们再从水磨出发去学校。我们喜欢绕汉人街走，虽然路远一点，可路上人多热闹。从麦草巷子走到汉人街，往右边一拐就是汉人街大桥，大桥过去有一家卖锅贴和包子的食堂。早晨他们不卖饭，门窗都大敞着，门口打扫得干干净净，还洒了水，食堂里面厨子们和面的和面、剁肉的剁肉、剥洋葱的剥洋葱，一派忙碌景象。

中午放学回家，我们还要路过这里，那时候整条街上都弥漫着香喷喷的食物的味道，从大街到小巷里头都是。每次路过这个地方，我都会屏住呼吸，不敢张嘴说话，怕口水像泉水一样奔涌而出。

从麦草巷子拐进去往后滩方向走，麦草巷子和鸡蛋巷子交叉的地方有一棵老榆树，榆树下面就是娜佳家邻居吐拉洪家的铁匠铺，铁匠铺现在的主人叫穆萨，大家都叫他铁匠穆萨，他是吐拉洪的儿子。麦草巷子快到头就分岔了，靠左手分出一条小巷道，因为巷子里有几家出售箩筐、扫把和席子的铺子，人们就给这条小巷起名箩筐巷子。箩筐巷子的西头跟新开的那条叫“英悦勒”（维吾尔语，新路；现在叫河滩路）的土路相接，土路经过一片坟地，最后跟英阿亚提街交叉，去往伊宁县、墩麻扎、巩留、尼勒克、新源方向的车马行人都走那条路。

汉人街这片区域几乎没有一条街巷是笔直的，都跟蛇一样歪七扭八；也没有一条街巷是干净的，尤其到了每年的开春和深秋季节，下过雨或冰雪融化的时候，巷道里黑乎乎的污泥都能淹没到膝盖。

铁匠穆萨长得跟他父亲吐拉洪一样壮实，只是胡子没有他父亲多；因为从小就在汉人街长大，他身上有很深的“汉人街”烙印：俗气、实在、随和、热情、幽默；自然，还有几分匠人的敦厚和商贩的狡黠。

“亲爱的妹妹，亲爱的弟弟，你们这是放学了吗？”每次放学回家路过铁匠铺，铁匠穆萨总是这么笑呵呵地跟我们打招呼。

“是的，穆萨喀。”娜佳回应一声，然后就拽着我的手往前跑。娜佳的维吾尔语说得很好听，柔声细气的，跟唱歌一样。

“别着急，走慢点，家里的馕和奶茶不会跑掉的！”铁匠穆萨沙哑的声音从我们身后传来。

从娜佳他们家到我们家要过一座窄小的木板桥，桥已经很老了，踩在上面吱呀作响，随时可能垮塌下去的样子，好像从我记事起就这样。这么多年过去，它始终顽强地挺着。

我从小就爱去娜佳他们家玩，他们家有水磨，她爸爸伊万也喜欢我，每次见到我第一句话就是："小伙子，过来握握手。"伊万用他又大又粗糙的手握住我的手，摇晃几下，加上一句："嗯，有劲儿，越来越像男子汉啦！"

娜佳呢，她也爱来我们家玩。我们家有很大一片果园，果园围墙边上都是玫瑰花，一到夏天，红色、黄色、白色的花竞相绽放，空气中弥漫着浓郁的沁人心脾的玫瑰花香。娜佳每次来都会剪几枝黄色的花拿回家，她和唐尼娅阿姨都喜欢黄色的玫瑰花。

我爸爸和娜佳的爸爸伊万是好朋友。我上学以前，爸爸一有空就会带我到水磨，爸爸和伊万一见面就开始研究水磨，不厌其烦地讨论磨盘上那些沟槽和花纹。我耳闻目染，了解水磨比了解我们家果园还多，我根本不知道我们家果园里有些什么树，可我很清楚俄罗斯水磨一共有多少块磨盘，每个磨盘上又有多少道沟槽，上磨盘是什么样子、下磨盘是什么样子，还有，加工小麦和加工玉米的磨盘石有啥不同，对它们的花纹、石质都有些什么要求；一般来说，加工玉米用的磨盘石石质更坚硬，不然磨不了几袋玉米磨盘上的花纹就磨平了，又得起盘重新凿出新的花纹。停磨、起盘、重新凿新花纹，可不是一件小事儿，需要用去一整天时间。先要关掉水轮盘上的水闸，把河水引进偏河道里，然后用吊架把上磨盘吊起来，花纹朝上搁置在木架上，开始用那些新开刃淬火的凿锤“叮叮当当”敲打磨盘盘面。每当这种时候，爸爸就会把我交给娜佳，让她带我去别处玩，因为凿锤敲打在磨盘上，碎石四溅，容易伤到眼睛。

唐尼娅阿姨身体不好，她多数时间都待在屋里，他们家有一台缝纫机，有时她就在那儿“哒哒哒”地缝东西，娜佳的衣服都是她给做的，她也给我做过一条裤子，那条裤子我穿了好几年，一直穿到快成短裤了才换新裤子。

唐尼娅阿姨见了我，就把我唤到她身边，摸摸我的头，然后手指着娜佳，说：“她是你姐姐，叫姐姐。”

不知道为什么，不管唐尼娅阿姨怎么说，在我记忆里，我好像从没松过口，在这件事情上表现得莫名其妙的固执，就是不叫姐姐。娜佳呢，对这似乎也无所谓，每当这种时候，她总是表现得很像大人的样子，脸上一副“你爱叫不叫，有啥了不起”的神情。

后来，等我们长大一点，我还专门问过她，问她愿意让我叫她名字还是叫她姐姐，她只是意味深长地看着我笑了笑，什么话都没说。

2. 别人的汉人街

对一些家住汉人街的人，那时候这样的人不在少数，娜佳就是他们当中的一个，他们对汉人街的态度有点微妙，甚至可以说排斥，好像汉人街是别人的汉人街，跟自己没什么关系。有一次在学校，我听见有人问娜佳住在哪儿，她犹豫了一下，接着告诉人家她住在英阿亚提街。他们家分明在汉人街，可她不愿承认，说住在英阿亚提街，难道她说的是我们家？不知怎么，听到她这样讲，我心里涌起一股莫名的欢喜，或许在我潜意识里，真希望我们家也是娜佳的家。

也难怪，长期以来，汉人街就是跳蚤市场、破烂市场的代名词，环境永远都是“脏、乱、差”，谁都不愿跟这样的地方扯上关系，怕被人看低。

突然想到钱锺书的《围城》，书中有句杨绛题在扉页上的流传甚广的话：“围在城里的人想逃出来，城外的人想冲进去，对婚姻也罢，职业也罢，人生的愿望大都如此。”

伊犁人对汉人街的态度好像也是如此，有些人本来跟它毫不相干，既没在那儿出生长大，也不在那儿上班做生意，反而愿意把自己跟汉人街扯到一起，总是把“我在汉人街长大”之类的话挂在嘴边。伊犁人心里清楚，这句话的潜台词就是“我在汉人街那种地方摸爬滚打，我怕谁”。没错，从20世纪70年代初直到改革开放以后好些年，汉人街始终是一个“问题街区”，那里房屋破烂、街道脏乱、人员复杂、吵架打架如家常便饭，只要不出杀人放火的大事情，就不会有人出来管。

我不止一次听见唐尼娅阿姨在那儿自己跟自己嘀咕：“这地方怎么会变成这样啊？”她说的“这地方”就是汉人街。唐尼娅阿姨是地地道道的汉人街人，她在那儿出生长大，后来嫁给伊万，住到俄罗斯水磨这儿，也还是没离开汉人街的范围。唐尼娅阿姨想不通，她的父辈们、那些开创汉人街的前辈，他们也一定不愿看到汉人街如此这般恶名在外。

提起汉人街的开创者，安文忠是一个不得不提的人物。我听唐尼娅阿姨说，她爸爸和她大伯也是因为受了安文忠的影响，才离开天津老家来伊犁发展的，他们都是天津杨柳青人。

有一次，学校在人民电影院包场看电影，不记得看的是《地道战》还是《地雷战》，我只记得电影散场后，娜佳跑到前排找我，我们一起回家。电影院出来往东走不多远有一幢两层楼，当时周围都是平房，所以这幢楼看起来很壮观，鹤立鸡群的样子。娜佳告诉我，这楼是他们家一个亲戚的，她说这话的时候难掩得意之情。在那一刻，我在她眼神里看到了一些不一样的东西，不是傲慢，也不是高高在上，而是一种陌生的来自某个遥远星球的光芒，一时让我手足无措，心里的羡慕之情如同传说中的伊犁河水，把整个呼勒加城都淹没了。

后来才知道，这幢楼是安文忠盖的，就是赫赫有名的呼勒加城文丰泰总店。至于安文忠跟娜佳他们家是啥亲戚关系，我一直没搞明白，也许是那种八竿子打不着的远方表亲吧。

安文忠出生在杨柳青一个船工家里，他是长子，他还有三个弟弟。父亲一个人做船工，收入微薄，无法供四个孩子上学，安文忠也就读过一年书。在清代，杨柳青是重要的运河城镇，很多人都做船工谋生，安文忠 14 岁那年就跟着父亲当船工了。后来，他为了多赚点钱，只身到陕西打短工。有人说，他跑出去赚钱另有原因，他看上了村里一个姑娘，可人家不想把女儿嫁给一个穷鬼。这件事对他刺激很大，他发誓一定要出去赚大钱，哪怕走遍天涯海角。

同治七年，也就是1868年，左宗棠在保定召雇船工，当地人都不愿应召，安文忠听说工钱高，欣然应募。正是这段随军经历，让他发现了后来让他发迹的生意。过了几年，他买了一副筐篓，进了一些小件日用品，开始实施他认为可以“赚大钱”的计划。那时候的军队没有后勤保障，安文忠正是看中了这一点，他担着筐篓，军队到哪儿他就跟到哪儿。这就是最初的“赶大营”。那段时间他吃了很多苦，有几次甚至险些把命都丢了。不过他赚到钱了，而且是“大钱”。

同治十年，安文忠风风光光地回到了杨柳青，一时间，他成了家喻户晓的人物，至于他看上谁家姑娘那件事，也没人再提起，不知是真是假。

天有不测风云。同治十二年，安文忠与人合伙贩粮食，结果船沉了，损失惨重，差不多赔光了所有家当。没办法，他重操旧业，再次挑起了筐篓。这一次他走远了，跟随左宗棠率领的西征军来到了新疆，也正式拉开了杨柳青人赶大营的序幕。

1877年底，左宗棠率领的清军彻底打败了阿古柏；1881年，通过谈判，清政府从沙俄手中收回了沦陷多年的伊犁；次年，也就是1882年，已经在迪化（今乌鲁木齐）站稳脚跟的安文忠，又跟随金顺将军的部队进驻伊犁，在绥定城（今霍城）内开设了一间门市部，挂出“文丰泰京货店”的牌子，后来又在呼勒加城设立了总店，只用了短短几年时间文丰泰便成为伊犁地区首屈一指的大字号，每年都有数千驮货物运抵伊犁。

左宗棠的确是安文忠的福星。最初在保定，安文忠应召成为左宗棠的船工，后来他又跟随左宗棠的部队进疆，一路走来，他从一个囊空如洗的穷小子，变成了富甲一方的人物。

光绪八年，安文忠再次衣锦还乡，这一次他把自己的终身大事办了，娶了一个同村的姑娘，此姑娘是不是当年的彼姑娘，就不得而知了。

刚办完婚事，他就开始紧锣密鼓地张罗生意，置办了两千两白银的货物运往新疆。他的这个举动仿佛一场地震，震惊了所有杨柳青人，大家议论纷纷，也有很多不着边际的猜想和传说，但不管怎么说，有一件事是确凿无疑的，那就是新疆那地方好赚钱。也就是从这个时候开始，越来越多的杨柳青人加入到赶大营的行列中来，这些人当中就有唐尼娅阿姨的爸爸唐彼得和伯伯唐掌柜。

3. 三个锅贴

妈妈说，我出生的时候娜佳刚会走路，还会说一些话，说的还是俄语。她是跟爸爸妈妈学的。那是小时候的事，后来她不说俄语了，因为除了爸爸妈妈没人能听懂她的话。

我们家和娜佳他们家算是患难之交。那几年闹饥荒，妈妈搜罗出家里所有值钱的东西交给爸爸，让他拿到水磨去换面粉。就这样，爸爸认识了伊万，他们变成了好朋友。

伊万白天给生产队加工粮食，夜里还要偷偷摸摸揽一些私活，也就有机会帮我们家换点玉米面和极少量的白面。后来听说，那些夜里一袋半袋藏着掖着送到水磨的玉米，大都是生产队喂马的饲料玉米，有人偷出来换东西。那个年月，好像世界上所有人都变成了贼、变成了骗子，不偷东西不说假话的人所剩无几。

娜佳他们家守着水磨，日子过得自然比别人好，起码不会饿肚子。后来，我们家跟他们家两家关系越来越亲密，就跟亲戚一样，不对，应该比亲戚还好，因为打那以后我们一家人也不再饿肚子了。

记得有一年夏天，唐尼娅阿姨和娜佳到我们家来，她们跟妈妈一起到果园里采摘玫瑰花瓣和马林娜（树莓），从上午一直摘到下午，然后就开始熬酱。炉子架在前院棚子底下，炉子边上摆满了搪瓷盆，有几个里面盛着玫瑰花瓣，另外几个盛着马林娜。唐尼娅阿姨在旁边指导，妈妈和娜佳动手把一些砂糖撒在花瓣和马林娜上面，再把搪瓷盆置到炉火上，用一只长把子木勺不停地轻轻搅拌。

这一天太阳落山的时候，棚子周围的地上满是大大小小各种形状和颜色的器皿，有玻璃罐、陶罐、大小不等的罐头瓶，每一个里面都装满了熬好的酱。在这一天之前，我们家没做这样的酱，这是第一次，也是最热闹的一次。

爸爸下班回来，一推开门就兴奋地大声嚷嚷道：“香味儿都飘到大街上去啦！”

之后的几个夏季，因为唐尼娅阿姨心脏不好，熬酱的事儿就交给了妈妈和娜佳，当然还有我，帮忙干点捡柴火之类的活儿。

那时候我应该刚上初中。一天，我们放学回家，走到大桥边那家卖锅贴的食堂门口，娜佳突然停下来，看着我，问：

“想吃锅贴吗？”

我看她，摇摇头，说：“我没钱。”

“我这儿有，还有粮票，能买三个，你吃两个，我吃一个。”她从口袋里掏出三毛钱和粮票，给我看看，然后拽着我一起走进食堂里。

我们买了三个锅贴，我吃了一个，她吃了一个，剩一个在盘子里，她推给我，我又推给她，推来推去，她急了，看着我：“你是男娃娃，叫你吃你就吃。”说完起身去门口，端起洗手壶开始洗手。

记得刚上学那会儿，我个头比娜佳矮很多，总是仰着脸看她；后来我长得很快，小学没毕业就差不多跟她一般高了；再后来，到了中学，我比她高了，她开始抬着眼看我。

“娜佳，你毕业了做什么？”我问。我们从食堂出来，沿着麦草巷子往后滩走去。

“当工人。到毛纺厂上班。”她说。

“毛纺厂？”我差不多惊呼道。在我印象中，毛纺厂是个很大很大的工厂，大到离我们的生活十分遥远，甚至高不可攀。

“对。你呢？”她看着我。

“我？我要到很远的大城市……”我没敢说出我要去北京，因为我还没想好到北京去做什么，上学还是当工人。

“我支持你！”她拍了一下我的肩膀，“男人就应该去很远的地方，越远越好。”她说这话的口气有点像唐尼娅阿姨。唐尼娅阿姨跟我说过，男人就应该像鸟儿一样，飞上高高的天空，飞去遥远的地方。

“到了外面会不会想家呀？”我这样嘀咕着。我有些犹豫，好像自己真的要到一个很远很陌生的地方去似的。

“想爸爸妈妈？”她瞟了我一眼，问道。

“也不、不全是。”我突然感觉脸上烧烧的，应该是红了。我把头扭到一边，眼睛望向远处。

“你会想我吗？”她突然问，声音很轻。

我不确定她说的是不是真话、心里话，哪怕她是说着玩的，在那一刻，我都没有勇气坦然地面对她。我憋了半天，吞吞吐吐说出一句：

“我会、会想你们的。”

“傻孩子。”她笑起来，“嘿嘿，还知道不好意思。长大了是吧？你要是走远了，我也会想你的。”

“我要是去了很远的大城市，在那儿找到工作了，挣了很多钱，我就回来接你。”我说出这段话的那一刻，感觉自己像个英雄，内心里把自己崇拜得五体投地。

“怎么，你想养活我啊？”

她说这话时声音轻柔得跟微风一般，又好像那声音是从她身体里面发出来的。她把脸扬起来，望向天空，抬起一只手，用手背抹了抹眼睛。她哭了。我知道，伊犁女人容易感动，容易流眼泪。她妈妈唐尼娅阿姨和我妈妈一样，每次送亲友出远门，或者见到久别的家人、朋友，她们都会和对方抱在一起哭，不知道是因为高兴还是因为伤心。

我们谁也不说话了，默默地各走各的路，一直到水磨，一直到那个摇摇欲坠的木板桥前面，她走向他们家大门，我走上木板桥。

就是在那一天的那一时刻，我第一次感悟到，时光并不总是美好的，它正无情地将我们送往一个长大成熟的世界，使我们的每一份心思、每一丝情感，都开始变得具象而沉重。

4. 铁匠铺

铁匠穆萨是个文盲，他连自己的名字都不会写，可是他很能干，除了打铁，他还会很多别的，比如修理自行车、锁子什么的，还爱管闲事。

有一次我放学回家，路过铁匠铺门口，被他叫住了，他让我到他的铺子里去。铺子里就他一个人，我一走进去，他就很严肃地问我：

“大鼻子，告诉我，你在学校有没有相好的女孩子？”

他一直都叫我“大鼻子”，不叫我名字，他还说“大鼻子”是对男人最好的赞美，不知道是不是真的。

“没有。”我的脸唰地就红了，嘴里嘟哝着。

“真没有？”他脸上露出一副似笑非笑的表情，两只眼直勾勾地盯着我。

“学校不让男孩子跟女孩子好。”

他点了点头，从口袋里掏出莫合烟（一种土法加工的烟末）盒子，撕了一片报纸，撒了一些烟末，卷了卷，走到炉子跟前，然后用火钳夹出一块炭火，点着烟，吸了几口。他看看我，给我指指旁边打铁用的砧子，说道：

“比方说，我们把这个砧子当成女人，它上面那个锤子就是男人，它们两个在一起才能打出马掌子和镰刀。你说对吗？”

我不觉得这个比喻好，可我还是点头了，说了声：“嗯。”

他继续说道：“如果把它们两个分开，一个丢这儿一个丢那儿，那就没法干活了。如果丢的时间长，它们会生锈，最后变成废铁。”

这话听起来有点怪，不免让人忍不住多想一些，特别是像我这样的年轻娃娃，正是胡思乱想的年岁，更热衷往歪处想。

“那又怎么样？”我看看他，又看看木墩上的砧子还有砧子上那把锤子。

“我的意思是，你和娜佳，你们两个应该在一起，她给你做老婆。”他说。他说话态度十分认真，脸上表情跟钉马掌的时候一样严肃，显然不是在开玩笑。

我感觉脸上火辣辣的，赶紧把头埋下去，不敢看他。这个时候我真希望地上有一道裂缝，那样我就会立刻像蚯蚓一样钻进去。

“我说的是真的，你是一个男人，当然，你现在还不是，现在你是学生娃娃，不过过不了几年，你就是大男人了。我是过来人，我有很多经验可以告诉你。女孩子的心像野鸽子一样，谁也不知道它会往哪儿飞，最好趁它还在窝里的时候，你就赶紧抓住它。”

“我走了，穆萨喀。”我像逃命一样逃出铁匠铺，沿着麦草巷子往后滩那边一路狂奔。

铁匠穆萨从铁匠铺里追出来，在我身后喊着，声音沙沙的，跟吃了一嘴沙枣似的：“嗨，别跑啊！娜佳现在还在窝里，你得抓住她！”

我跑了一阵，回头去看，铁匠穆萨双手叉腰站在铺子门前那棵老榆树下望着我这边。跟身边的那棵老榆树相比，他显得那么矮小。铁匠穆萨告诉过我，铺子前面这棵老榆树已经两百多岁了，汉人街还没有的时候，它就已经是一棵大树了，它见识了汉人街上发生的所有事情，可惜，它什么都不能告诉我们。

老榆树底下，靠铁匠铺子一边，有一条长长的木板凳。每到星期天，或是农闲的时候，木板凳上总是有一帮人肩挨肩坐成一排，聊些“秃尾巴的马不如骡子”之类的闲话还有笑话，伊犁人叫“恰克恰克”，还不时爆发出笑声。

一次，爸爸叫我去铁匠铺跟铁匠穆萨借把扳手，我去的时候铁匠穆萨的徒弟依民江正用扳手拆卸一辆旧自行车，我就坐在那儿等。当时外面的木板凳上坐满了人，有的我认识，有的没见过。

“驴贩子艾买提去喀什回来了吗？”有人问铁匠穆萨。问话的人叫贾马尔，家在英阿亚提街大街上，他是皮革厂工人。

“还没呢。”铁匠穆萨回答说，他手里正摆弄着一把旧锁。他抬眼朝贾马尔看过去，脸上板板的，啥表情没有，“你是在问我吗？唉——，看来你帽檐下那对黑窟窿跟我肚脐眼一样，只是个摆设，没啥用，不然怎么会看不出来呢？”

“看出来什么？”贾马尔有些莫名其妙，问道。

“看出来什么，看出来艾买提家的胖砧子闲得都生锈了呀！”说完铁匠穆萨自己先“咯咯咯”地笑了，跟着大家一边起哄一边笑，那些笑声中好像鬼哭狼嚎驴马叫什么声音都有，把汉人街这一角闹得鸡犬不宁，路人都好奇地驻足观望。

“嗨，穆萨，你不怕艾买提回来踹你屁股吗？”笑过之后，贾马尔这样问铁匠穆萨，话里有几分挑拨的味道。

“他踹我屁股？你叫他到我面前瞪个眼试试，不给他屁股上钉两个驴掌子，我就不叫穆萨了。”铁匠穆萨有些激动，拍拍自己厚实而多毛的胸膛。他像一头随时准备出击的公羊，憋足了劲，怒目盯视着对方。

“别这样看我，我可没惹你，你那些驴掌子还是留给艾买提吧。”贾马尔满脸堆笑，告饶说。

“开玩笑开玩笑，”铁匠穆萨也笑了，他把手里那把旧锁扔到墙角的废铁堆里，说道，“汉族人说，先把旧东西扔掉，才能腾出手去拿新东西（旧的不去新的不来）。你这破锁没法修了，去买把新的，艾山江。”铁匠穆萨说着站起身，顺手从门边的一只铁罐里抓了一块肥皂，到水沟边洗手。

“它锈得太厉害了是吗，穆萨喀？”那个叫艾山江的小伙子问。他蹲在门口外面，一脸坏笑，显然话里有话。

“不用说，它肯定比艾买提家那个胖砧子锈得还厉害。”坐在长凳子上的赛买提看着艾山江，怪声怪调地说，“你怎么可以让它锈成那样呢，我的弟弟？”

赛买提的话引来大家一阵爆笑。铁匠穆萨从铺子门上取下擦手毛巾，一边在手上揉巴着一边走到赛买提面前。他不怀好意地冲赛买提笑笑，说他一定会把这些话告诉艾买提，然后他小声问赛买提：

“打听你一个事情，你体重多少公斤？”

“你问这干吗？”赛买提有些莫名的警觉。

“别怕，没什么，我就想知道艾买提一脚能不能把你踹到伊犁河边去。”铁匠穆萨朝他挤挤眼睛。

“他踹不动你对吧？我知道为什么，因为你比我多一样东西，所以比我重。”赛买提也不甘示弱，回敬道。

“多啥？”铁匠穆萨问。

“据说坏人有两颗心，一颗是人的，一颗是魔鬼的。”赛买提笑呵呵地回答。

“我不光多一颗魔鬼的心，还有别的东西呢，别的东西也都比你重。哈哈哈——”铁匠穆萨说着爆发出一阵肆意的狂笑。

“快点，你们两个，光嘴上说不作数，拿出来当我们面比试比试，看到底谁的大谁的重。”有人起哄。

“哎哎，你们差不多点，这里还有小孩子。”赛买提提醒大家。

赛买提住在我们英阿亚提街那边，家里很穷，一年前才从乡下娶回来一个老婆，有人说他老婆是被他骗来的。这个很有可能，伊万说过赛买提这小子都能把石头说哭，骗个老婆算啥。

“他也很快变成一个男子汉了，对吧，弟弟？”铁匠穆萨说时看着我笑了笑。

5. 包腿裤

星期天一大早娜佳就到我们家来了，她来的时候我还在睡觉，是妈妈叫醒我的。

我一骨碌爬起来，慌里慌张地找衣服，我知道娜佳马上就会到我房间里来，她才不管我穿没穿好衣服，从小就这样。

“你看漂不漂亮？”她推开房门，站在门口，身子侧向一边，转过脸看着我。

“漂亮。”我一边手忙脚乱地扣衬衣扣子一边应付她说。

“你看看呀！”

“看了，港裤。”那时候把包腿裤叫港裤，就是香港人穿的细腿裤子。

“再好好看看。”

我把被子整理好，坐在床边，看着她身上的裤子，说：

“真的很漂亮。谁给你买的？”

“我自己。瓦洛加舅舅给的钱。”她显然非常满意自己的这条新裤子，言语中透露着难以抑制的欢喜。她抬脚迈进门槛时，整个身子都跟着扭来扭去。裤子把她的腿包裹得太紧了。我在想她是怎么把它穿在身上的，大腿那儿都快绷开了似的。

瓦洛加是唐尼娅阿姨的弟弟，不过不是亲弟弟，是她妈妈娜美丽一个好姐妹的儿子，比她小五六岁。瓦洛加在伊犁也没有其他亲戚，所以跟娜佳他们家走得很近。他在伊犁汽车运输公司上班，是个司机。

“学校不让穿这种裤子。”我提醒她说。

“管它呢，我就穿。”说着她走到门口，转过来看着我，“你真觉得好看？”

我点点头：“嗯。”

她笑了，笑得很甜，就跟小时候刚刚梳完头编好辫子，跑来在我面前显摆一样。小时候，她一来我们家，妈妈就会给她梳头，给她编上两根又细又长的辫子，还要绑上两根细细的红色头绳。她问我好不好看，我总是会说，她头上的两条辫子比她妈妈脖子上的项链还好看。这个时候她就会露出一脸甜甜的笑。

我们学校高中部跟初中部都在一块儿。高中部总共三个班，高一两个班，高二一个班。娜佳上高一，我上初三。我们两个的教室在一个走廊里，斜对门。

第一节课下来，我在走廊里碰到娜佳的同学肖颖，肖颖他们家也在汉人街。在汉人街大街上，她爷爷以前有一个皮鞋作坊，新中国成立以后就公私合营了，后来扩建成伊宁市前进皮鞋厂。肖颖他们家也被下放过，在昭苏县生活了好几年，才回城不久。肖颖见了我，赶紧把我拉到一边，在我耳边悄声说："娜佳出事了。今天早晨，几个在街上执勤的民兵在校门口把她抓走了。"

听了这话，我脑子里"嗡"的一下，整个人像傻掉了一样，愣在那儿半天，不知道该做什么。

后面几堂课我几乎都没听进去，脑海里出现各种各样可怕的情景：娜佳被关在一个铁栅栏包围的房间里，房间里黑漆漆的，除了一张破破烂烂的床，什么都没有，地上还有老鼠跑来跑去。我看见娜佳在哭，头发披散着，脸上青一块紫一块，嘴角还流着血……这应该是电影里好人被坏人抓住关起来的情景。

"我刚才讲的什么？站起来回答！"语文课上老师走到我面前，用手里的粉笔敲了敲我的课桌。

我站起来，看着黑板上面的字，那些字很乱，不知道写的什么。我不说话，低头看着桌上的课本。

"坐下。要注意听讲。"说着老师转身走到前面去了。

中午放学，我直接跑去娜佳他们家。我一进门，就看见她坐在院子里，手里拿着那条港裤，正在那儿哭。

我走到她跟前，蹲下来，看着她。

她抹了一把眼泪，看了我一眼，双手拎起那条裤子给我看。新裤子的两条裤腿被扯成了四片，一直扯到膝盖那儿。

“我还能把它们缝起来。”她边抽泣边小声说。

还好，两条裤腿都是从缝线处撕开的，应该可以恢复成原样。

“他们没有打你吗？”我关切地问。看到她伤心的样子，我心里隐隐作痛。

“谁打我？”她泪眼看着我。

“那些民兵呀。”

她摇摇头，说：“他们问我住哪儿，我说在汉人街，他们就说‘怪不得呢，哪像个学生，简直就是女流氓’。”说着她又抽泣起来。

“你为啥不告诉他们你住在英阿亚提街呀。”我说。

娜佳抹了一下眼泪，看着我笑笑，没有说话。

我不知道怎么安慰她，脑子里乱乱的。那个时候，我对所谓的“女流氓”还没有一个具体概念，就知道它是骂女人最难听的话，仅此而已。

“你还没吃饭吧？”她起身，用手拍拍我，“走，我给你弄吃的。爸爸妈妈不在家，他们去舅舅家了。”

“娜佳，去我们家吃吧。”我说。

“我眼睛肿了，哪儿也不想去。”她走到门口停下来，看着我，“要不你回去吧。我自己弄点奶茶喝就行了，反正也不饿。”

这个时候，我不忍丢下她一个人在家，便说：“我也不饿。

那咱们就喝奶茶吧。”

“家里有新烤的列巴，还有奶油和果酱。”娜佳说到“奶油和果酱”的时候，我口水都流出来了。在这一刻，食物的诱惑暂时让我们忘却了所有的不愉快。

6. 流言蜚语

自从发生了那件事情，娜佳就不到学校去了，她不想见到老师，也不想见到同学。学校里出现了很多有关她的流言，说得很难听。

一天放学回家，我刚走出校门，遇到一帮高年级男生在前面走，有说有笑，我听见有个男生阴阳怪气地学女生说话，显然是在模仿娜佳的声音，他说：“这裤子是我自己买的，自己穿，碍别人什么事儿。”另一个男生接过去说道：“汉人街丫头就是骚情，她外边肯定有男人，这裤子可能就是人家给她买的。”跟在后面的一个矮个子男生，看着一副流里流气的样子，说话更难听，他往前紧走几步，压低了声音说：“我看见她的腿了，白白的，一根汗毛没有，真想摸一下。”说完还“嘿嘿嘿”地笑了。

他们一路走一路说，根本不管周围有没有人听见。

他们嘴里吐出来的那些话，就像一根根芒刺，扎痛了我的心，特别是最后那个家伙的话，一下把我心里的怒火点燃了，熊熊火焰从我嗓子、眼睛、鼻子，还有耳朵里往外冒。有好几次，我都想跑过去，冲他们大吼一声：“闭嘴！你们这帮混蛋！”可我忍住了。我不敢那么做，他们人多，他们比我大，我打不过他们。我忍住火气，停下脚，让他们走远，从我视线里消失。

我不想回家，由着自己的脚步随便走，最后却走到了铁匠铺。

铁匠铺门口刚刚清扫过，还洒了水，空气中弥漫着泥土的气息。

在我的印象里，铁匠铺永远都是这么干净整洁。

不知怎么，我心里突然有种雨过天晴的感觉，轻松而舒坦，真是很奇怪。平日里，每次到铁匠铺，我都会很开心。他们把一个如此老旧而又简朴的铁匠铺当成女孩子一样，见空就为她洗漱打扮。每天，甚至每时每刻，铁匠铺都漂漂亮亮地面对每一个来这里和路过这里的人，在汉人街麦草巷子这片脏乱的街巷里格外显眼。

铁匠穆萨正在跟依民江在铺子里喝茶。他们把一块方木板铺在铁架子上当餐桌，木板上面摆了一个铁盘子，盘子里放着几块掰开的馕和酸奶疙瘩，还有一只小茶壶、两三只小碗。

铁匠穆萨见我进来，招呼道：“进来吧，大鼻子，一块儿喝茶。”

“我不饿。”我小声说。我走到里面，坐到靠墙的木凳子上。

“来吧，坐这儿。我们的午餐很简单，别嫌弃。”铁匠穆萨给我指指身边的小矮凳。

我把书包放到木凳子上面，过去坐在他身边。

“给弟弟倒一碗茶。”他对依民江说。他伸手将铁盘子端到我面前：“抓一块馕，垫垫胃。”

我拿了一块馕，慢慢嚼起来。

依民江喝完茶起身到外面去了，他蹲在门前的渠沟边上抽烟。

我吃了一块馕，又吃了一小块儿酸奶疙瘩，开始喝茶。

“现在，告诉我，到底发生了什么事？”铁匠穆萨一脸严肃，看着我，问道。

“没什么。”我敷衍说。我不想告诉他学校发生的事，告诉他也没用。

“娜佳为什么不去学校了？”他把脸凑过来，眼睛盯着我。他脸上的胡子茬一根一根，像刺一样扎着，感觉很硬的样子。

“不知道。”我低着头，盯着自己的鞋子。

“不知道？”他抬手拍拍我的肩膀，“我虽然是个文盲，可我眼睛不瞎，看得出来情况不对。告诉我发生了什么事？”

我忍了半天，最后还是对他说了，告诉他包腿裤的事儿，还有执勤的民兵当众撕开娜佳裤腿的事儿。我没说刚才那帮男生议论她的话，他听了肯定很生气，搞不好要找那些多嘴的男生算账，扇他们一人一耳光。

“原来是这么回事，怪不得伊万喀不肯对我讲。”铁匠穆萨嘀咕道。他从口袋里掏出莫合烟盒，撕了一片报纸，一边卷莫合烟一边摇头，脸上没有表情，不知道心里想什么。过了好一阵，他站起来，看着我说：“你带我去见你们老师。”

“你见我们老师干吗？”我慌了，忙问。

“我去跟他讲道理，一个孩子，就因为穿了一条包腿的裤子，就、就非要给人家把裤子扯烂，还当着那么多人的面。这件事做得不对。”

“这件事跟我们老师没关系。”我解释。

“为什么没关系？要不是你们老师叫民兵去，能发生这种事吗？”他都快吼叫起来了。

“穆萨喀，娜佳的老师和我的老师不是一个人。”我告诉他说。

“你们不是一个老师吗？”

“我们学校有很多老师，一个班一个，还有校长。”

“那你就领我去见校长，我去跟他讲道理。”他说着起身去拿挂在门背后的衣服。

我一下懵了，不知道该怎么办。他要是真去了我们学校，可就麻烦了，他脾气那么大，又不会讲汉语，弄不好会跟学校老师和那些民兵打起来的。

7. 打抱不平

我告诉铁匠穆萨不是学校不让娜佳去上学，是她自己不想去了，跟老师和校长都没关系。我说了半天，没用，他很固执，非要到学校找校长讲道理。没办法，我只好答应带他去学校。

他穿好衣服，临出门，像是给自己打气似的，面对着我和依民江，大声地说：

“我就想问问校长，要是娜佳是他的女儿，他还会让那些民兵当街把她的裤腿扯烂吗？我就问他这一个问题，看他怎么答复我。哼！”

说完，他跨出铁匠铺的门，迈开大步朝汉人街方向走去。我紧紧跟在他身后。

铁匠穆萨长得又高又壮，像头牛一样，拳头跟我的脑袋一般大！

这个时候我心里也很矛盾，既担心又开心，担心回头老师会骂我，说我不该带他去学校；开心的理由也简单，我要让高年级男生都知道，我有一个大块头哥哥，看以后还有谁敢欺负我。

我们一路雄赳赳气昂昂地走过来，快到学校门口的时候，铁匠穆萨停下来，指着在校门口戴红袖章执勤的同学问我：

“那、那些红袖章，他们在干什么？”

“检查。”

“检查？检查什么？”

“检查有没有坏人到学校来。”

“他们会放我们进去吗？”

“不知道。也许不让你进去，你不是老师，也不是学生。”

铁匠穆萨站在那儿看了看，顺手从口袋里掏出莫合烟盒，走到街边的墙根底下，背靠墙蹲下去，卷了一支烟点上抽起来。我也走过去，挨着他蹲下来。我一抬头，看见卡里在对面商业局的大门口站着。卡里是前进皮鞋厂的领导，我在铁匠铺见过他，他让铁匠穆萨给他们厂加工鞋掌子。我记得铁匠穆萨还跟他开玩笑，说把驴掌子钉在皮靴后跟上，跑起来一定跟驴一样快。

“卡里喀在那边。”我对铁匠穆萨说。

铁匠穆萨抬眼看过去，打了一个口哨，卡里一下就看到我们，穿过马路朝我们走过来。

“穆萨，你还好吗？”卡里笑呵呵地问候道。

“你好。家里父母怎么样，妻子和孩子们也都好吧？”铁匠穆萨起身拉住卡里的手，说着问候的话。

“你呢，小伙子，家里爸爸妈妈好吧？”卡里也跟我握了一下手。

“大厂长，你不在厂子里盯着你的工人好好干活，像个掉队的山羊，到处跑啥？”铁匠穆萨调侃说。

“这话应该我说，你不老老实实守着你的砧子和锤子，跑到这儿做什么？这儿可没啥东西让你敲敲打打的。”卡里回敬道。

“开个玩笑。对面大门里头就是你们司令部吗？”铁匠穆萨问。

“对，那就是我们司令部，管我们的领导都在那里面，我是来给他们汇报工作的，当豆粒大个厂长，一天到晚事情不少。”卡里摘下头上的前进帽，抠了抠头皮，看着铁匠穆萨，笑问：“你呢，来上学？”

“对，我来上学，想学几个字，完了跟你一样当个厂长，以后自己就不用干活了，指挥别人干就行。”铁匠穆萨说完自己笑了。

“说真的，你来这儿干什么？”卡里问。

铁匠穆萨看了我一眼，说道：“为娜佳的事，她不想上学了，我想找他们校长问问情况。”

“她爸爸妈妈呢？他们怎么没来？”

“他们，他们还不知道这事儿。”

“去问了吗？人家怎么说？”

“我在想，我去问人家合不合适。”

“对，这事儿还是让孩子的爸爸妈妈来问。人家要是问你，娜佳是你什么人，你怎么说？是哥哥？怎么看都不像。”说完，卡里笑着摇了摇头。

“你说的对，还是让她爸爸伊万来问吧。”铁匠穆萨点点头，“那，那咱们回去吧。”

说完，他和卡里两个人往汉人街方向走去。我跟在他们后面走了一阵，突然想起下午还要上学，便停下来，说：

“穆萨喀，我下午还要上学。”

铁匠穆萨停住脚，转过身来，两只眼睛直盯着我，一字一句地说道：“听着，大鼻子，要是哪天你也像娜佳一样，因为一点小事情就不来上学的话，你看我怎么……”他犹豫了一下，没说出后面的话，朝我挥挥手：“上学去吧。”便转身跟卡里一起往汉人街走了。

8. 克拉玛依

有一段时间，娜佳把自己关在家里，哪儿也不去，连我们家都不来。

扯她裤腿那件事发生在暑假之前，过了暑假娜佳就该上高二了，可她再也没去过学校。她一个人待在家里，有时候也会帮妈妈洗洗衣服、做做饭什么的。第二年开春的时候，瓦洛加舅舅要开车去克拉玛依，说是把她也带上，让她离开伊犁一段时间，如果在那儿能给她找个工作，她就不用回来了。

我听到这个消息是星期六吃晚饭时候的事，是爸爸从水磨回来告诉我和妈妈的。那顿饭我吃了一半就离开了桌子，跑回自己房间，关上门，趴在书桌上不知道要做什么。整个晚上，我就那么趴着，书没看一眼、作业没写一个字。我满脑子想的都是娜佳，想的都是她的好。小时候她偶尔也会欺负我，她要下河游泳，我怕水不敢下，趁我不注意，她会一把把我推下河去，看我在水里扑腾，她站在岸上开心地“咯咯”大笑。

不过，多数时候她更像个大姐姐，随时准备保护我。有一次放学回家，我们刚走到汉人街大桥那儿，有两个跟她一般大的男孩子拦住我们，其中一个上来就要抢我的帽子，娜佳一把把我拉到自己身后，冲那个男孩子喊道：“你敢抢我弟弟的帽子，我到你们家去，找你爸爸要！”她一下就把他们镇住了。那两个家伙很不情愿地把路让开，走到一边去了。

那时候我不知道克拉玛依离伊犁多远，就知道那里出石油，冬天很冷，夏天又很热。如果她去克拉玛依找到了工作，也许就不回来了，我也就再也见不到她了。我越想越难过，差点忍不住哭出声来。

平时，每逢星期天，我都会睡懒觉，妈妈爸爸也不会叫醒我，除非有什么要紧事。这天早晨天一亮，我自己就醒来了。我一骨碌爬起来，穿好衣服，脸都不洗就往水磨跑。

早春的空气里依然携带着冬天的味道，气温在寒和冷之间，从河边吹来的风穿透我的衣服，直接往皮肤里钻。我一边跑一边打哆嗦。

娜佳在院子里，正把洗好的手帕和毛巾往绳子上挂，见我进来，说了声“来啦”，便继续忙手里的活，就跟没事儿人一样。

“你要去克拉玛依吗？”我走到她身边，问。

她看着我点了下头，弯腰从地上拾起脸盆，往厨房走去，边走边问我洗脸刷牙没有。其实，她一看我就知道我没洗脸，可她还是这么问，好像习惯了一样。就像每次见面，总要问我多长时间没洗澡了、内衣换没换、晚上睡觉前洗不洗脚、袜子有没有味儿……说实话，要是我妈妈这么婆婆妈妈问个没完，我肯定不耐烦，说不定还会发脾气。可是，换娜佳这样问，我还挺开心，如果哪次没问，心里反倒不自在起来，还猜想她是不是不高兴了。

娜佳他们一家人平时起得都早，我到的时候，伊万和唐尼娅阿姨都已经吃过早饭了，一个进了水磨，一个上汉人街买东西去了。

我去河边洗了个脸，河水冰冷刺骨，一下就把头脑里残存的一点睡意赶跑了，精神顿时清爽起来。我走进厨房，娜佳问我：“你喝牛奶还是奶茶？”

“奶茶吧。”我说。我坐到餐桌跟前，看着她在灶台前忙活。

有点奇怪，我本来满怀生死别离的伤感情绪跑来，转眼间便似雨过天晴，开始平静地感受生活的琐碎与美好。

餐桌上摆了好多吃的，有列巴、小馕、煮鸡蛋，还有马林娜酱、杏子酱和蜂蜜。

娜佳他们家的摆设和布置，说实话有点不伦不类，或者确切地讲应该是大融合，哪个民族的东西好像都有一点。客厅正中是个大壁炉，这种东西只有俄罗斯人家才有；像门上和窗户上挂的绣花窗帘和一侧墙上挂的壁毯，都是伊犁维吾尔族人家的风格；客厅靠墙放了一张八仙桌，桌上一边一个摆了两只瓷花瓶，旁边还有两把藤椅，已经很破败了，说那是娜佳的姥爷唐彼得以前用过的东西。

我们一边吃饭一边聊天。此刻，我脑子里只一个念头，怎么才能说服娜佳不要去克拉玛依。

“听说克拉玛依是个光秃秃的地方，没有树，也没有草。夏天的时候，地上的石头热得都不敢用手摸。”我把从别人那儿听来的话，添油加醋转述给她。

“那儿有石油。那儿好找工作。”她一边喝茶一边说。

“谁说的？”

“舅舅说的。”

“舅舅说的？”

“是啊。他有个朋友在克拉玛依开车，经常来伊犁拉东西，是他告诉舅舅的。”

“是吗？”

“你不相信？”

“不知道。”

“你别管我的事，自己好好学习。”

我不再说什么，现在说什么都没用，听她话的意思，她已经拿定主意了。我了解她，她拿定主意要做的事，谁都拦不住。

我告诉娜佳，前几天我见到她同学肖颖了。

“听说她们都要下乡，到霍城县和伊宁县插队。”娜佳眼睛盯着自己的茶碗，轻声说道。

“肖颖说，她爸爸正在找人，想把她安排到食品厂当工人。”我说。

“她身体不好，在农村肯定受不了，最好能留下来。”

“你不是也想到毛纺厂当工人吗？”我问，问完就后悔了，我这是在揭她心里的伤疤。说实话，我宁可让娜佳上完高中下农村，不管是去伊宁县还是去霍城、察布查尔，哪儿都行，反正都在伊宁市周围，总比去克拉玛依要好。

“我问过了，他们这两年不招工人，再说我都没有高中毕业，人家现在只招高中毕业生。”说这话的时候，她叹了口气，又摇了下头。

不知道她是不是后悔自己放弃了学业，如果真后悔，现在回学校也应该可以，留一级继续上，也就晚一年毕业。我心里虽这么想，却不敢说出来。我知道，以她的性格，即便后悔了，也不会回头，她把它深埋在心底，不怨天不怨地，自己一个人默默地吞噬苦果。

那天，我路过铁匠铺，又被铁匠穆萨叫住了。他还是那些话，叫我一定要把娜佳抓住，现在不抓住，等别人下了手，事情就麻烦了。我说娜佳比我大一岁多呢，自己一直把她当姐姐看。他却说，大了才好，会很好地照顾我，将来生孩子养孩子都不用我操心。

“别的事可以找人帮忙，找老婆这种事不行，必须靠自己。”铁匠穆萨逮着我说个没完，“大鼻子，我亲爱的弟弟，你要是再躲来躲去，我真厚着脸皮去跟她说了，让她给你做老婆。”

“穆萨喀千万不能跟她说，她听了就再也不会理我了，真的！”我急得都要跳起来了。

“好吧，我不说，你自己说去。你是个男人，要硬起来，这样。”说时他握紧拳头，在我面前晃了晃，“说的话也要硬邦邦的，就告诉她，让她老老实实在家待着，等你以后娶她。”

“好，我说，我就这样说。”我一边答应一边往外面走，想赶快离开那儿，越快越好。

“现在就去告诉她，听见没有？”他还在我身后喊道。他沙哑的嗓音就跟牧羊人抛向羊群的石块，撵着我，让我不敢回头，只顾拼命往后滩跑去。

9. 海棠花开

不知不觉过去了半个多月。娜佳离开伊犁的时候，地上的冰雪才融化干净，一早一晚还要穿毛衣和外套。这两天突然热起来了，园子里那棵最大的海棠树，一夜之间每一个枝头都挂满了白花，就像裹了一层洁白的绸布，在阳光下显得格外炫目。

我们隔壁是黑尼卡力家，他家果园比我们家果园大很多，不过没多少果树，靠墙有一排葡萄架，零星有几棵李子树，剩下的地方都空着。一天中午，我放学回家，看见黑尼卡力隔着园墙往我们家园子里望着，见到我，招手叫我到他跟前去。他是一个高大魁梧的人，一张黑脸，鼻子下面有一弯浓密的胡须，嘴唇总是躲在那弯浓密的胡须后面，显得神秘而威严。他不会笑，看人的眼神跟刀子一样，凶巴巴的，我们街区的孩子都很怕他。

他抬手指指我们园子里那棵开满白花的海棠树，说："你应该管管它。"

"它、它开花了。"我支吾道。

"我看见了，我是让你教训教训它，它有点过分。"

"教训？"我疑惑地望着他。

"拿根木棒打一打，把那些花打掉一些。"

"为、为什么？"

"树木也跟人一样，太疯狂没好事儿。"

"哦。"我不置可否地点了下头。

黑尼卡力说完转身走了，往葡萄架那边去了。我又看了一眼那棵海棠树，便回屋里去了，没照他意思去“教训”它，因为我不知道这是哪儿的讲究，也是第一次听人这样说。再说这棵海棠树也不是我们家的，它是伊万从伊宁县移来的，刚拿来时栽在娜佳他们家院子里，那儿水位太高，树差点涝死，后来干脆移到我们这儿来了。说起来这棵海棠树应该是伊万的，他是个大大咧咧什么都不在乎的人，哪儿还管它开花开成啥样。

娜佳走后，爸爸妈妈请伊万和唐尼娅阿姨来家里吃过饭，上星期天我还去看过他们。

唐尼娅阿姨说，前几天伊万陪她去医院做心脏检查，医生顺便也给他做了一下检查，结果发现他也有心脏病，而且还比较严重。从去年开始他就经常说自己胸口痛，夜里总是醒来，可就是不肯去看医生，总说休息休息就好了。这次医生给他开了一些药，让他先吃一段时间看看，不行就去住院。医生特意嘱咐他注意休息，不能劳累，可是，一回到家他就去找铁匠穆萨，可能又是去跟人家商量一起上山的事。

“上山干什么？”我问。

“说是挖什么东西，好像是一种药，我也没听清楚。”唐尼娅阿姨嘟哝道。

“是挖贝母吗？我们街上有两个人进山了，昨天的事，说是去挖贝母。”

“那能干啥？卖钱吗？”

“听说汉人街药材公司专门收购贝母。”

“噢。知道了。”唐尼娅阿姨点了点头，“现在这水磨也快闲下了，公社那边修了一家电磨，说是一天能加工五车麦子，又快又干净。”

“是吗？那水磨怎么办？”

“不知道啊。前两天公社领导来过，转了一圈，什么也没说就走了。唉——”唐尼娅阿姨唉声叹气地说。

“水磨没活儿也好，可以好好休息。”

“伊万可闲不住，水磨没事他会自己找事情做。他这么大年纪的人，没有像他这样爱瞎胡闹的。”唐尼娅阿姨眼睛盯着我，压低声音说，“伊万从来不听我的话，娜佳在家他不敢胡闹，娜佳会说他。这丫头，不知道啥时候回来，也不知道写一封信来。”

“瓦洛加舅舅呢，他也没回来吗？”我问。我也很想知道娜佳现在什么情况，是打算回来还是想留在克拉玛依工作。

“他回来又走了，去乌鲁木齐了。”

“娜佳找到工作了吗，在那边？”我急切地问。其实这才是我最关心的问题，也是我今天来这里的主要目的。

唐尼娅阿姨摇摇头，说：“没有，哪有那么好的事，人家那儿也有很多没工作的年轻人。”

听到这话，我心里的一块石头算落了地。我心想，娜佳肯定会回来，只是早晚的事儿，或几天之后，或再过半个月、一个月。

唐尼娅阿姨一边跟我说话一边叠衣服。她正在把冬天的衣服都洗好收起来。我又坐了一会儿，便起身告辞。我一出门，看见伊万从水磨里出来，用毛巾拍打着身上的面粉。

“你好啊，大鼻子。”他笑呵呵地朝我走过来，拉住我的手，“要走了吗？快中午了，吃了饭再走吧。”

“我下午还要去学校，回去准备一下。”

“星期天还上课吗？”

“不上课，是我们学习小组有活动。”

“好好好，学习就好。毛主席教导我们说：‘好好学习，天天向上。’学好了就能往上走。”他伸手拍拍我的肩膀，“你是个好小伙子，我喜欢你。”

他说得我都有点不好意思了。我说了声“伊万再见”，便转身往木板桥走去。伊万在我身后用粗哑的声音说道：“再见，大鼻子！”

我走到木板桥上，回头看了一眼水磨，不知道为什么，突然觉得水磨完全变样了，变得那么老旧、冷清和孤单，岁月流逝，它就像一个踽踽独行的老者。当年，它也曾经有过充满生机和活力的美好时光，这些从今往后或许只能在记忆里品味和重温了。

河道依旧，水声依旧，天空和天空下的树木草地依旧，不一样的或许是我自己内心的感受，对少了娜佳的这座房屋和面临废置的古老水磨，我好像有很多想说又不知道说给谁听的话……

10. 天堂不远

世事难料，我怎么也想不到，那天在水磨前面，伊万对我说的那声“再见，大鼻子！”居然成为我这辈子听到的伊万对我说的最后一句话。

水磨停了好几天，伊万一天到晚没事情做，就去找铁匠穆萨，鼓动人家跟他一起上山挖贝母去。其实，挖贝母也许只是个幌子，进山打猎和玩才是他的真正目的。水磨没活儿，可铁匠铺忙得要死。铁匠穆萨说，开春以来，他一天都没歇过。队里又给他配了一个帮手，活儿还是干不完，起码要忙到五月底。

伊万去铁匠铺转了一圈，回来就收拾东西自己一个人出门了，除了唐尼娅阿姨，谁都不知道他上山的事。

星期天，我本来想睡个懒觉，一大清早妈妈就把我喊醒了，她让我赶快穿衣服出来，说有事情。我看她一脸严肃的样子，知道应该是真有什么事了。我一骨碌爬起来，衣服一穿就跑出来了。

妈妈站在后园门口，正跟园子里的爸爸说话。见我过来，她站到一边，朝门里指了下，说：“进去看看，到底是怎么回事。”

爸爸手里拿着铁锹，铁锹上沾着泥水。他应该是在浇水。

“出什么事了？”我走进门去，问爸爸。

“那，大海棠树，昨天树上还都是花，一晚上就不见了，掉光了。刚才我们还以为是你把它们打掉的。”

“我打它们干吗！”我说。这时候我才发现，那棵本来开满白花的大海棠树，赤条条地立在那儿，枝头上除了正在发出的小嫩芽，一朵花都看不见。

“你上次不是说黑尼卡力让你打掉树上的花吗，忘了？”爸爸看了我一眼，往大海棠树跟前走去。

树下白花花的一层花瓣，像下了一场雪一样。

“我没忘啊。可是，我没想过要把它们打下来，它们又没惹我。”

“我们也觉得你不会。难道它病了？”爸爸围着大海棠树转了一圈，查看有没有什么毛病，“看着枝干颜色很正常，都在长新叶。”

“从来没发生过这样的事，太奇怪了。”妈妈说道。她站在门口，有些大惊小怪的样子。

“是不是该掉了，这些花？”我问爸爸。

“掉也不是这种掉法，商量好了一样，一晚上掉得一朵不剩。”爸爸说着，拿起铁锹往后墙那边走了。浇园子的水就是从那儿引进来的，墙背后有一条水沟，水沟里的水是从湟渠引来的。这条湟渠很有名，据说是林则徐发配来伊犁的时候帮助这里的人修的。

这事儿还真有些蹊跷，边上好几棵海棠树，树上的花掉了一些，没掉完，枝头上稀稀拉拉的还有不少。

这是星期天的事儿，过了两天，到了星期二，有人从山上带来一个惊人的消息，说一个放牧的哈萨克族人在山边发现了一个死人，多大年龄看不出来，有胡子，头发有点黄，看起来很像俄罗斯人。

妈妈说，派出所的人来找唐尼娅阿姨，问了一下伊万的情况，告诉她有人发现了一具尸体，还不能确定是不是伊万。

唐尼娅阿姨听到这个消息，一下瘫倒在地，拉都拉不起来。

当天下午公社就安排了一辆马车，铁匠穆萨、爸爸还有公社派出的几个人，就急急忙忙上山去了。我和妈妈吃过晚饭就到水磨陪唐尼娅阿姨，差不多一晚上没睡觉。天快亮的时候，唐尼娅阿姨让我去娜佳的屋子休息，结果一躺下去，我就什么都不知道了……

我和娜佳站在木板桥上面，看见伊万从水磨后面的河沟里走上来，身上湿漉漉的，还滴滴答答往下淌水。他站在那儿笑呵呵地看着我们。娜佳生气了，说她爸爸越来越不懂事，这么冷的天下水，还穿着衣服。

“我不是下水，我是上天堂。”伊万说道。他还是那样笑呵呵地看着我们。

“天堂在哪儿？”我和娜佳异口同声地问道。

“天堂不远，就在……”伊万话没说完，突然从我们眼前消失了。

娜佳一下哭起来，大声呼唤着：“爸爸——爸爸——”

我见娜佳哭得很伤心，也跟着哭起来，哭着哭着就醒了。原来我是在做梦。我听见院子里有人说话，撩开窗帘一看，是瓦洛加舅舅。我一下跳起来冲到屋外。瓦洛加舅舅见到我，拍拍我肩膀，没有说话。他走过去蹲在墙根，一个人低着头默默地抽烟。

我想问他娜佳回来没有，可是没张开嘴。

妈妈和唐尼娅阿姨在厨房准备早餐，我闻到了一股浓浓的茶香，还有烤列巴的味道，从厨房敞开的门里飘散出来。

11. 伊万死了

那天早晨，我吃过早饭就去上学了，不知道伊万是什么时间拉回来的。我中午放学回家，丢下书包就去了水磨。我看见水磨前面的棚子底下放了一口带黑边的白色棺材，棺材四周摆放了一些花。院子里有好多人，有的我认识，有的不认识，还有一些从没见过的陌生面孔。我没看见唐尼娅阿姨和瓦洛加舅舅，不知道他们在哪儿。

我站在木板桥上面，看着人们在棺材周围走来走去，后来就一个人回家了，没到棺材跟前去看。我不是害怕，心里一丝害怕的感觉都没有，我是想就这样走过去看一个死人，会不会失礼，或者对死者不敬。

其实，直到现在，当我亲眼看到放在那里的棺材，而且知道棺材里面躺的就是伊万，可我还是没有真实感，总觉得自己在梦里，恍恍惚惚，好像在睡梦和清醒间徘徊。

我在心里不止一次提醒自己说："伊万死了。"可是，在当时，我确实不知道人死了究竟是怎么一回事，是不是跟睡着了一样，什么都不知道了。

下午放学，我又跑去水磨，还是站在木板桥上面，远远望着那口带黑边的白色棺材。人们还是站着、走着，有的到屋里、有的从屋里出来，可是没有一个人注意到我，不管认识的不认识的。我还是没见到唐尼娅阿姨和瓦洛加舅舅，铁匠穆萨也不在人堆里，他帮忙把人拉回来以后就走了，不知道去了哪里。

听爸爸说，伊万的尸体拉下山这一路，铁匠穆萨跟在马车后面，默默地流了一路眼泪。我知道，他不光是伤心，还有自责，怪自己不该让伊万一个人进山，如果他在他身边，一定不会发生这样的事。

铁匠穆萨家跟伊万家是世交，他们两个的父亲就是好朋友，穆萨和伊万又从小一起长大，跟亲兄弟没分别。尽管铁匠穆萨是穆斯林，伊万是基督教徒，这些都并不影响他们两个的感情。

我在木板桥那儿一直待到太阳落山，从河道里吹来的风越来越凉了。这时我看见妈妈从娜佳他们家出来，往我这边走，走到桥上，轻声对我说："我们回家吧。"

"娜佳啥时候回来？"我问妈妈。

"你瓦洛加舅舅已经给她发电报了，说明天晚上不到就后天到，应该来得及。"妈妈说。

"要把伊万埋到哪儿去？"

"他们俄罗斯人有自己的墓地。这都是大人的事儿，别问那么多。"

快到家门口的时候，爸爸从后面追上了我们。

"我在那边怎么没看见你？"爸爸问我。

"我在桥上。"

"你明天别过去了，好好上你的学，这都是大人的事儿，你也帮不上忙。听见了吗？”爸爸一边推开大门一边对我说。

我点点头，没有说话。

早晨醒来，我感觉浑身酸痛，头也抬不起来的样子。妈妈来房间叫我起来吃饭，我说我什么都不想吃，头痛。妈妈伸手摸了摸我的额头，嘴里嘀嘀咕咕说了些啥。她让我趴在床上，开始用两个手掌轮番使劲拍打我的后背，从上到下再从下到上，来来回回，都把我打疼了。拍完她出去了，过了一阵端来一碗刚烧开的牛奶叫我喝，牛奶很烫，我让她放一会儿，她非逼着我马上喝完，把我嘴巴、舌头还有嗓子都差一点烫坏。牛奶刚喝完，她就让我起来到院子里去。她去厨房拿了一大把黄纸出来，点着火，开始在我身上比画，从头到脚又从脚到头，嘴里还念念有词。

“你这是干什么，妈妈？”

她不理睬我，只顾忙自己的。最后，她把烧剩的纸灰抓了一把，走到那棵大海棠树跟前，撒到树上面去了。

她从大海棠树那儿走回来，又一次摸了摸我的额头。她眯起眼睛，嘴里开始念念有词：“霍列霍列，我是你妈妈，回来吧我的儿子……”后面说什么没听清。

“我在这儿呢，妈妈。”我看她装神弄鬼的样子，差点笑出声来，不过忍住了。

“我知道。”妈妈睁开眼，有点不耐烦地瞥了我一下。

“那你刚才叫我干什么？”

“你不懂。回去吃饭。”说着她往厨房走去。

“我喝牛奶喝饱了，去上学了。”

妈妈转过身来，看看我，问：“你不难受了？”

这时候我才想起，刚才我还病怏怏的，浑身难受，让妈妈一阵折腾，好像好多了。我点点头：“我好了。”

“过来再吃点饼子，还有菜。”她走进厨房里去了。

我回到房间，背上书包一溜烟往大门口跑去。

12. 相依为命

娜佳是半夜到的，第二天上午就把伊万的尸体拉去下葬了。爸爸说，多亏了这几天天气凉快，不然尸体肯定臭了。

我没参加伊万的出殡仪式，我去上学了，下午放学以后才到水磨去。我一走进院子，瓦洛加舅舅就看见我了，他走过来抓住我的手，把我送到娜佳跟前去。娜佳见到我，一下抱住我，号啕大哭起来。我也抱住了她，跟着她一起哭。我忍住不让自己哭出声，眼泪像小溪里的水一样哗哗地往下淌。我第一次哭得这么伤心，这么无所顾忌。其实，我不是为伊万伤心，我是因为娜佳伤心所以才伤心。我觉得娜佳很可怜，她再也没有爸爸了，以后怎么办？

我越想心里越难受。我拼尽全力抱紧她，抱得自己都快喘不过气来了。我是想让她知道，尽管她失去了一个保护她的男人，但是这里还有一个，我可以保护她；尽管铁匠穆萨说我现在还是个孩子，不能算一个真正的男人，可我很快就会长大，长成跟爸爸、跟铁匠穆萨和伊万一样的大男人。

参加葬礼的人一个个都走了，最后剩下瓦洛加舅舅和舅母，还有他们的儿子和女儿；他们是娜佳的表弟表妹。他们两个都还小，一个上三年级，一个好像才刚刚上学。

客人走完了，爸爸妈妈也准备回去。娜佳拉住我，不让我走，她说自己一个人害怕。家里还有她妈妈，还有舅舅舅母和表弟表妹，一堆人，可她却说一个人害怕。我什么也没说，留下来陪她。这个时候我才突然意识到，她真的是一个人，没有哥哥姐姐，也没有弟弟妹妹。我跟她不一样，我有一个哥哥一个姐姐，我们可是兄弟姐妹三个！尽管哥哥姐姐在我出生之前就跟着爷爷奶奶到我们老家嘎善（嘎善：锡伯语，乡村）去了，在那儿上学，平时也很少回来。但不管怎么样，我有哥哥姐姐，不是一个人，不像娜佳。

当天晚上我就住在娜佳他们家。瓦洛加舅舅一家走后，我和娜佳坐在一块儿，说话说到很晚才睡下。

“我好像知道我爸爸要走了。上个星期一，不对，应该是星期天，舅舅的朋友要带我去塔城玩，我没去，想回家。那几天我总是梦见爸爸，样子都差不多，胡子长长的，头发也很长。”说着，她又开始嘤嘤地哭。

我把毛巾用凉水洗了一下拿给她，她擦了擦脸，又捂了捂眼睛。

“我也梦见你爸爸了，他说他到天堂去了，还说天堂不远。”我说。

“爸爸一定会去天堂的，他那么好一个人。”

“你还说他不懂事，在梦里。”

“他真的不懂事，如果懂事，他就不会死在山上了。可怜的爸爸。”她又开始抹眼泪。

我心里也非常难过。但是，我要在娜佳面前表现出坚强，像个大男人一样，所以强忍住再不让眼泪流下来。

“克拉玛依好玩吗？”我问。

她用毛巾捂住脸，过了好一阵才抬起头来，看着我说：“没什么好玩的。大家都上班干活，街上也没几个人。我算是去给舅舅朋友家当了一个月保姆，帮他们看孩子。他们家老人回老家了，孩子没人看。”

“不是要给你找工作吗？”

“说是帮我找，一天推一天，一直推到现在。再说我户口又不在那儿，人家不好安排。”

我嘴上没说出来，心里一下轻松了，赶紧说：“你以后可以在咱们这儿找工作呀，一定能找到的。”

“我不能把妈妈一个人丢下走。”

我想说“就是”，没说出来。我说：“我去跟我爸爸说，让他帮你找工作，他有很多朋友，还有在工厂当厂长的。”

“找工作的事，过一段时间再说吧。你在学校怎么样，学习成绩还跟以前一样吗？你是班里还是整个年级排前三名？”她问。她突然关心起我的学习来了，让我有点受宠若惊，一时不知道该怎么答复她了。

“跟以前一样。”我敷衍道。

“那就行，就是说你学习成绩还是很好。我听他们说，以后上大学都要参加考试，不像以前，以前贫下中农和工人阶级推荐就可以了。”

“那、那你也可以回学校继续学习呀，然后再去参加考试。”

“我学习不好，学不进去，上也白上。你不一样，你学习一直好，一定可以考上大学。”她看着我问，“秋天就该上高中了吧？”

我点点头。

“真快。我就这么看着你一天天长大，变成一个大男人。唉——”她说着叹了口气。

“我是去上大学呢，还是找一个工作？”我开始憧憬起自己的未来。

“傻瓜，当然要上大学了。你是个男孩子，大学毕业好找工作，工资也会很高。你将来还要养活你的老婆和孩子。”说这些话时，她眼睛里闪动着泪花。

“那你呢？”

“我能怎么样，跟妈妈相依为命呗。”

我突然有种冲动，很想告诉她铁匠穆萨对我说的话，话都到嘴边了，又让我生生咽了回去。我觉得这个时候对她说这种话，好像不是很合适，还是以后再说吧，以后有的是机会。我看了她半天，最后却问：

“你累不累？”

“很累，可是不想睡觉。我去陪陪妈妈，你先睡吧，明天还要上学去。”

娜佳让我睡她的床，自己到妈妈房间去了。

13. 水磨使性子

伊万去世后，过了很长一段时间，差不多有三四个月，娜佳和唐尼娅阿姨的生活才慢慢恢复正常。妈妈说，最初一个月多亏了哈丽倩姆，每天午饭都是她在家里做好送过来。哈丽倩姆是铁匠穆萨的老婆。

水磨一直关着。伊万在那会儿，公社新修的电磨才开张，人都去那儿了，水磨晾在了一边，没活干。奇怪的是，这段时间到水磨来的人渐渐多起来，赶着马车驴车，拉着麦子玉米，一个刚走又来一个。娜佳一个一个给他们解释，打发他们走，从早忙到晚。

看管水磨不是女人的事，女人干不了。娜佳本来就一头黄发，她要是想演白毛女，都不用化装，去水磨里转一圈，不要一圈，半圈就行，别说头发，连眉毛睫毛都会变成白色。

唐尼娅阿姨找公社领导商量，把水磨交给他们管。

有些事真的说不清楚。从去年秋天开始，公社就正式接管了水磨，并且专门安排了人，结果一个冬天过去，安排的人换了四五个，可没一个人能干下来，坚持时间最长的是一位老人，折腾一个多月，最后还是离开了。老人走的时候留下一句话："水磨跟人一样，它要是不高兴，就会使性子，不好好给你干活。"

河水还是过去的河水，水磨还是过去的水磨，可是，水磨磨出来的面粉跟过去不一样了，又粗出粉又少。有一天，唐尼娅阿姨都看不下去了，裹上头巾跑到水磨里头去，告诉人家伊万在的时候是这么做的那么干的，结果还是没用。这边倒进去一袋玉米，另一边却出来一堆玉米糁子，没有面粉，让人哭笑不得。折腾来折腾去，唐尼娅阿姨也失去了耐心，急得哭起来，她边哭边骂伊万，说他肯定施了什么魔法，不叫别人用他的水磨。

我把这些情况都告诉了爸爸，希望他能帮忙。可是，伊万去世以后，爸爸就再也不去水磨了，好像躲瘟疫一样，甚至都不让我在他面前提及水磨。

星期天我去看娜佳和唐尼娅阿姨。水磨的门紧闭着，门口一地马粪驴粪，一定很久没打扫过了。

我去的时候娜佳不在，说是到汉人街买东西去了。

唐尼娅阿姨见到我很高兴，拿出水果糖和饼干给我吃。我们坐在院子里，太阳从屋顶上面照射过来，晒在身上暖暖的。

"伊万走了都已经一年了。真快。"唐尼娅阿姨往水磨那边看了一眼，说道。

我点点头，没有说话，不知道说什么。

"娜佳也找不上工作。公社给的那点钱就够我们吃饭。以后可怎么办呀。唉——"唐尼娅阿姨一脸愁容，说话声音很小，好像有点难以启齿。我见她头发白了很多。

“我爸爸已经找人了，他说给娜佳找一份好一点的工作。”我说。我听了她的话心里很难受，恨不得说：“阿姨你别担心，还有我们呢。”

唐尼娅阿姨还想说什么，一抬头，看见娜佳走进大门，就闭口不说话了。

娜佳见到我，也没说话，提着东西直接进房间了。我随后跟了进去。

“买的啥东西？”我凑过去问。

“我见到穆萨喀了。”她没看着我，一边从手提袋里往外拿东西一边说。

“哦。”我说。我隐隐感觉气氛有点不对。

“他跟你说过啥话？”她问。

“你说什么？”我故意装糊涂。

“别装了，他都跟我说了。”她还是背对着我，边说边整理从袋子里拿出来的东西。

“他……他说，”我憋半天，还是把铁匠穆萨对我讲的话说出来了，“他叫我告诉你，让你、让你给我做老婆。”最后“老婆”两个字我是从牙缝里挤出来的，差点把自己的舌头咬了。

这时，娜佳突然转过身来，眼睛定定地望着我，我赶紧低下头，看着地面，一下一下数着自己的呼吸。房间里变得异乎寻常地安静，我都能听到自己的心跳声，它们一下一下“咚——咚——”地撞击着我的胸口。

“你喜欢我吗？”她突然打破寂静，问道，声音很小，怕被人听到似的。

我点点头，还是不敢看她。

“不敢说出来，是吗？”她说话声还是很小。

我咬了咬牙，抬起头，看着她的眼睛。我自己心里清楚，我看她的眼神依然不够坚定，依然躲躲闪闪，可我已经尽力了。最后我说：

“我喜欢你。”

她看着我笑了，说了句：“还是个孩子。”

“我已经长大了，很快会变成一个男人，真的。”我想起铁匠穆萨的话，这样说道，口气十分坚定。

“中午想吃什么，告诉我。”她说话的态度好像刚才什么事都没发生一样，“抓饭还是拉条子？”

“馕和奶茶。”我说。我现在自己没钱给她们，所以只能帮她们省钱。

“忘了刚才咱们说的话。也别把穆萨喀的话当回事，他是开玩笑的。你现在的任务就是好好学习，将来考大学，懂吗？”

娜佳说完上面的话，转身走出房间，往厨房那边去了。

14. 好人 坏人

学校放暑假啦！

最令我开心的是，从这天背着书包走出学校大门开始，有一个半月的时间不用再来学校啦！我就像一匹在马厩里闷了一冬天的马驹子，憋足了劲要在春天的草原上尽情撒欢。

早晨起来第一件事，去告诉娜佳，约她一起到我们老家嘎善，去看爷爷奶奶，还有哥哥姐姐。

娜佳的工作还是没着落。上个月倒是有一个机会，是爸爸的一个朋友帮忙找的，说是在伊宁县那边的一个水泥厂当库房管理员。妈妈知道了第一个跳出来反对，她说："我见过在水泥厂上班的人，从车间里走出来，就一双眼睛是干净的。不行，不能让娜佳去那种地方上班！"

娜佳知道以后也没说啥，没说去也没说不去。

我跟妈妈站在一边，也不想让娜佳去那种地方受苦。这件事就这么搁下了。爸爸说那就再等等吧，以后可能还有更好的机会。

有一件事，至少目前看来，好像是坏事变成了好事。娜佳上学时的那些同学，除了一个有小儿麻痹的男生，所有人都下乡插队去了，近的在察布查尔县和伊宁县农村，远的也有去昭苏那边马场的。娜佳哪儿都不用去，因为她退学了，学校管不了她。

娜佳一个人在家。唐尼娅阿姨去瓦洛加舅舅家了，说是帮忙照看几天孩子；舅舅舅母要去尼勒克县，舅母家在那边，好像是家里的老人病了。

"咱们到察布查尔吃西瓜去吧。"我一进门就对娜佳说。

"你应该说去看爷爷奶奶。这孩子，不懂事。"她正在扫地，瞟了我一眼，像个大人一样，一本正经教训我。

"咱们骑自行车去，我给你也借了一辆车。"

"啥时候回来？"

"咱们这么远跑去，住几天吧，两天、三天，看你。"

"我们家没人。妈妈养的那些鸡怎么办？"

"给穆萨喀讲，让他帮忙喂一下。"

"你去给他讲，他要是答应了，我就去。我明天必须回来，有事儿。不过你可以留下，我一个人回来没问题。"

"咱们去了再说。我现在就去找穆萨喀，给他讲去。"

"你别老是'咱们咱们'好不好？跟小两口似的。"她说这话时脸上一副似笑非笑的样子。

"咱们……"我又脱口而出，立刻闭上嘴，看着她笑。

"去呀，穆萨喀刚还在院子里转呢，别出门走了。"

我一转身，三两步就跳到门外，朝铁匠穆萨家院子跑去。

从伊宁市到我们老家纳达齐牛录（纳达齐：锡伯语，七；牛录：箭，清制生产单位），十多公里的路，过了伊犁河大桥，沿伊昭公路走，先是朝西，过了奶牛场是平原林场，过了平原林场是一片一片的瓜地，伊犁地区有名的"察布查尔西瓜"就是这里出产的。瓜地过去往南走几公里就到纳达齐牛录了。

夏天，到了这个季节，伊犁的天气才会真正热起来。不过，你只要避开大太阳，不管屋里还是树荫底下，都很凉爽。

我们骑着自行车，一前一后沿着公路边上走，公路边上有树荫。一辆接一辆拉西瓜的马车迎面过来，往大桥方向走去。

"嗨，妹妹，你们这是去哪儿？"赶马车的小伙子问。车上装了满满一车西瓜，从我们身边过去。

“纳初尔（锡伯语，七乡）。”娜佳回答。这是我刚才在路上教会她的。她会说好几句锡伯语，像你好、谢谢、吃饭、喝水等，她都会，说得还挺标准。

“吃个西瓜吧，凉快凉快，天这么热。”小伙子看着我们说道。

娜佳刹住自行车，跳下来，回过头去朝人家喊：“扔一个下来！”

小伙子拉了一下缰绳，马车停下来了，他从车上抱了一个大西瓜，笑嘻嘻地看着娜佳，说：“给，拿去吧，扔地上摔碎了。”

娜佳放好车子，跑过去双手接住大西瓜，用锡伯语说了声“巴尼哈（谢谢）！”就抱着西瓜回来了。

小伙子一边继续赶路一边回头看我们，还是一副笑嘻嘻的样子。我心想，这人是不是有毛病，给人白送一个西瓜，还那么高兴。

其实，这事儿一点都不奇怪，我早发现了，那些小伙子一见到娜佳，眼睛就会发光，发出绿颜色的光，跟野狼见到猎物的时候一样。

我们把自行车放好，在公路边找了一块草地坐下，把西瓜砸成两半，一人抱半个西瓜，拿树枝当筷子，抠着吃。西瓜是沙瓤的，很甜？娜佳一边吃一边问我：

“甜吗？”

“甜。”我说。

“有多甜？”

“耳朵割下来都不知道。”我说完看着她笑。

她也看着我笑，说：“来，让我揪一下你耳朵，看疼不疼。”

我又想起小时候爷爷带我去汉人街吃冰激凌的事儿。后来，好像是听铁匠穆萨讲过，卖冰激凌的那家人搬去了国外。很多年之后，这家人又回来了，在汉人街开了一家冰激凌店。当然，这是后话。

迎面又过来两辆马车，车上拉的都是西瓜。前面赶车的是一个中年人，后面车上是个年轻小伙子，跟刚才那个差不多岁数。

“好吃吗？”车到我们跟前，赶车的小伙子看着我们大声问。

“好吃。”娜佳回说。她头都没抬起来。

“我这个更好吃，要不要？”

娜佳朝他摆了摆手，小声对我说：“有的人对你好是真好，有的人对你好是别有用心，听声音就能听得出来。”

“就是的。”我表示赞同。

“送我们西瓜那个，一看就是好人，就知道傻笑。”

“就是的。”

“你也一样，小傻瓜。”她说完看着我乐。

“那就是说，我也是一好人。”我笑说。

“现在还可以，不知道以后怎么样。人会变的，好人会变成坏人，坏人也会变成好人。我不希望你变成一个坏人。你必须一直做个好人。”她吃完西瓜，一边用手绢擦手一边说。

“我不会变成坏人，不会的，真的。”我信誓旦旦地向她保证。

“你现在嘴上说没用。”她边说边起身朝自行车走去，“等你长大了，有了工作有了钱才知道。”

15. 城墙之下

娜佳是第一次到我们嘎善来，对这里的一切都感到好奇。

“哎哟，这儿还有这么高的城墙，你以前没告诉过我。”我们刚到纳达齐牛录，她就望着突然出现在面前的高大城墙惊叹道。

我们两个推着自行车，站在城墙外面的护城河边，太阳热烈地照耀着水面，水面上飘来阵阵泥臭。

“墙头上那些豁豁子是干什么的？”娜佳依然好奇地望着高墙之上，问。

“打仗用的。”我说这话的时候心里充满自豪感，觉得我们祖先非常了不起，能修这么高的墙。

“他们跟谁打仗啊？”

“不知道。”我摇头。

“能爬到上面去吗？”

“能。”

“我想到上面看看，行吗？”

“行，我带你上去。”

我们骑着车子从西大门绕到嘎善里头，然后沿城墙下边的巷道往北走，到了一个岗楼样的地方，从这儿就能爬到城墙上面去。

正值中午，整个嘎善安静得令人起疑——难道这里是空城？

我们爬到城墙上面，从娜佳刚才说的那些豁豁子往外望去，可以看到嘎善外面的广阔田野。

“嗨，你们两个，在上面干什么呢？”从城墙下面传来一个老人沙哑的声音。他讲的是锡伯语。

我回头看见城墙下站着一个白发苍苍的驼背老人，正背着双手往上看。“看看。”我用锡伯语回答说。

“你们是谁家的孩子？当心别摔下来啦！”

“知道了，爷爷。”我回答说。我不想告诉他我爸爸的名字，老人说不定不认识我爸爸，要是那样，他还会问我爷爷是谁，没完没了问下去，这好像是我们锡伯人的习惯。再说，我也不想站在城墙上面大声说我爷爷的名字，叫魂似的。我们锡伯人有很多怪习惯，遇见一个不认识的老乡，马上就开始问人家爷爷是谁、爸爸又是谁，甚至会扯到八辈祖宗那儿，有些时候在有些场合，这样做会让人很不舒服。

“那个爷爷跟你说啥？是不是让我们下去？”娜佳问我。

“不是。他问我们是谁家的孩子。”

“你说啥？”

“我说知道了，爷爷。”

她“嘿嘿嘿”地笑了，说：“你真逗，人家问你是谁家的孩子，你说‘知道了’。那爷爷没生气吗？”

“不知道。”我往下看看，那爷爷蹲在城墙下面抽烟呢。

我们从城墙上下来，正好碰见那个爷爷。

“爷爷好！”我招呼道。

老爷爷看看我们，问：“你们是谁家孩子？”

我告诉他我爷爷是谁。他又盯着娜佳看看，问：“你呢？”

娜佳转过来看我，她听不懂爷爷说啥。我赶紧替她回答：“他们家在汉人街俄罗斯水磨。”

“噢。”老爷爷肯定听说过俄罗斯水磨，“你们两个从伊宁市来呀？”

“嗯。”我点头，“我们走了，爷爷。”

“等一下。你过来。”老爷爷朝我招手。

我走到老爷爷面前去，问：“有什么事吗，爷爷？”

“你认识我吗？”他问。

我摇头，我说我不认识他。

“我也是你爷爷，我叫苏明。”老爷爷看着我，笑着说，“你回家跟你爸爸讲，你见到苏明爷爷了，看他说什么。”

我突然想起来，爸爸以前提起过这个苏明爷爷，说他爱喝酒，年轻时候喝酒就跟喝凉水一样，看着都吓人。苏明爷爷还有个本事，就是潜水。爸爸说苏明爷爷不会游泳，可他再深的水都敢下。到伊犁河捕鱼，他一个人拖着渔网，从河这头下去，从水底下走到河对岸去。

我赶紧说：“我知道爷爷，爸爸告诉过我。”

“他告诉你什么？喝酒吗？”他呵呵笑着问我。

“不是，爸爸说爷爷很厉害，可以从水底下走着穿过伊犁河最深的地方。”

“他真这么说吗？那都是年轻时候的事啦，现在老得就剩卖卖嘴皮了。呵呵呵！”他笑得很开心。

“爷爷，您在这上面打过仗吗？”我问。

他止住笑，看看我又看看娜佳，抽了一口烟，摇摇头说：“没，没有。你问这些干啥？”

“修这个墙不是用来打仗的吗？”我又问。

“那都是过去的事啦，过去世道混乱，人们在城墙上面过日子，整天提心吊胆；现在世道太平了，人们开始在城墙下面过日子，快快活活的，跟小狗一样。知道那些小狗为啥活得快活吗？”爷爷眯着眼睛看着我，问道。

娜佳听不懂，在一旁急得一个劲拽我衣服，小声问：“老爷爷在说啥？”

“等一下告诉你。”我对她说。

“你说什么？”爷爷问我。

“没有，我在跟她说话。”我说。

“这孩子，我这儿问你话，你跟她说话，真是。”老爷爷有点不高兴了，“我刚问你什么？”

“小狗。”我回答说，“小狗为啥快活。”

“对啊，你说它为啥活得那么快活？”

“不知道。”我看着他摇摇头。

“因为它记吃不记打，只记住自己吃过的好东西，你骂它打它的事儿都不往心里去，所以它一天到晚总是很快活。知道了吗？”

“知道了。”我点头。

“快告诉我，爷爷刚跟你说啥？”娜佳拉住我的胳臂问。

“他说我和你我们两个要像小狗一样高高兴兴活着。”我说。

“你骗我。”娜佳使劲掐了我一下。

我们跟苏明爷爷道别后，骑上自行车往南大门那边走去，爷爷奶奶家在靠近南大门的巷子里。

16. 生活继续

那天去看爷爷奶奶，第二天中午吃过饭，我就跟娜佳一起回来了。

爷爷奶奶以前在我们家见过娜佳，那应该是两年前的事情。奶奶这次见了娜佳，态度跟两年前很不一样，感觉有点怪怪的；她老问人家多大了，问了一遍又一遍。她还抓住娜佳的手不放，摸来摸去，我看着都很别扭。她在娜佳面前一个劲夸我哥哥，说他多么多么能干，又多么多么会照顾人。哥哥进来打了个招呼人就不见了，到晚上很晚都没回来。

奶奶和我姐姐两个人忙着给我们做饭，她们不让娜佳插手，说她是客人，等着吃就行了。娜佳小声对我说：“我要吃锡伯大饼。”

“奶奶，娜佳喜欢吃锡伯大饼！”我站在门口朝厨房那边喊。娜佳在背后拍了我一巴掌，骂我：“勺子（新疆话，傻瓜）。”

爷爷从牛棚底下走出来，叫我过去帮他。他指着院子里一只块头很大的大公鸡，说这只鸡看外表就是一只公鸡，可是不会打鸣，抓住宰了它。

“它会不会是哑巴呀？”我对爷爷说。

“哼，哑巴就好了，我看它是个不男不女的家伙。杀了吃了。”

这只被爷爷称为“不男不女的家伙”的鸡，虽然不会打鸣，可它会飞檐走壁，一下就跳到草棚子上头，然后从草棚子又飞到房顶上面。我和爷爷忙活半天才好不容易把它赶进鸡窝，最后在鸡窝里逮住了它。

爷爷一边磨刀一边给奶奶吩咐着，炒辣子鸡一定要多放辣子，最好挑那些半红半青的成熟辣子，这样才够味儿。爷爷告诉我房后菜地里的辣子今年长得非常好，让我们走的时候多拿一些回去。

从嘎善回来都过去好长时间了，娜佳还在念叨那天在爷爷奶奶家吃的辣子鸡，她说那是她长这么大吃过的最好吃的菜，想起来就流口水。

暑假快结束的时候，娜佳叫我到他们家，说要给我做顿好吃的。后来我才知道，那天其实还有一个人，说好要来，但临时有事没来成。

一天晚上，我吃过饭回房间看书，中间出来喝水，听见妈妈跟爸爸在说唐尼娅阿姨的事。妈妈说唐尼娅阿姨给自己找了一个伴儿，准备一起过日子。

我听了脑子里“嗡”的一下。那天我去娜佳那儿吃饭，那个说好要来又没来的人，可能就是妈妈说的这个人。

开学以后有一天下午，我放学刚回到家，娜佳就来找我，让我陪她到舅舅家去一趟。我骑自行车带着她走，路上，她告诉我，上次那个说来没来的人，今天中午来了，在他们家吃的饭。

“我很讨厌那个人。”娜佳说道。她说话声音不大，可是听得出来她心里有气。

“他是什么人？”我问。

“老人，很老，比我爸爸老很多。”

“哦。”

“妈妈要是把他领到家里来，我就搬走。”

“你要搬哪儿去？”

“不知道。反正不想跟他们待在一起，我受不了，我想我爸爸。”娜佳说着说着就哭起来了。她抽泣着，听不清嘴里在说什么。

“娜佳，你要不搬我们家来住吧，行不行？”

她没搭理我，一直在抽泣。

前面拐过去就到舅舅家了。娜佳叫我停车，还没等自行车停稳，她就跳下来跑到路边水渠沿蹲下，双手舀起渠沟里的水往脸上扑。她洗完脸，从口袋里掏出手帕，抹着脸走回来。

她的眼睛又红又肿，旁人一看就知道她哭过。

瓦洛加舅舅家在斯大林街三巷，这条街上都是老房子，大多是俄罗斯风格的建筑，外墙都刷成了白色，门窗是天蓝色的，每个窗户都有两扇窗板，也都漆成了蓝色。瓦洛加舅舅家门口有一棵很大的桑树，小时候，差不多每年夏天，我和娜佳都会跑到这里来吃桑葚，吃得手上、脸上，甚至整个人都变成紫红色。这会儿，树上的桑葚早就没有了，枝头被茂密的树叶包裹着，桑树旁边是几棵高大粗壮的钻天白杨，相比之下，那棵桑树显得谦逊，甚至有点卑微。

瓦洛加舅舅不在家，舅母一个人在厨房里忙着做饭，两个孩子坐在葡萄架下面的小木桌旁，正在看书学习。

“找你舅舅有事儿？”舅母一边给我们倒茶水一边问娜佳。

我们就坐在厨房的餐桌旁。舅母倒完茶水，又端来一小碟水果糖和一小碟饼干，放到我们面前。

“有点事。别忙了舅母，我们坐坐就走。”娜佳说。

“他也没说去哪儿，一会儿就回来了吧。你们先坐着，别着急回去，等会儿吃完饭再走。”

舅母是本地汉人老居民，生活习惯跟当地少数民族差不多。老伊犁人（少数民族、汉族都一样）平常在家里做饭主要也就三四样，抓饭、包子、拉条子，外加揪片子或干饺烫饺，就这些。我们进来的时候，舅母正在择菜，应该是准备做拉条子。

一杯茶没喝完，瓦洛加舅舅从外面走进来。娜佳见到舅舅，一下控制不住自己，又哭起来了。

“出什么事了？别哭别哭，给舅舅讲。”瓦洛加舅舅拍着娜佳的后背，柔声说道。

娜佳哭了一阵，抹了一把脸，站起来往外面走，瓦洛加舅舅跟在后面出去了。我坐着没动，舅母继续忙着手里的活。

“发生什么事了？”舅母回头问我。

我摇摇头，说：“不知道。”

舅母又继续忙自己的事。

过了好长时间，娜佳才回到厨房里来，一进门她就对舅母说：“舅母，我们走了。”

我赶紧起身，也对舅母说：“舅母再见。”便跟着娜佳往外走。

“饭马上好了，吃了再走。”舅母追出来说。

“不吃了，舅母，我们还有事。”娜佳继续往大门口走。

瓦洛加舅舅从对面屋子里出来，冲我们喊着说：“哎，你们两个，怎么说走就走啊。舅母饭都做好了，你们跑什么？”

娜佳看看我，小声说：“那咱们吃了饭再走吧，不然舅舅生气了。”

我们又回到厨房坐下，一边说话一边看舅母做饭。

17. 离家出走

伊犁的夏天，白昼特别漫长，等到太阳落山，天色渐渐暗淡，就到夜里十二点了。

那天，我和娜佳在舅舅家吃完晚饭出来，我推着自行车，她跟我并排走着，我们就这么说着话走了一路。走到英阿亚提街上的时候，太阳才刚刚下去，西天边上升起一抹灰暗的橘色。

街上有几个孩子在玩捉迷藏，叫唤着跑来跑去。

我上小学那会儿，我们这片街区有一大帮跟我一般大的孩子，一到夏天，天刚刚抹黑，街区里就热闹起来了，到处是孩子们的叫喊声。记得有一次，对门塌鼻子家的阿不来提爬到巷口阿布拉江家门前那棵老榆树上躲藏，结果脚卡在树枝中间，拔不出来了。就在这个时候，不知道是谁突然大喊一声："鬼来啦！"

本来大家都围在老榆树下面帮阿不来提想办法，结果一听鬼来了，吓得四散逃跑，我也一口气跑回了家，躲到自己屋里不敢出门。

阿不来提比我大，跟娜佳同岁。

那天晚上我们跑掉之后，阿不来提是怎么从树上下来的，是不是有人帮他，直到现在我们谁都不知道。他对这件事一直守口如瓶，跟谁都不说。那天晚上的事就成了一个谜。有人说，那天阿不来提在树上一定是吓得尿裤子了，树底下的地面上有斑斑点点的痕迹，就像下过雨一样。可是那天天气很好，没风也没雨。

我问娜佳跟舅舅讲的啥，她说就是妈妈找男人的事，舅舅听了也很生气。娜佳说，她并不是反对妈妈找男人，她是觉得妈妈有点太着急，爸爸去世才一年多，她从心理上还没做好准备，让一个陌生男人替代她爸爸，感情上接受不了，至少现在接受不了。再说，那个男人又那么老，妈妈身体也不好，以后到底谁照顾谁呀。

一路上差不多都是她在说，我洗耳恭听。

这天晚上娜佳住在我们家，她睡在我的房间，爸爸在走廊给我临时支了一个活动床，我就睡在那儿。

第二天早晨，等我醒来，娜佳就不在了，不知道什么时候走的；妈妈说她一出门，就看见我房间的门敞着，床铺收拾得整整齐齐，人已经不见了。

下午放学回家，一进门就看见铁匠穆萨在葡萄架下坐着跟妈妈说话，见到我，他一下站起来，走到我跟前，很着急的样子，问："你知道娜佳去哪儿了吗？"

我把自行车往墙上一靠，对他摇摇头，说：

"不知道啊。怎么了？"

"让你妈妈告诉你吧。"铁匠穆萨看着我妈妈说。

早晨，吃过饭我就去上学了。妈妈收拾完屋子，坐在那儿越想越觉得不太对，娜佳今天早晨的举动太反常了，如果没什么特别的事，她不会不打招呼就偷偷走掉，跟做贼似的。

快中午的时候妈妈去了水磨，看见唐尼娅阿姨一个人在家，妈妈问她娜佳回来没有，她指指女儿的屋子，说一早回来进房间就没出来。妈妈当时也没想什么，只是想看看她在屋里做什么，就去敲门，敲了半天没人答应，门一推就开了，里面没人。她们在桌上发现了一张纸条，纸条上写着：

妈妈，你以后想跟什么人生活我管不了，我也不想管，可是你也用不着那么着急，也尊重一下我的感受，起码让我有点思想准备。现在在家里，我觉得自己有点多余。我可以把房子腾给你们，我走了，别找我。再见。

后面没有写名字，也没有日期。唐尼娅阿姨看完纸条一屁股坐在床上，开始哭天抹泪，骂女儿没良心、不懂事。

妈妈丢下唐尼娅阿姨跑去找铁匠穆萨，叫他赶紧去找瓦洛加舅舅。再后来就是我放学回家看到的情形，当时铁匠穆萨才从外面进来。上午他去找到瓦洛加舅舅，然后两个人一起跑到伊犁河大桥那边转了一圈。伊犁有句很流行的话，经常挂在人们嘴上：想不通是吧，想不通没关系，反正伊犁河又没盖盖子，去跳啊！所以，只要一说谁谁找不到了，人们自然会想到是不是因为什么事想不开，跑到伊犁河去了。

好像是一个月前的事，一家人给儿子娶了个媳妇，这个儿子从小身体就不好，看过很多医生，这两年才有些好转。新婚第二天一早，新娘就去厨房跟婆婆一起准备早餐。等大家都围坐在餐桌旁准备用餐时，发现新郎还没过来。新娘回新房叫他，很快一个人回来了，说新郎没在屋里。大家赶忙开始找，屋里屋外所有地方都找遍了，哪儿都没有。中午的时候，在大桥下游几公里的河边沙滩上，有人发现了一具年轻小伙子的尸体，身上的衣服都好好的。

那天夜里究竟发生了什么，也许只有新郎和新娘知道。

也难怪瓦洛加舅舅一听到娜佳出走了，就往伊犁河那边跑，那个新郎的父亲跟瓦洛加舅舅一个单位，也是开车的。

到大桥上转了一圈，没找到人，也没听说有人跳河，他们就回来了。走到半道，瓦洛加舅舅说他知道娜佳有个同学，一年前才从汉人街搬到飞机场路那边，还是他开车帮忙搬的家。我知道舅舅说的是谁，就是娜佳的同学肖颖，他们家以前住在汉人街，去年才搬走。

18. 苏联亲戚

唐尼娅阿姨住院了，很突然。

开始，我也以为唐尼娅阿姨是因为娜佳离家出走的事病倒的，原来……应该是娜佳离开家的第三天上午，有两个派出所的人来找唐尼娅阿姨。唐尼娅阿姨一见派出所的人，尖叫一声“上帝啊！”，然后就晕厥过去，怎么都弄不醒她，他们就急死忙活地把她送到医院去了。

唐尼娅阿姨醒来第一句话就是：“我的女儿呢，她、她在哪儿？”

医生不明白她说什么，就问她：“你哪儿不舒服？”

“我女儿在哪儿？”她哭起来。

“你别哭，我给你找人来。”医生不明就里，赶紧把守在门口的瓦洛加舅舅叫了进去。

唐尼娅阿姨一见到舅舅就放声大哭起来，使劲抓住他的手，问娜佳到底出什么事了。瓦洛加告诉她娜佳已经找到了，现在在伊宁县同学那儿，过几天就回来。

唐尼娅阿姨根本不相信瓦洛加说的话，以为他在骗她，哭喊着："我可怜的女儿呀，你怎么能丢下妈妈一个人走啊。"

"哎，姐姐、姐姐，你先别哭，你告诉我，谁说娜佳不在了？"瓦洛加站在床边，眼睛盯着唐尼娅阿姨。

"那派出所的人到家里找我干什么？上次你姐夫出事，也是他们去家里告诉我的。"唐尼娅阿姨一边抹眼泪一边说道。

"噢——，我知道了，你以为他们又是来……哈哈哈！"瓦洛加大笑起来，把自己肚子都笑疼了，捂着肚子蹲在地上。

"你笑啥？有什么好笑的。"唐尼娅阿姨躺在床上，绷着个脸，看着天花板。

"他们是来告诉你，你在苏联的表姐，给你寄东西来了。派出所的人找你就是告诉这件事情。"瓦洛加站起来，看着她说。

唐尼娅阿姨一下坐起来，眼睛睁得大大的，瞪着瓦洛加，问："是安娜姐姐吗？"

"我哪知道啊，她是你姐姐。"瓦洛加说道。

安娜是唐尼娅阿姨姨妈的女儿，已经很多年没联系了，确切地讲应该是几十年没来往了。

早些年，谁家如果在苏联那边有亲戚，别说联系来往了，连提都不敢提，生怕被戴上里通外国的帽子，或者干脆说成是特务。

我们家隔壁黑尼卡力家本来是六口人，新中国成立前夕，他老婆带着老大老二两个儿子和一个女儿投奔苏联那边的亲戚，一家人就这么分开了，中国这边就剩黑尼卡力和最小的儿子吾斯曼。黑尼卡力和老婆关系不是很好，他脾气暴躁，动辄要杀要剐的。年轻时，他一拳把老婆的鼻梁骨给打断了，流了一脸盆血。他老婆远走苏联，把最小的儿子吾斯曼留在他身边。吾斯曼长得跟父亲很像，简直就是父亲的翻版，性格、脾气也都像，一句话不对就会抡拳挥刀，对父亲都这样。黑尼卡力告诉别人说，他老婆留下小儿子在他身边，就是为了惩罚他。

应该是几年前的事，那时候我还小，不过事情记得很清楚。不知道什么人，也可能是派出所的人，发现黑尼卡力家大门上画了一个红色五角星，用红墨水画的，五角星的一角少了半个尖，是故意画成那样的，有人怀疑那是给苏联特务留的联络暗号。

后来，不知道什么原因，黑尼卡力被抓走了，再后来他儿子也被抓走了，就这样，他们父子俩从英阿亚提街上消失了。

一个叫大金牙的花帽匠买下了黑尼卡力家的院子，当时花了好几百块钱，不过大金牙说不清楚卖给他院子的是什么人，反正他付了钱，拿到了房契，上面还有公家盖的红印章。

世界上的事儿真是说不清楚，这才过了几年，情况就完全变了。以前，谁家跟苏联那边有关系，就跟头顶上吊了一块石头，不定啥时候就掉落下来，砸得你头破血流。现在倒好，谁家冒出来个苏联亲戚，简直就是天上掉馅饼。苏联那边有很多好东西，像手表、皮靴、头巾、百褶裙、糖果……我们这儿没有的东西，他们那边都有。

一时间，苏联亲戚成了像黄金一样金贵的东西。

唐尼娅阿姨得知原来是这么回事，病一下就好了，下床穿衣服要回家。对了，她要到派出所去取苏联寄来的东西。

“你的户口本呢？人家还要看户口本。”瓦洛加提醒说。

“在家里，八仙桌最下头那个抽屉里，你去拿吧，我在派出所那儿等你。”唐尼娅阿姨走到门口停下来，问瓦洛加，“还没给医院交钱吧？”

“交过了。走吧。”瓦洛加说着在她前面往外走去。

19. 蓝色百褶裙

娜佳回来了，她是跟肖颖一起回来的，两个人扛了一面袋土豆，还拎了好几个大南瓜。土豆分半袋给我们家送来，还有两个南瓜，一个长棒棒，一个像馕一样扁圆。

几天没见，娜佳看起来瘦了一圈，她说在乡下帮肖颖干活干的；肖颖更是又黑又瘦，我都差一点没认出来。

妈妈留她们在家吃饭，我跑去把唐尼娅阿姨也叫来了。

晚饭我们吃的是南瓜包子。大家一起动手，把那个长棒棒南瓜去皮切碎，又拌了些羊肉馅和洋葱末在里面，然后包起来搁蒸笼里蒸。从厨房到整个院子里都是香喷喷的味道，羊肉洋葱还有南瓜混合在一起，那味道奇特又鲜美。

吃饭的时候唐尼娅阿姨说，她在苏联的姐姐给她们寄来了很多东西，给伊万一双高筒马靴，给娜佳一条苏联裙子，还是百褶裙呢，另外还有花头巾什么的。娜佳听了，头也没抬，小声说了句："那是给你的，又不是给我的。"

"我都这么老了，穿什么百褶裙，让人笑话。"唐尼娅阿姨看着她说。

"给你妈妈寄也是给你寄，都一样。"妈妈在一旁和稀泥。

"就是，阿姨又穿不成，不就是给你的吗。"肖颖也在一旁说好话。

娜佳没有说什么，低头吃着自己的饭。

"阿姨，他们给我寄的啥？"我笑着插了一句嘴。

"从明天开始，你去给阿姨当儿子，下回寄东西就有你的了。"妈妈看着我笑道，"这孩子，脸皮厚，什么时候学会跟大人开玩笑了？"

"男娃娃这样好，我喜欢。"唐尼娅阿姨也乐呵呵地看着我，说，"我下回写信告诉他们，我还有个宝贝儿子，今年已经……你几岁了？"

"一岁半多一点。"我说完忍不住自己先笑了。

"阿姨，吃完饭赶紧给他把开裆裤找出来，他还要穿着开裆裤骑自行车呢。"娜佳说。她看着我直乐，我知道她乐什么。

上次我跟她去纳达齐爷爷奶奶那儿，回来的路上，我跟她说我出汗了，想把裤子脱了。她问我穿短裤没有，我说我穿开裆裤了，为了凉快。她骂我不害臊。

第二天刚好是星期天，吃过早饭我就去水磨了，我想看看苏联寄来的高筒皮靴是什么样子的，还有寄给唐尼娅阿姨然后唐尼娅阿姨又准备送给娜佳的裙子是什么样子的。

我去的时候娜佳正在打扫院子。这院子有阵子没打扫过了，垃圾堆了好大一堆。旁边的垃圾筐已经装满了，我抱起来往外面走。娜佳在后面喊：

“哎，等会儿两个人提，别把衣服搞脏了。”

我倒完垃圾回来，看见唐尼娅阿姨手里拿着手提袋从屋里出来，见了我笑笑说：

“宝贝儿子，中午就在这儿吃饭，阿姨现在去汉人街买点羊肉回来。”

“我要吃饺子。”我厚着脸皮说。

“好好，咱们就吃饺子。”唐尼娅阿姨边说边往外面走去。

娜佳转过来狠狠剜了我一眼。她心里清楚，我说吃饺子，实际是替她说的，这一点唐尼娅阿姨心里也明白，因为娜佳爱吃饺子，而不是我，我对饺子一般，除了开春时候的苜蓿饺子外。

收拾完院子，我跟着娜佳来到她房间里，在她床上放着一条天蓝色的百褶裙，它应该就是那条从苏联寄来的裙子。

“你穿一下，我看看。”我对她说。

“穿什么？”她故意装糊涂。

“裙子呀，那不是吗？”我给她指指床上那条裙子，说。

“不要。”

“娜佳，你这就傻了，不要白不要。这要是男人的东西，你不要我就要了。”我把裙子提起来看了看，“太漂亮了！”

"说的也是啊，不要白不要。"娜佳突然转过来，从我手上拿过裙子去，翻来翻去看了又看，说，"是漂亮。不知道穿在身上怎么样。"

"穿上不就知道了嘛。"我说。

"我回来都还没洗澡呢，洗完澡再穿。"她把裙子又放回床上去。

"还有啥，给我看看。"

"不知道。对了，还有一双大皮靴，你穿不上，可能要给舅舅穿去。"

"我能穿也不能要。"

"为啥？"

"我又不是你们家亲戚。"

娜佳听了这话，定定地看了我半天，叹口气，说道："你要是我哥哥就好了。"

不知怎么，听见她这样说，从我内心深处涌起一股冲动。刚才，她眼睛盯着我看的时候，我从她的眼神里读到了一些什么，或者说，我得到了某种力量的召唤。我一步步走到娜佳面前，眼睛死死盯着她的眼睛。我觉得自己开始像牛一样喘息，心脏在胸膛里胡乱跳跃。我一把抓住她的手，抓得很紧很紧，生怕她跑掉似的。

"你、你要干吗？"娜佳盯住我的眼睛。

"娜佳，你、你能等我吗？"我的声音像羊叫一样颤抖。

娜佳没有马上答复我。房间里静得出奇，我都能听到她呼吸的声音，当然还有我自己的。过了好一阵，这好一阵在我心里显得如此漫长，像经历了漫长的一整天一样。娜佳终于开口了，她说话声音很小："你现在还小，咱们先不说你长大了会变成啥样，想法会不会变，我都不能保证我自己以后会不会变，所以你怎么对我做保证都没用。你现在最应该做的事情就是好好学习，然后考上大学，将来找个好工作。"

她的话好比一阵冷风冷雨，把我内心里刚刚燃烧起来的那团冲动的火焰给扑灭了。我松开她的手，退到床边坐下。我无心做任何的辩驳，这个时候，我无论说什么都是多余的，都显得苍白无力。

20. 筑路队招工人

星期天一大早娜佳就跑来我们家借自行车，说有事要去趟巴音岱，别的啥也没说，就匆匆忙忙骑上车子走了。巴音岱在伊宁市西边，从英阿亚提街过去不算近，至少要骑半个小时的车，去往乌鲁木齐的公路正好经过那里。

中午，我和妈妈正坐在葡萄架下面喝午茶，娜佳推开大门进来了，她把自行车靠墙边放好，朝我们走过来。她脸上红扑扑的，额头上面还有一粒粒的汗珠子。

"快来洗个脸，娜佳，都热死了吧？"妈妈边说话边起身往厨房走去。

“今天不是太热。”娜佳跟妈妈一起往厨房走。

“你去巴音岱干什么？”我问。我也跟在她们后面。

“找工作。”娜佳回答。她端起厨房门口脸盆架子上的搪瓷脸盆走进厨房。

“找工作？找什么工作？找到了吗？”我站在厨房门口问。

她端了一盆水从厨房出来，放到脸盆架子上面，开始洗脸，没有理我。我跑到屋里拿了一条毛巾给她。那是我的擦脸毛巾。

“你的吧？臭。”娜佳抹了抹脸，又把毛巾放到鼻子跟前闻了闻，看着我笑道。

“昨天我拿它擦脚了。”我也看着她乐。

“呸，你敢！”她把毛巾使劲朝我丢过来。

“骗你的。嘿嘿！”我接住毛巾，又送回屋里去。

这时妈妈已经把沏好的奶茶端到葡萄架下面的小餐桌上，又去厨房拿了一张饼子和一小碟蜂蜜回来，摆到娜佳面前。

“妈妈，你为啥不给我吃蜂蜜？”我看着碟子里的蜂蜜，问妈妈。

“男娃娃还吃啥蜂蜜，吃肉就行了。”妈妈瞥了我一眼，说道。

娜佳端起碗喝了一小口奶茶，然后放下碗，把面前的蜂蜜碟子推到我面前来，轻声说：“咱们一起吃。”

“我开玩笑呢，你吃吧。我已经吃好了。”

“你别管他。”妈妈又将蜂蜜碟子推回娜佳面前，“他就是开玩笑，他不爱吃甜的。”

娜佳看着我，问："真的？"

"真的呀。"我吞吐道，底气明显不足。

"在我们家，那是谁呀，吃得那么香？"娜佳一脸坏笑，看着我说。

"那、那是蜂蜜跟奶油拌在一起，那样好吃。"

"别人家啥都好吃，是吧？"妈妈斜睨着我说，话里有一股酸溜溜的味道。她又转过去问娜佳："你说你去巴音岱找工作？"

"嗯。"娜佳点点头，"有个筑路队正在那儿修路，他们要招工人。"

"怎么样，行吗？"妈妈问。

娜佳摇摇头，说："他们不要女孩子，要男娃娃，帮他们开拖拉机。"

"要开拖拉机的男娃娃？"妈妈嘀咕着，"阿不来提会开拖拉机，他一直说想出去当工人。"

阿不来提是他们生产队的社员，他在生产队开拖拉机已经两年了，开春犁地秋天拉煤，干得很辛苦，可是挣不到多少工分，队里很穷。

英阿亚提街因为靠近汉人街，这里居住的大多是手艺人，有染布的，有做花帽的和做鞋子的，也有开馕房的。还有几个在公家单位上班的，跟我爸爸一样。剩下就是公社社员了，跟阿不来提他们家一样，他们是街区里最穷的几家。

伊宁市是个很特别的城市，因为汉人街这样一个存在，所谓资本主义，在这座城市里从来就没有销声匿迹过，即使是在"文革”那样的非常时期，牛鬼蛇神也都活得好好的。我们家对面邻居叫王凯，他是个画家，原先在北京工作，是《电影画报》杂志社的美术编辑，不知什么原因被打成了右派，发配到伊犁来了。在我的印象里，他一天到晚都在画毛主席像，大的小的都有，大的有一面墙那么大，都是给公家单位画，听说只给他颜料钱。他老婆叫田英，原先是北京一家绣花厂的美工，也会绣花，手绣、缝纫机绣都很厉害。那时候汉人街有一家被服厂，专门做各种绣花窗帘。有很多绣花的活儿都交给田英做，她还带了几个徒弟，都是街坊邻居家的女孩儿。他们家就靠田英绣花挣的钱过日子。

吃过晚饭，妈妈去了塌鼻子家，回来说没见到阿不来提，塌鼻子一个人在炕上躺着，哮喘病又犯了，话都说不成。

塌鼻子不是阿不来提的亲生父亲，阿不来提的亲生父亲丢下他们母子去了苏联。那是20世纪50年代末的事儿，中苏关系恶化，社会上谣言四起，说谁家要是苏联有亲戚，就要怎么样怎么样，有些人就吓得跑到那边去了。

阿不来提的父亲走时留下一个大院子，就是现在他们住的这个院子。塌鼻子那时候在汉人街一家鞋帽店做学徒，阿不来提的妈妈去店里买帽子，两人就这样认识了，一年以后结了婚，开始在一起生活。阿不来提也很快迎来了同母异父的弟弟米吉提，接着是妹妹茹仙古丽，家里的日子一下就拮据起来，经常连饭都吃不饱。

阿不来提有个外号，叫“夏特拉克”（拉稀），是街区里那些比我们大一些的男孩子给他起的，那时候他们家靠队里分的那点粮食过活，每天煮一锅玉米稀粥，喝完肚子里就“稀里哗啦”响。有时候我们一帮小孩儿在一起玩髀石，玩着玩着阿不来提就跑进树林里，半天不出来。他闹肚子，经常这样，他们说他是喝玉米稀粥喝的。

阿不来提一天学都没上过，五六岁就开始帮父母挣钱养家了。他什么都卖过，煮鸡蛋、熟玉米、莫合烟、火柴等等，不过他最会卖的东西是煮鸡蛋。

21. 鸡蛋擂台

那时候，总盼着过星期天，不是怕上学，因为汉人街有星期天巴扎（集市），很热闹。阿不来提每个星期天都去汉人街卖东西。我喜欢跟他去卖煮鸡蛋，因为不花钱就能吃到煮鸡蛋。

塌鼻子家不养鸡，可每个星期都能拿出一筐煮鸡蛋去卖，不知道哪儿来的。装煮鸡蛋的筐子差不多有搪瓷脸盆那么大，是用柳条编的，有一个大人大拇指那么粗的弧形提手，一个人可以拎着走，如果两个人提就更轻松了。筐子里的煮鸡蛋也不是随便放到里面的，它们一个挨一个、小头朝里大头朝外，一圈一圈整整齐齐排列起来的，像一个盛开的巨大花朵，非常漂亮。鸡蛋摆好之后上面还要盖上一层洗得干干净净的白布。

在鸡蛋巷子卖煮鸡蛋的，除了阿不来提还有几个家住汉人街那边的小孩儿，另外有几个年纪大一点的女人，她们也在那儿卖鸡蛋。

每到星期天，鸡蛋巷子里人头攒动，好像伊宁市和周边地区所有闲人都集中到这里来了。巷道里到处都是摊点，卖什么的都有，莫合烟、火柴、旧鞋子、破衣服等等。当然，鸡蛋巷子里最招人的还是那些大大小小的筐子和盆子，里面装着各种颜色的煮鸡蛋，红的、黄的、蓝的、绿的，还有用茶叶染的茶色蛋，看起来十分诱人。

阿不来提的煮鸡蛋是原色的，在五颜六色的鸡蛋摊点中间，显得有点另类。不管怎么样，他的煮鸡蛋每次都能卖完，卖得还很快。别人都在那儿大声吆喝，他蹲在鸡蛋筐边上一声不吭，不过他有自己的绝招，而且屡试不爽。他从筐里拿起一枚鸡蛋，从三四十厘米高的地方丢到地面上，地面上是松软的土，鸡蛋自然不会破损。他的这一举动很快便招来一些人围观，自然也就引来那些赌客。

没错，鸡蛋巷子里这一筐筐一盆盆各色煮鸡蛋，不是拿来卖给人吃的，吃是后面的事儿，它们的首要任务是打仗，就是磕鸡蛋——一种赌博游戏。在那个年代，磕鸡蛋这种赌博游戏也只有在汉人街存在。

玩这种游戏的都是大人，孩子们只能站在边上看热闹。

游戏开始之前，赌客们蹲在鸡蛋筐边上挑选鸡蛋，每人挑选出十几到二十几个鸡蛋。挑选过程十分漫长，大概要经过这样几个步骤：一看，二摸，三磕。赌客们先把鸡蛋拿在手里仔细检查一遍，看有没有破损；其次用手指触摸感受，蛋壳表面文章多，需要考验赌客们的手感；最后一步，也是最关键的一步，就是听声音，用蛋首轻轻磕碰自己的门牙，通过磕碰产生的声音和蛋壳的弹性，判断出鸡蛋蛋壳的厚度和强度。

鸡蛋分大小两头，也就是首尾，小头为蛋首，大头为蛋尾。有的赌客很有经验，拿起一枚煮鸡蛋，将大拇指放在蛋首位置，轻轻按摩几下，基本就能判断出蛋壳的厚薄和韧性。

赌客们挑选好自己的“鸡蛋勇士”队伍，然后开始排兵布阵，制定战术，才正式开战。

这是一场煮鸡蛋之间的战争，战争规则很简单，先商量谁先当靶子；当靶子就是将鸡蛋握在手心里，露出蛋首，蛋首朝上摆好不动，对方用三根手指拿住鸡蛋，蛋首朝下磕下来，动作要轻；蛋首与蛋首相撞，其中一方必破，破者告负，负者便归胜者所有。

实际这是一种赌博游戏，输的是鸡蛋，赢的自然也是鸡蛋。赌到最后，赢者面前一堆破损的煮鸡蛋。现场观战的孩子们也都有各自支持的对象，等游戏结束，赢了很多鸡蛋的赌客会拿一些鸡蛋分发给自己的支持者。我也分到过几次，最多一次人家送给我五个鸡蛋，吃了两个，剩下三个拿回家了。

有一回，我去叫娜佳，想让她跟我们一起去汉人街玩。当时她正在打扫院子，手里拿着一把笤帚。

“娜佳，跟我们一起去汉人街吧，可以分到煮鸡蛋。”我兴高采烈地说道。那是我上小学时候的事儿。

“我不去。你也别去。”娜佳停下手里的活儿，眼睛盯着我说。

“为啥？”

“去那儿的都不是好人，妈妈说的。”

“阿不来提要去卖鸡蛋，我去给他帮忙。”我辩解道。

“他去卖鸡蛋，你能帮啥忙？”娜佳质问我。

“帮他提鸡蛋筐。”

“那你就去吧，那儿都是爱赌博的人，跟那些人在一起，你早晚也会变成一个小流氓。”说完，娜佳不再理我，继续做自己的事情。

“我去看看就回家。”我说。我从娜佳他们家出来，绕过铁匠穆萨家的园子，抄近路赶上了阿不来提。当时我还不明白“小流氓”是啥意思。

那时候没有“城管”一说，摆摊设点包括维持交通秩序这些事，也都归公安派出所的人管。当然，偶尔也会有民兵巡逻队到汉人街转上一圈，不过这种情况不多。如果被民兵巡逻队发现，他们绝不会对做生意的人手下留情，他们比公安派出所的人厉害多了。

不过汉人街这地方……怎么说呢，不管公安派出所的人还是民兵巡逻队，都不大情愿过来，尤其是星期天，他们更不会光顾这里，因为这里很乱也很脏，人来车往，到处尘土飞扬。如果遇上刮风下雨天，情况会更糟。可这些一点都不影响做买卖的人，越是坏天气他们越高兴，因为不用担心被抓被撵。有人说，在汉人街，除了人肉，啥都能买卖，并且啥都很便宜，这也正是汉人街巴扎的魅力所在。

后来，长大一点，我就不再跟着阿不来提去汉人街了，怕被同学或老师看到。

有一回，阿不来提被民兵巡逻队逮住了，不过还好，他刚把鸡蛋卖完，剩一空筐，阿不来提顺手将筐子扔到巷子里一户人家的房顶。巡逻队里有个黑脸大汉，脾气很大，当时就气急败坏地给了阿不来提一巴掌，把他打倒在地。

民兵巡逻队收走了其他人的筐子、鸡蛋，还有莫合烟、火柴等。

从那以后，阿不来提就不卖东西了，去生产队劳动。后来，他被队里安排去学开拖拉机了。

22. 筑路工人

这天放学晚，我回到家的时候，太阳已经降落到街区西边的树林后头去了，留下半个天空淡淡的橘色。我刚进门，阿不来提就跟着进来了。他穿着一件油腻腻的工作服，好像刚从拆开的机器堆里爬出来一样，头上戴一顶旧前进帽，看起来像个特务，我都差点没认出来。他见到我，开玩笑说：

“嗨，大学生，你这是从北京来还是从上海来？”

“北京。”我随口回应。我把自行车推进厨房边上的储物房里去。

“我爱北京天安门，天安门上太阳升……”他一边唱歌一边往后园小门那边走去。“额尼，拜塔库哪（锡伯语，妈妈，安好吗）？”他走到后园门口停下，朝里面喊道，“您忙啥呢，在那儿？”

“拜塔库（锡伯语，安好）。”妈妈的声音从后园传过来，“这儿有一堆羽毛，好像是鸽子的，不知道谁家鸽子又被野猫吃了。”

“咱们这儿只有卡哈尔家养鸽子，一定是他的。”阿不来提说。

“好几天不见，你去哪儿了？”妈妈问阿不来提。她从后园出来，朝厨房走去。

“进山了，尼勒克那边。”阿不来提说，“我弄回来一些蜂蜜，你们也有一壶，都在拖拉机上，晚上拿回来。”

“你去年送给我们的蜂蜜还没吃完呢，都拿你们家去吧，你们家人多。”

“别不舍得吃，额尼，我这回拿回来好几壶，大家都有份。”

“对了，你不是想当工人吗？”妈妈说，“巴音岱那边有个筑路队，要一个开拖拉机的，你明天去巴音岱养路段问一下。”

“是不是啊？太好了，我、我明天早晨去问吧。”阿不来提使劲搓了搓手，显得很激动的样子，“是、是咱们伊犁这儿的筑路队吗？”

“不清楚，可能是外面来的。你明天早一点去，人家别走掉了。”妈妈边说边走进厨房里，“晚上在我们家吃饭吧。”

“不了，我现在还要去队上，拖拉机坏了，正在修，我回家拿工具。巴尼哈（锡伯语，谢谢），额尼！”阿不来提说着转身往大门口跑去，临出门，回头喊了声，“晚上我送蜂蜜来！”

我知道妈妈为啥对阿不来提当工人的事那么上心。她是想让阿不来提早点离开生产队，到外面找一个能赚钱的活儿干干，好养活自己和家人。塌鼻子什么也干不了，他有哮喘病，一年中的大多数时间都在家里躺着，到秋天南瓜下来，他就会活过来一两个月，可以做一些帽子卖掉，挣些钱。差不多每年都是这样。听说他的病吃药没用，一吃南瓜包子就好了。

有一次，我说妈妈做的饭不好吃，妈妈听了很不开心，说我没挨过饿，如果我也像阿不来提一样经常吃不饱肚子，就不会挑食了。

第二天中午，我放学刚回到家，阿不来提就来了，一进大门他就开始大声嚷嚷：

“额尼，我要走啦，我去当筑路工人啦！”

妈妈从厨房走出来，伸出双臂抱住朝她跑来的阿不来提，嘴里喃喃地说道：“走吧，我的孩子，去外面多挣点钱。”

“我会回来看您……”阿不来提话没说完，他哽咽着，从头上摘下帽子捂住了自己的脸。他整个身子抽搐着，走到后园小门那儿去。

妈妈也哭了，她流着眼泪，脸上却堆满欣喜的笑容。她拿手背擦擦眼睛，对阿不来提说：

“中午就在这儿吃饭吧，我给你包韭菜饺子。汉族人有这样的讲究，现在我们锡伯族人也这样讲，离开家之前要吃‘滚蛋的饺子’，这样在外面就顺顺当当了。”

我站在院子中央，突然间觉得心里空荡荡的，好像丢失了什么似的。我不知道阿不来提要去哪儿当筑路工人，反正要离开家、离开我们，到外面去修路，把路一直修到遥远的地方，一直修到天涯海角。

今天，在学校，老师给我们念了一段课文，里边就有“天涯海角”这个成语。老师还把它写到黑板上，满怀激情地说，“天涯海角”指的是很远很远的地方，就是天之涯海之角……

23. 剃头匠米吉提

阿不来提走了，他同母异父的弟弟米吉提承担起了家里所有的活儿；父亲有哮喘病，母亲身体又不好，妹妹年龄小也帮不了什么忙。

我记不大清了，差不多也就六七岁吧，米吉提的爸爸就把他送去汉人街一家理发店当学徒，他也跟阿不来提一样，没上过学。

米吉提不像阿不来提，他是个小大人，不爱开玩笑，也不喜欢跟我们一起玩。他也没时间玩。每天下班回家，第一件事就是去挑水，挑水回来还要院里门外地打扫一遍。他每天上班很早，师傅们到来之前他就要把店里店外打扫干净，还要给他们把剃刀、毛巾这些准备好。

在阿不来提和米吉提兄弟两人之间，我妈妈更心疼阿不来提，好像把他也当成了自己的儿子，啥事儿都替他操心。妈妈总说，阿不来提是个可怜的孩子，他的心是半空的，属于生身父亲的那一半空着，永远无法填补。

那是我上小学时候的事儿，娜佳我们两个放学回家，还专门到米吉提做学徒的那家理发店去看过他。我们去的时候店里没有客人，师傅们到街对面的一家馆子里喝茶聊天去了，店里就他一个人，正忙着打扫地上的头发。正值夏天，天气很热，他干得满头大汗。他一边跟我们打招呼，一边继续忙手里的活儿。

理发店不大，总共就六把椅子，就是那种底下带圆盘的铁制椅子。我和娜佳都很想坐上去转一转，米吉提不让我们坐，他说师傅们马上就会回来，看到了会骂他。

我们街区里的人，无论男女老少，见了米吉提都会亲切地叫他一声“剃头匠米吉提”，听起来很酷，很让人羡慕。

在汉人街当学徒，不管学的是什么，学徒期间一概不发工资，啥时候师傅认为你学成了，正式出徒了，才有资格领工钱。这个时间可能是一年，也可能是两年，就看你学的是什么，人够不够聪明。

我刚上学那会儿，妈妈总是警告我，说我要是不好好学习，就不叫我上学了，送我去汉人街做学徒，找一个厉害的师傅，狠狠地收拾我。

那时候，这样的警告对我一点用没有，我有时甚至觉得当学徒挺好，尤其在食堂里，一天到晚跟美食打交道，闻味儿都闻饱了。

后来，米吉提的妹妹也被送去汉人街一家卖布的小店里做学徒，也还是不发工资，中午管一顿饭。在理发店做学徒好说，因为理发是技术活儿，在布店里做学徒，我感觉跟做童工没啥分别，就是帮忙干活嘛，也没啥要学的。不管怎么样，那时候在汉人街做学徒的孩子很多，甚至卖干果的小店里都有。实际上，有些人家也没指望孩子学到什么本领，因为家里生活困难，吃饱肚子都成了问题，少一口人吃饭，生活压力也就轻一点。

对一个人，如果连吃饱肚子都成问题，那么其他一切都是浮云。做学徒虽然拿不到工资，但中午可以吃一顿饱饭，对一个孩子来说，这就足够了，还能要求什么呢？

24. 依民莱其

那时候英阿亚提街一巷西边整个都是墓地，墓地很大，北起英阿亚提街主街道，南至汉人街后滩，西至胜利街。墓地东缘离英阿亚提街一巷有一点距离，之间有几户人家，靠近墓地边上的是依民莱其（莱其：卖菜的人）的家。

依民莱其的老婆有精神病，不是很严重，偶尔会发作，也只是站在门口骂骂街。她嫁给依民莱其的时候没有精神病，听说是被什么东西吓得，吓出了精神病，不知道是不是真的。她给依民莱其生了三个女儿，最大的已经嫁人了，二女儿在乡下照顾依民莱其的母亲，最小的女儿叫卡美尔，跟米吉提同岁。

每天早晨很早米吉提就去上班，正好路过依民莱其家门口，这个时候卡美尔总是会出现在他们家门口，要么在洒水，要么手里拿着一把笤帚在扫地。他和她每天都会“不期而遇”，于是，他和她的故事也就很自然地在英阿亚提街上传播开来。

米吉提长得帅，高而坚挺的鼻梁都顶到压得低低的鸭舌帽帽檐了，深陷的眼窝里一双炯炯有神的眼睛，脸上永远都是一副微笑的模样，很招街坊邻居喜欢。

大家都说米吉提和卡美尔是天生一对。

有一天，妈妈问我，卡美尔和娜佳，她们谁长得更漂亮。我回答当然是娜佳了，这还用问吗？不过，在米吉提眼里，一定是卡美尔漂亮。情人眼里出西施嘛。

我记得最初的时候，那时候我还在读小学，依民莱其每天一大早就推着拉拉车出门，车里摆放着各种蔬菜，车把上挂着一杆秤，秤砣像钟摆一样来回晃荡着。

在我的印象里，做买卖的人，不论在巴扎摆摊设点还是在街巷里推车赶车，都会大声吆喝，可我从没听到过依民莱其的吆喝声，不知道是因为当着街坊邻居的面不好意思还是别的什么，总是见他默默地拉着车子走远的背影。

等我上了高中，依民莱其也鸟枪换炮了，原来的人力拉拉车换成了毛驴车，车上装的菜也多起来了。那天，我听妈妈跟爸爸说依民莱其的事儿，说他买毛驴的钱米吉提也出了一部分，算两个人合伙。

维吾尔族人的传统里，做生意，无论大小，喜欢合起伙儿来做，有钱大家一起赚嘛。但街坊邻居们心里都很清楚，米吉提的葫芦里究竟卖的啥药。

在英阿亚提街上，依民莱其是一个另类。这片街区因为跟汉人街紧邻，住的大多是手艺人，诸如多普其（做帽子的人）、阿亚合其（鞋匠）、卡萨普其（屠夫）等等，只有他一个卖菜的。

那是新中国成立前的事儿，依民莱其跟着父母从喀什来伊犁投奔亲戚，当时他们家亲戚在汉人街东大园子帮忙，东大园子是山东人李老大和弟弟李老二的菜园子。

到伊犁没多久，亲戚就把依民莱其和他父亲带去菜园干活，一直干到新中国成立以后。后来，菜园没有了，依民莱其一家成了无业游民，被下放到农村。在农村待了不到一年，依民莱其又偷偷溜回了伊宁市，开始了他的“莱其”生涯。

25. 巨型青蛙

老人们总说：修路是好事，是积德的事。可是，在那个年代，那样的社会政治背景下，谁都不敢提“积德”之类的字眼，那是讲迷信，是唯心主义的东西。

阿不来提没上过学，一天学都没上过，他目不识丁。不过他能画出自己的名字，用维吾尔文字。我想教他学会用汉文写，其实就是摹画，照猫画虎画出自己名字，可他怎么都学不会，费半天劲，勉强画出一个“来”字。对这样一个人，无论迷信、唯心，还是唯物什么的，好像没有任何意义。

我记得那是开春以后的事，阿不来提跟着筑路队离开伊宁已经半年多了，其间也有人带回来过他的消息，说他在清水河那边修路，好像干得还不错，刚去的时候开拖拉机，后来又开上了挖掘机什么的。

一天，铁匠穆萨叫他儿子给我们家送来一封信，信封上面什么也没写，说是有人从清水河带来的，让铁匠穆萨交给我们。清水河在霍城县以西，距离伊宁市六十多公里。

信封里面装着一张皱巴巴的信纸，上面用钢笔写了几句话，是汉文写的：

亲爱的额尼，我是阿不来提，我一直在清水河修路，什么都好。转告一下我妈妈爸爸，我想他们。还有，娜佳和她妈妈也好吧。我们这边的路今年夏天可以修好，修好以后就走了，去独山子那边修路，去独山子之前我回家看你们。告诉你们一个事情，我挖出来一个大青蛙，西瓜那样大，他们说我有好事情啦。

阿不来提 1977 年 5 月

显然，这封信是阿不来提找别人帮他写的。

妈妈一边看信一边抹眼泪，嘴里念叨着：“可怜的孩子，他还想着我们。”

信里还特意问到娜佳，却没提到我，我心里多少有点不爽。

阿不来提离开伊宁的时候，妈妈把爸爸穿过的一件棉袄送给了他，还有一条绒裤。去年冬天天气特别冷，雪下得也很大，妈妈一直担心阿不来提，怕他冻着。筑路队到冬天就不修路了，要休息一整个冬天。可是，阿不来提没回来，他留在清水河那边的工地上，帮筑路队看守工地上的机器设备。

这年夏天，我们学校很热闹，大礼堂变成了大教室，往届毕业的学生都被召回来参加辅导班，准备迎接高考。

伊犁的白昼很漫长，到晚上八点多钟的时候，太阳还在西边树林上空挂着，热烈地照耀着整个世界。

我放学回家，一进大门，就看见娜佳站在厨房外面的炉子跟前，拿铲子搅拌着锅里的东西。我闻到一股浓浓的果酱的香味儿。

“你回来啦？”娜佳扭过头来，笑脸迎着我。

“我见到你的好朋友肖颖了，她回学校参加辅导班，你们很多同学都回来了。”我放好自行车，走到娜佳跟前去。

她继续搅动着锅里的果酱，没有回应我的话。我告诉她，今年我也参加高考，我们年级挑选了五名同学，跟历届毕业生一起参加考试，其中也有我。

“真的？”娜佳转过脸看着我，一脸惊奇的样子。

“真的。从明天开始，我也要跟高年级同学一起参加辅导班。”

她眼睛紧紧盯住我，看了半天，最后说：“你以后一定是一个很厉害的人，真的。”

我没太听明白她的话，不知道她说的“厉害”是指哪方面。有时候，一个人太厉害，也不是什么好事。我们家邻居黑尼卡力和他儿子，他们两个都很厉害，不仅我们街区这边的人，就连汉人街上那些人，也都畏惧他们父子。厉害又能怎么样啊？都不知道他们现在人在哪儿。

“你别这样看着我，我不要自己变成一个很厉害的人，我不喜欢。”我说。我说的是心里话。

“哎哟，坏了，煳了！”娜佳手忙脚乱地搅动着锅里的果酱。一股果酱焦煳的香甜味道扑鼻而来，闻着叫人直咽口水。

我很想鼓动娜佳也回学校参加辅导班，这样我们就能在一起学习了，话到嘴边，让我给咽回去了，没说出来。我知道她不可能再回到学校去，上学读书这样的事情已经跟她没啥关系了。

秋天的时候阿不来提回来了。他整个人都变了，好像变成了另外一个人，脸上刮得干干净净，头上戴了一顶蓝色劳动布鸭舌帽，身上穿的也是蓝颜色的劳动布工作服，还有劳动布裤子，看起来利利索索，很精神。

他扛回来一面袋子大米，留了半袋在家里，剩下半袋提到我们家来了。那时候大米是稀罕物，过年过节粮店里才有供应，还要严格按粮本上的人头分配，一人也就两三公斤。

那天下午妈妈做的是抓饭，把阿不来提和娜佳都叫来了。我回来得晚，等我到家的时候他们已经开始吃了。娜佳拿来了几瓶格瓦斯（一种俄罗斯人家里酿造的低酒精度饮料），是瓦洛加舅舅家酿造的，有香甜的蜂蜜味儿，非常好喝。

阿不来提喝了两杯脸就红了，开始兴奋地讲起他在清水河修路的事。他说自己就开了一个月的拖拉机，后面就开始开挖掘机了，给车上装沙石。我问他信里写的大青蛙呢？他一听，呵呵笑起来，表情夸张地说：

“那个大青蛙差点吓死我！真的，它藏在石头缝里，眼睛一眨一眨盯着看我，像鬼一样！”

“真的有西瓜那么大吗？”我问。

“真的呀，它把我们那儿的人都吓坏啦！”阿不来提眼睛睁得老大，看着大家说。

“它干吗藏在石头缝里？”我又问。

“它不是藏在那儿，它被夹在石头缝里出不来了。”阿不来提说，“我们技术员说，它小时候钻到石头缝里吃东西，吃饱之后就出不来了，一直待在里面，越长越大。”

“那它吃啥，在石头缝里？”娜佳问。

“吃泥巴、沙子吧，我也不知道。”阿不来提说时看看妈妈。

“青蛙是吃蚊子的吧？”娜佳也看向妈妈。

“苍蝇、蝴蝶这些东西青蛙都吃。”妈妈说。

“我们技术员说，那个大青蛙差不多跟我一样大。”阿不来提说道。

“再别说青蛙了，赶紧吃饭。”妈妈朝我们摆摆手说，“把格瓦斯都喝完，放时间长了会爆炸，很吓人。”

我们吃着喝着说着，不知不觉天就黑下来了……

26. 月亮星星

以前，小的时候，娜佳也会来我们街上玩，太阳一落山她就不敢一个人回去了，每次都是我自告奋勇送她回家，如果太晚，我就把阿不来提叫上。英阿亚提街跟汉人街虽然只隔一片河滩地，可到了夜晚，河滩地就会变得异乎寻常地空寂，除了河道里流水的声音，和草丛间一些不知名的生物的鸣叫，整个世界都似乎屏住呼吸，正期待着发生点什么。走在弯弯曲曲的河滩小径上，脚下发出窸窸窣窣的声音，偶尔被树枝什么的绊一下，也会把人吓得汗毛直立。

等我们吃完喝完，天色已经很晚了，阿不来提跟我一起送娜佳回家。

从我们家出来往水磨那边走，正好路过王凯家，透过窗户可以看到他在屋子里作画，每天都是如此。

阿不来提突然想起什么，问娜佳："你会画画吗？"

娜佳摇摇头，说："我很笨，连鸡蛋都不会画。"

阿不来提说他们筑路队准备招一个会画画的人。以前他们有一个画画的，调公路局去了。他所说的画应该是工程图纸，跟绘画没关系，这些他根本不会懂。

我可以感觉到，阿不来提很想帮助娜佳，在这点上，我们两个的心情应该是一样的。

我们来到木板桥上的时候，月亮突然从云层后面冒出来，把整个后滩照得通亮，水磨顶上白白的一片，好像覆盖了一层积雪。

“我们坐这儿说一会儿话吧。”走到娜佳他们家院子门口，阿不来提看看娜佳又看看我，说道。

“好啊。”我说。我自然没有意见，明天刚好是星期天，不用去学校，可以睡懒觉。

娜佳他们家院子门口有一个长条板凳，以前我到他们家来，唐尼娅阿姨就拉我坐在这凳子上，一边晒太阳一边给我讲过去的一些事情。伊万去世之后，我就再也没见唐尼娅阿姨坐过这条板凳。

“你们还喝不喝格瓦斯？”娜佳问道。

“我不喝了。”我说。我坐到凳子中间位置，把一边留给娜佳，另一边留给阿不来提。

“我也不喝了。”阿不来提边说边坐到我边上。

娜佳没坐下来，她站在我跟前，一只手搭我肩上。

“听说你们修完清水河那边的路就去独山子了，是吗？”娜佳问阿不来提。

“就是的。”阿不来提说时习惯地抬手整理了一下头上的鸭舌帽，“我们修完清水河那儿的路，就要到独山子和克拉玛依那边修路。我们队长说，到了独山子就安排我去学开汽车，以后就当司机了，跟你舅舅一样。”

“有这么好的事啊？你太有本事了。”娜佳不无羡慕地赞叹道。

“我没上过学，不识字，不过我从小在汉人街卖东西，锻炼得嘴巴能说脸皮又厚，走到哪儿都不吃亏。真的，汉人街是个好地方，从这儿出去的人，到哪儿都饿不死。”

“娜佳，你去学画图吧，学好了让阿不来提介绍你去他们筑路队上班。”我有点兴奋地对娜佳说。

“不行，我恐怕打死都学不会。我最怕画画儿了。”娜佳朝我摆了摆手。

“你不是上过学吗，应该会画画儿啊。”阿不来提说。

“上学跟画画儿没关系。我就是害怕画画儿，一直就这样。”娜佳说。

月亮好像又被云彩遮挡住了，身边四周突然变得一片昏暗，抬头望向北方的天空，一团团的云絮缓慢移动着，星星在云絮的间隙里闪烁。我心想，晚上可能要变天，下雨。

其实，我心里很矛盾，一方面希望娜佳找到一份好工作，不管在哪儿，这样就可以养活自己了；另一方面我又怕她离开伊犁，去别的地方，以后我就很难见到她了。

从河边上吹来的风凉飕飕的，我不由得打了一个寒战。

“不早了，你们回去吧。”娜佳拍拍我肩膀，轻声说道。

“好吧，我们走。”阿不来提起身往前走了几步停下，看着娜佳说，“我、我有一件事情，说了你别生气。你们两个，一直在一起就好了，我的意思是，将来你们在一起过日子。”

娜佳听了阿不来提的话，就跟触了电一样，把手一下从我肩上抽了回去。我坐在凳子上没起来，脸上刚刚还觉得凉凉的，一下变得烧烫烧烫，好像被人扇了一耳光。

“你们赶紧回家。”娜佳耳语似的说了一声便扭头走进院子里去。

我感觉自己像个木偶，从凳子上起来直挺挺地朝木板桥走去。阿不来提走过来搂住我肩膀，嘴里轻声哼唱着一首维吾尔族民歌，歌词大意是这样的：哥哥和弟弟同时喜欢上了一个姑娘，哥哥为了成全弟弟，忍痛割爱远走他乡……

阿不来提动情的歌声在河滩地寂静而浓重的夜色里飘荡、消散。

下 篇

1. 蒙在鼓里

应该是1978年3月的事，刚开学不久，我在学校门口遇到了娜佳的同学和好朋友肖颖，她骑了一辆自行车，刚好走到校门口。她刹住车，跳下来走到我跟前。

“这么早放学啦？”她笑着问我。她的脸蛋被冷风吹得通红，像抹了胭脂一样。

“下午没课。我去新华书店看看。”我回答。

“见到娜佳没？”

“见了，她昨天到我们家来了。”

“回去告诉她一下，我明天中午去他们家。”

不等我回答，她就推着自行车急匆匆地朝校长办公室那边走去。

我到新华书店转了一圈，没找到任何高考辅导方面的书，出门的时候听见两个人边往外走边小声议论，我听见他们说书店里来了几套《数理化自学丛书》，就没往书架上摆，书刚到就从内部被买走了。

这是我第一次听到有人说《数理化自学丛书》，之前我们没有一个老师提起过还有这样的书。

那时候兴走后门，没有关系什么都办不成，不说别的，就连到副食品店买菜都要找关系走后门。

我出了书店，穿过马路，走到人民广场。我老远看到电影院售票口那儿围了一堆人，不知道要上映什么好电影，这么早就开始抢票了。我本打算直接从汉人街绕到水磨去，走到广场中央才想起来，不能那么走，汉人街那儿不好走，大街小巷里都是黑泥巴，根本过不去。我又绕回市公安局前面，往英阿亚提街大上坡走，从英悦勒（现在的后滩路）这边到水磨好走一些。

刚从麦草巷子走到后滩那儿，我就看见娜佳手里拎着一个手提袋在前面走。我紧赶几步，喊了一声："娜佳！"

她停下来，回头看着我："你怎么从这儿过来，去哪儿了？"

"学校啊。"我走到她跟前，笑嘻嘻地说，"想你了，来看你。"

"二皮脸。打你。"她抬手拍了我一下。

我把她手里的手提袋接过来，拎到手上跟她一起往他们家走，手提袋里装的是大米，有点沉。我们刚走到水磨前面，就看见唐尼娅阿姨从院子里出来，站在大门口朝我们这边看。娜佳小声跟我说，早晨她又跟妈妈吵架了。她妈妈想请那个老头来他们家吃饭，娜佳就说他来她就走，妈妈就生气了，骂她不懂事儿。我问她最后怎么样，她说能怎么样，妈妈让步了呗。

"阿姨好！"我笑着上前跟唐尼娅阿姨打招呼。

"宝贝儿子过来啦？"唐尼娅阿姨勉强朝我笑了笑。她头上缠包着一条头巾，脸色很不好，心里一定还生着娜佳的气。

娜佳也没看妈妈，径直朝她自己的房间走去。

我差点忘了告诉娜佳明天中午肖颖要来的事儿。娜佳和唐尼娅阿姨两人闹别扭，我夹在中间也很别扭，把事情说完我就借故离开了。娜佳送我出来，一直走到木板桥那儿，唠唠叨叨叮嘱我，不许再玩了，好好看书，一定要考上大学。她说她可不想看到我高中毕业就上山下乡，去农村种地。感觉她比我妈妈都要操心。

第二天放学晚，我回到家天都快黑了，一进门就看见妈妈站在那儿冲我傻乐，搞得我一头雾水。我问妈妈："怎么啦？"

"告诉你一个好消息。"妈妈兴高采烈地说，"肖颖，就是娜佳的那个同学，她考上大学啦！"

我把自行车往储物间那边推过去。我心里嘀咕："肖颖考上大学跟妈妈有啥关系，高兴成那样。"

"你怎么没反应啊？"妈妈在我身后一直跟到储物间门口，等我放好车子出来，"你是不是早就知道啦？"

"没有啊。她考上哪个大学了？"我问。不知道为什么，看见妈妈为别人的事儿兴奋成那样，我心里有点莫名的不爽。

"叫啥粮食学校，你唐尼娅阿姨告诉我了，你看，这么快我就忘了。"妈妈拿手拍拍自己脑门，"先不管它叫啥学校。你知道我为啥高兴吗？因为你也考上大学啦！傻小子。"妈妈说着使劲拍了一下手，脸上的笑容都溢出来了，跑到头上脖子上，到处都是笑容。

这下我更是如堕五里雾中，彻底蒙了。

原来，肖颖的大学录取通知书寄到了学校，放在校长办公室，她昨天去拿的时候，校长说我们学校除她还有三名学生考上了大学，其中一个就是我；我是高二在读，应该算跳级，因为还有半年才高中毕业。校长告诉她录取我的是咱们省里的一所大学，如果让我去上，实在有点亏，以我的学习成绩，只要发挥正常，考上内地好一点的大学没有任何问题。这件事校长知道、班主任知道、我爸爸也知道，他们经过商量替我做主放弃了这个机会。

我自己却一直被蒙在鼓里。

昨天下午我刚到学校，班主任潘老师就把我叫到他办公室，问了我几个奇怪的问题，什么“如果你现在就被咱们省里的大学录取，你会考虑上吗？”“你最想上的是什么大学？”，等等。我说我一定要离开新疆，去北京上大学。潘老师笑了，举起拳头在我胸前点了一下，说：“好，有志气，我支持你去北京上大学。”

2. 视若路人

自从那天肖颖来过娜佳他们家以后，娜佳就好像变了一个人，变得我都快不认识了。

昨天放学，我特意从汉人街绕道水磨，想去看看娜佳在干啥。我到他们家的时候她正在清扫马厩前面那棵杨树底下的枯枝烂叶。马厩已经闲置很多年了，娜佳爷爷养马，到了伊万就不养马了，马厩就成了杂物间，里面堆满了杂七杂八各种各样的东西，听唐尼娅阿姨说，娜佳的爷爷奶奶从苏联赶过来的那辆马车，也被伊万拆了堆在里边。

天气一天天地暖和起来，院子犄角旮旯里的冰雪也都融化干净了，地上散发出浓浓的春天泥土的气息。

“你要种菜吗？”我走到娜佳跟前，笑着问她。

她抬头看了我一眼，没有说话，继续忙手里的活儿。

“还有啥活儿，我帮你干。”我把书包挂在马厩门边的拴马桩上，脱下外衣跟书包挂在一起。

娜佳直起身子，拿手背擦了擦脸上和额头上的汗，看着我，一脸严肃，语气生生的，说道：“你回去吧，以后少来我们家。”

在那一刻，我的心猛地紧了一下，好像当头浇下一盆冷水。我站在那儿，不知道作何反应，因为事情发生得太突然，我没有丝毫心理准备，又因为她从没有用这种态度对待过我，让我一下不知所措。这一次，她是认真的，她用眼神传递给我的就是这样的信息。

这时唐尼娅阿姨从屋子里出来，看见我，笑笑，朝我招手：

“宝贝儿子过来一下，阿姨有话问你。”

唐尼娅阿姨出现的正是时候，把我从窘困中解救出来。说实话，刚才那一刻，我真想找个地缝钻进去。我转身拿起外衣和书包，朝唐尼娅阿姨走去。

“阿姨好。”我吞吐道。我自己都能听出来我说话口气有多不自在。

“怎么了，你和娜佳吵架啦？”唐尼娅阿姨神情紧张地问。

“没、没有。”我摇头。我脸上勉强挤出一点笑，看着她。

“我昨天去你们家了，跟你妈妈说了你的事。”唐尼娅阿姨满心欢喜的样子，继续说道，“你们校长说了，你肯定能考上大学，考上好大学，就是北京、上海那儿的大学。”

“妈妈，你别说了，让他回家看书去。”娜佳一边干活儿一边甩过来一句，口气硬邦邦的。

“我准备做饭呢，让他吃了饭再走。”唐尼娅阿姨对娜佳说。她又转过来看着我：“我要做拉条子，吃了再走。”

“不用了，谢谢。我回去还有事。”我说完转身往大门外面走去。我心里涌动着的情绪不知道是怒气还是尴尬，总之我被一股情绪的力量驱使着，一阵风跑回家，一头钻进房间里，把自己撂倒在床上，眼巴巴望着天花板出神。我就这样躺着，一直到妈妈喊我吃饭，才磨磨叽叽爬起来。

肖颖昨天过来，一定跟娜佳说了什么，不然娜佳不会以这种态度对待我。她会对她说什么呢？我在学校好好的，又不打架闹事，每天从家到学校又从学校到家里，除了学习还是学习。肖颖跟娜佳到底说了什么，娜佳一定不会告诉我，我也不好找肖颖问。这是一个谜，看来我是没办法解开它了。

明摆着她想疏远我，将我视若路人，她做到了。

接下来的几个月里，我再也没见到过娜佳，她不来我们家，我也没去他们家。偶尔，唐尼娅阿姨会来我们家串个门，妈妈就跟她打听娜佳的情况。她一直没找到工作，主要是没找到合适的工作。不过现在她用不着出去挣钱了，政府落实政策，把娜佳姥爷唐彼得在汉人街的店铺退还了，唐尼娅阿姨是唯一的继承人。据说政府本来把那排门面腾出来还给她们，可那里有好几个单位，没地方安置，政府就派人跟唐尼娅阿姨商量，能不能把门面折算成钱给她们，唐尼娅阿姨答应了，于是就得到了一笔钱，而且是一大笔钱。

昨天，妈妈告诉我，唐尼娅阿姨开始找人打听去苏联探亲的事儿，如果可以的话，她要带娜佳一起去看看那边的亲戚。

3. 无妄之福

我开始一天一天地数日子，距离高考越来越近。

有一天，下午最后一节课刚结束，坐在我后排位子的许光拍拍我，然后凑过来在我耳边悄声说："放学跟我去一下我们家。"

"啥事儿？"我问。

"绝对的好事。"他声音里透露出诡秘。

他爸爸是伊犁大名鼎鼎的老中医，经常听他讲哪个领导又找他爸爸看病了什么的。他学习很差，在班里几乎垫底，如果没有我帮忙，他每门功课都会拿个咸鸭蛋回家。其他同学经常捉弄他，问他一些莫名其妙的问题，比如"X+Y 得几？"之类的。他也很傻，搞不清别人是在逗他，还认认真真在那儿算、琢磨。

他们家住在中医院后面的家属院里，一排平房差不多一半都是他们家的，他一人就占了两个房间，除了卧室还有单独一间书房，书房里半面墙都是书架，上面摆的都是中医方面的书籍。他爸爸希望他子承父业，将来也当医生。

许光从书架上抽出来一大摞书撂到桌子上，对我说："你见到这些书会不会晕倒啊？我听他们说，花多少钱都买不到。"

我一眼就看到最上面那本封面上赫然写着"数理化自学丛书 化学 第一册"的字样。在那一瞬间，我都怀疑自己是不是在做梦。我上前一步，抓起一本翻了翻，深吸一口气，按捺住内心里的激动，小心地问许光："这是你的吗？可不可以借我看看？"

"你随便拿去看。不过不能一下全拿走，我怕我爸爸过来检查我看没看。"许光望着我说。他眼神里是满满当当的得意与满足。

"这样，我先拿这四册化学，看完再换数学、物理，你看行吗？"

"行，随便你。"

说实话，我根本没奢望过自己能有机会看这些书，对我而言，这简直就是无妄之福，天上掉馅饼，偏偏就砸到我头上。

那段日子，我就像打了鸡血一样，除了上课之外，其他时间全都让《数理化自学丛书》霸占了，晚上睡得很晚，早晨天不亮就醒来了。当时那种如饥似渴的忘我学习劲头，恐怕永远不会再有了。

妈妈以为娜佳是怕打扰我学习才不来我们家的，没有多想；可我心里明白，不对，其实我也不明白到底是怎么回事，反正她有意跟我保持距离，疏远我。

或许是赌气吧，自从那天离开娜佳他们家以后，我就努力克制自己，不去想学习之外的任何事情，每天两点一线，家门到校门。说实话，那段时间我去学校上课完全就是应付差事，老师讲什么根本听不进去。我在《数理化自学丛书》中学到的东西，要比老师讲的多得多，而且又全面透彻。

一天放学回家，一进门，看见铁匠穆萨坐在葡萄架下跟妈妈聊天。

“穆萨喀好！”我一边放自行车，一边跟铁匠穆萨打招呼。

“呵，几天不见，长成大小伙子啦！”铁匠穆萨站起身朝我伸出手，“来，握个手。你都快跟我一样高了。”

我把手向他伸过去，他用一只大手握住我的手，使劲摇了摇。他的手像马蹄子一样粗糙有力，不过让人感到很亲切、很温暖。

“怎么，要上大学了，看不上我们汉人街的人了吗？”铁匠穆萨笑着问我。

“没有啊。”我说。我脑子里一下闪过一个念头：莫非娜佳跟他说什么了吗？

“都快半年了，你都没说去铁匠铺看看我，你是不是把我们忘了？”他质问似的眼睛盯住我，说。

我只是看着他笑笑，没有说话，他说的其实并不是心里话，尤其因为他提到“我们”。我突然想起前阵语文老师写在黑板上的《史记·项羽本纪》里的一句话：“今者项庄拔剑舞，其意常在沛公也。”

“他跟我说了，等考完试，就去看看穆萨喀。”妈妈赶紧出来替我解围。

“呵呵，我是在跟他开玩笑呢。”铁匠穆萨坐回到凳子上，对妈妈笑着说，“唐尼娅姐姐要带娜佳去苏联探亲了，前几天她们跑公社、派出所、公安局这些地方，开了一大堆证明和通行证。”

“娜佳要去苏联了吗，要去多久啊？”我赶忙问道。就在这一刻，我好像突然忘掉了过去的不愉快，急切地想知道更多有关娜佳的情况。

“现在可以去苏联探亲了吗？”妈妈看着铁匠穆萨，这样问。

铁匠穆萨看看我，又看看妈妈，慢吞吞地说：“这个，我也不是很清楚，昨天回家哈丽倩姆告诉我的就是这些。我要走了，我还要去找一下库尔班卡萨普（卡萨普：维吾尔语，屠夫）。”

库尔班卡萨普家在我们巷口那儿，他在伊宁市肉联厂上班，是个大名鼎鼎的屠夫，汉人街这一带的人差不多都认识他。

铁匠穆萨刚出门，妈妈就进屋去换衣服，说要去看看唐尼娅阿姨和娜佳，还问我要不要跟她一起去。我想了想，好像还拉不下面子，便摇了摇头。我让妈妈先去了解清楚咋回事，如果她们真的要走了，到时候我再去送她们。

4. 最后的冲刺

离高考还剩不到十天的时间。

娜佳和唐尼娅阿姨明天一早就要去塔城了。吃完晚饭，我在院子里徘徊了好一阵，等到天色渐渐暗下来，我才出门朝水磨那边走去。路过王凯他们家门口，我还特意停下来看了看，没看到王凯作画儿。妈妈说王凯他们家要搬走了，搬到北京去，王凯和他老婆田英都要回原来的单位上班。

从我们家出来沿着伸向后滩河边的小路走下去，几分钟就到河边。河边湿地里传来青蛙的鼓噪，还有一些不知名的虫儿的轻声伴唱，整个世界显得安详而自在。

最近，幸运之神开始光顾那些老汉人街的人了，他们以前被公家和集体占用的、没收的、公私合营的作坊铺面什么的，只要是符合落实政策条件的，都陆续得到退还或经济补偿。

王凯他们走的也正是时候，田英帮忙做活儿的那家被服厂新中国成立前是一户天津人开办的布鞋作坊，后来被集体占用，改造成了被服厂，现在政府把厂房归还给原来的主人，被服厂也就解散了。

王凯家邻居居马洪的大女儿古丽仙姆在被服厂当工人，现在厂子没了，一时又没地方安排，只能回家待着。古丽仙姆是田英一手带出来的徒弟，机绣技术非常好，人也聪明。王凯一家要回北京，田英就把自己用过的缝纫机送给了古丽仙姆，还有一些她设计的绣品花样、绣花线等。有了缝纫机，古丽仙姆开始在家里给街坊邻居做绣花窗帘啥的，慢慢地就做出了名声，找她的人开始多起来。就这样，她靠一台缝纫机，凭自己的勤奋和努力，若干年后，办起了一家以自己名字命名的民族服装厂，产品远销土耳其、巴基斯坦等国家。当然，这是后来的事。

夏天傍晚的后滩湿地，空气中弥漫了水草腐败的特殊气味儿，风忽有忽无、忽凉忽热。

走过木板桥的时候，我突然想唱歌，唱《阿瓦古丽》，可我怎么也想不起歌词，汉语歌词想不起来，维吾尔语歌词也想不起来，脑子里一片空白，就像擦得干干净净的黑板。

不知怎么，一想到明天早晨要送娜佳和唐尼娅阿姨上路，心里就有种莫名的兴奋。这几天，我在内心里无数次设想过无数种送别她们的场景，当然，这无数种场景里，最让我感动的就是我和娜佳相拥而泣的场面。我问自己，这算生离死别吗？如果娜佳这一去不再回来，我们从此天各一方，永远不能相见，那一定是生离死别了。如果这样，我该怎样的伤悲、怎样的跟她难舍难分啊！

可是，我好像更愿意活在当下，活在送别娜佳的甜蜜与伤感里，哪怕明天之后的所有岁月都变成我对她的念想也在所不惜。

娜佳好像知道我要来，刚走到门口，“吱——”的一声大门就拉开了，门里露出她的一张脸。“来啦？”她说。

“嗯。”我向她点头。

我们一前一后走进唐尼娅阿姨的房间。唐尼娅阿姨戴着一副老花镜，手里拿着纸和笔，正在记什么东西。她抬起眼，目光从老花镜上方投向我，脸上荡漾起惊喜的笑容，嘴里“啧啧”几声，说：“几天不见，宝贝儿子又长高了。学习很辛苦吧？我还以为走之前都见不着你了。你妈妈上午来过，说你快考试了，看书看得连觉都不睡了。”

“阿姨好。”我走过去坐到她旁边，笑着说，“我没觉得辛苦。”

“你正在长身体，可不敢这么不要命地学习，差不多就行了，知道吗？”唐尼娅阿姨摸了摸我的手又拍了拍我胳膊。

“考大学可是一辈子的大事，不玩命行吗？”娜佳在一旁插了一句。

“看把你瘦的，要好好吃饭，多吃点肉。”唐尼娅阿姨看着我心疼地说。她又转过脸看着娜佳：“厨房里那几块煮好的风干羊肉，给他拿回去，咱们带点列巴在路上吃就行了。”

“不用了，阿姨，我们家有。”我赶紧摆摆手说。

“你来一下。”娜佳朝我挥了一下手，推门出去了。

“肉你们带着路上吃吧。”我边说边起身跟过去。

娜佳没去厨房，而是径直走进自己的房间。我走到门口站着，房间中央摆放着两件行李，没有多少落脚的地方了。

娜佳拉开床头柜抽屉，从里面拿出一样东西抓在手里，转身看着我：“进来呀！”

我抬手抠抠脑袋，不知怎么，突然感觉有点别扭，不对，是不好意思。我走到她的床尾坐下来。

“给你这个。”她把一个折起来的信封塞到我上衣口袋里，信封里不知道装的啥，摸了一下感觉厚实实的。“你得答应我，等我们走了以后，你再打开看它。”

我抬眼看着她，有点不知所措。我不知道信封里装的啥，如果是钱，我必须还给她，她们到了苏联还有很多用钱的地方；如果是她给我写的信，我无论如何都不能拒绝，那会伤了她的心。

5. 流星划过夜空

那天晚上，我和娜佳坐在她房间里聊了很久，聊得最多的是我们小时候的事儿，那些美好又短暂的年少时光。

“你今天晚上住在我们家还是回去？”娜佳看了一眼桌上的小钟表，这样问我。这会儿时针已经指向十二点钟了。

“我回家。”我站起身说，“明天早晨我爸爸妈妈来送你们，我跟他们一起过来。”

“那、那你赶紧回去吧，别太晚了。”娜佳也站起身。屋子里的灯光有些昏暗，不过我还是看到了她眼睛里闪动着的泪光。

“我走了。”我小声说。猛然间，一股莫名的伤感势不可当地涌上心头，眼泪忍不住噗噗地流下来，我赶紧转过身，三两步就走出屋子，朝大门口走去。

“等一下，我送你！”娜佳从身后追上来，挽住我一只胳膊。

我用手背抹了抹眼睛，抬头望向布满星星的夜空。一颗流星划过，身后留下一条长长的白色尾巴，随即就被夜幕吞没了。我听到了河水流动的声音。从湿地里传来的青蛙的声声鸣唱，还有远处人家院子里的狗叫。这是一个骚动不安的夏日的夜晚。

我们并肩走到木板桥上面，娜佳抽回挽着我胳臂的手，轻声嘱咐道："走路小心点。"

我转过身看着她，尽管近在咫尺，我却无法看清她的脸，不知道此时此刻她脸上是怎样一种表情、眸子里流露着怎样一种眼神。我心里有许许多多的话要对她讲，可是，一时间又不知从何说起。

"你，那天跟我说的话，是真的吗？"娜佳突然一字一句这样问我。

我一时没反应过来，愣在那儿，半天不知道说什么，搞不清她问的是哪一天说的哪一句话。"你、你说什么？"我吞吐地问道。

"你让我等你。"她耳语似的说。如果不是近在耳边，根本听不清她说什么。

"当、当、当然是真的！"我差不多喊出声来。

"小声点！"

"我是真的。"我又补充道。

"那、那就好。我答应你，等你。你也要答应我，你现在啥也别想，好好考大学，听到了吗？"娜佳抓住了我的手。

"我会好好考大学，一定要考上！"我抓紧她的手，生怕她跑了似的。

"这段时间，你能做到啥也不想就想考试吗？"娜佳跟我说话从没这么温柔过，感觉像在梦里一样，美好得有点不真实。

“可是，唐尼娅阿姨跟我妈妈说，你们这次去苏联，不准备回来了。”我有点担心地说道。

“我们家在这儿，怎么能不回来呢。去那儿只是看看亲戚，最多一个月就回来，你放心吧。”

“你必须回来，等我上完大学，咱、咱们就、就在一起。”最后一句我都不知道自己是怎么说出来的，说完脑子里变成了一片空白，好像缺氧一样。

“嗯。”她点头。不知道这“嗯”是从她嘴巴里还是鼻孔里出来的，轻盈但却强劲地撞进我耳朵里，直奔内心深处那片属于爱情的处女地，瞬间掀起一股势不可当的龙卷风，席卷了我的灵魂和理智。我一下抱住了她，抱得很紧很紧，使出全身的力量，恨不得把她融化在我的怀抱中。在那一刻，我第一次感受到什么叫忘我、心醉、天旋地转……

“你、你快憋死我了。”娜佳用微弱而颤抖的声音说。

此时此刻我已经忘了这个世界的存在，除了我自己还有我紧紧拥抱着的娜佳，整个世界都变得虚无、缥缈、如梦如幻，连同我们身边四周的后滩湿地、河水木桥、青蛙蚊虫，还有头顶之上那无限的星空也都不存在了。

恋爱开始的过程或许就是这般冲动、疯狂、盲目、慌乱、不知所云又不知所措吧。在冲动、疯狂与慌乱中我亲吻了她，她也亲吻了我，那种刻骨铭心的只有男人和女人之间才会有的肌肤之亲，那种令人窒息的甜蜜滋味……这一切，在这个骚动的夏日的夜晚，就像流星划过夜空一样，在我和娜佳的生命历程中，必将留下永恒的印迹。

过去很多很多年，直到现在，那一晚的那一幕情景在我脑海里依旧清晰如初，那是一幅诗一般的美妙画面：星空之下，木桥之上，朦朦胧胧的夜色中，两个年轻人相拥而立。

6. 动力

那天早晨，天刚蒙蒙亮，妈妈就到我房间来，轻轻把我摇醒，问："你也要去送唐尼娅阿姨她们吗？不想去就再睡一会儿，我和你爸爸过去送她们。"

"我也去。"我一骨碌爬了起来。

我们到娜佳他们家的时候，铁匠穆萨已经在那儿了，他正在把娜佳她们的行李往马车上装。

那时候去往霍尔果斯那边的长途客车从巴音岱车站出发，从汉人街到巴音岱还有一段路，马车要走四五十分钟吧。长途车就到霍尔果斯口岸，车上的人还要在口岸住上一晚，第二天再出境，然后换乘苏联的车继续走。据说从霍尔果斯口岸到阿拉木图市还要走两天时间。

临上马车，唐尼娅阿姨和妈妈抱在一起，两人都哭了，哭得很伤心，好像就此永别，再也见不到了一样。妈妈又把娜佳抱住，她们两个又哭成了一团。爸爸、铁匠穆萨，还有我，我们三个站在一旁看着她们，啥也做不了。

太阳升起来了，把光芒铺撒到大地上。铁匠穆萨走到架车的马跟前，整了整缰绳，咳了一下嗓子，说时间已经不早了，可以走了，别误了汽车。

妈妈把唐尼娅阿姨扶上了马车，这时娜佳从马车后面绕过来，径直走到我身边，伸开双臂抱住了我。就在那一刻，我看见了铁匠穆萨那张阳光灿烂的脸，一双眼睛充满深情地望着我和娜佳。

"我等你。"娜佳跟我拥抱的时候在我耳边轻声说道。

"我也等你，等你回来。"我也耳语似的对她说。

我在心里默默地重复念叨着：你等我，我等你，我们将永远在一起……从今往后，在见不到娜佳的日子里，我将生活在美好又甜蜜的憧憬和向往中。

娜佳跳上马车，挨着唐尼娅阿姨坐下来，朝我妈妈挥了挥手，又把目光投向我，我们四目相对，我又一次看到她眼睛里闪动着泪光。爸爸也上了马车，他要和铁匠穆萨一起去送她们。马车开始向前移动，铁匠穆萨挥动皮鞭，"驾——"地吆喝一声，马加快了步子。

我身不由己，跟着马车走了一段，不经意间摸到裤子口袋里昨晚娜佳塞给我的信封，拔腿就开始追马车，我要把它还给她。昨晚回到家，我掏出信封一看，一张信纸包了一叠钱，信纸上写了一句话：送你上大学的礼物。

我很快就追上了马车，把信封塞到娜佳手里，她接过去又顺手朝我扔过来，红着脸说："你要不收下我就再也不理你了！"

我停下，站在路中间，目送马车走远，弯腰拾起掉在地上的信封。

爸爸回来说，他们顺顺当当把唐尼娅阿姨和娜佳送上了开往霍尔果斯的汽车，至于能不能出境、啥时候出境、怎么换乘苏联汽车等，就无从知晓了。

不管怎么样，我心里是踏实的，知道她们去苏联只是探亲，也相信她们不久会回来，即使唐尼娅阿姨认为那儿生活好想留在那儿，娜佳也会一个人回来，她答应我的。所以，我要好好考大学，一定要考上，我也答应过她。

临近高考那几天，我就像打了鸡血一样，精力旺盛而且信心满满，每天晚上差不多只睡三四个小时，一睁开眼睛就全身心投入到学习中，记忆力、理解力都处于极佳的状态。就是在这样的情况下，我把许光那儿的几套丛书全都看完了，该掌握的我都掌握了，万事俱备，只欠东风。

开考那天早晨，我记得很清楚，还不到六点我就醒来了，妈妈起来得比我还早，给我备了一桌吃的，一大碗牛奶、馕、小菜、果酱和蜂蜜。我一点都不饿，不想吃东西，不过我还是拿了一块馕，掰碎了泡在牛奶里，快快地扒拉进肚子里，就骑上自行车直奔考场。

三天考下来，说实话，我还有一点没考过瘾的感觉，整个人仍处于高度兴奋的状态，就像参加赛跑的马儿，跑得热血沸腾，拉都拉不住的样子。

记得最后一门考完回到家，妈妈问我考得怎么样，这是这几天来妈妈第一次关心我的考试情况，过去几天里她在我面前只字不提考试的事儿，也许是怕影响我的情绪吧。我说我考得很好，准备好送我去北京吧。我就随口这么一说，妈妈好像当真了，坐在那儿开始抹眼泪，嘴里嘟囔着："你们一个一个都走了，出国的出国，上大学的上大学，就剩我们守着房子和院子。"

"我是随便说说，妈妈，谁知道能不能考上。"我安慰妈妈说。

"要是考上了呢？"妈妈泪眼看着我。

"妈妈不希望我考上吗？"

"当然希望了。可是，真要考上了，去北京、上海那么远的地方上学，就一个人，我还是很担心。"妈妈一边抹泪一边说。

"我要是考到北京去，妈妈跟爸爸也可以坐火车去北京看我呀，到时候我可以带你们去天安门广场。"我兴高采烈地说道。

"说得跟真的似的。"妈妈脸上露出笑容，她看了一眼天空，说道，"老天开眼吧，让我儿子考上大学，将来找个好工作，好养活自己还有家人。"

7. 狩猎

高考结束，过去好几天，我才接受一切都过去了、可以放松下来这样的现实，于是，突然之间，我就跟泄了气的皮球一样，一下瘫软下来，干什么都提不起精神来，除了一件事，那就是——思念娜佳。考试结束，不用上课、不用学习，我的心思一整天都在娜佳那儿，连做梦都是。至于能不能考上大学，已经由不得自己了，想也是白想，只有听天由命。

一天，瓦洛加舅舅找到我，问我想不想跟他去打猎。我说当然想了，出去走走或许会好些，省得待在家里闲得发慌，无端折磨自己。

瓦洛加舅舅开着他的老解放，我们先到了昭苏，把车上的货物卸掉，连夜往回返，天快亮的时候，车子拐进一条便道，然后就沿着山脚一直开，到一个山谷的入口处停下，这里已经没有路了。后来我才知道，我们去的这个山谷就是有名的野猪林，它位于特克斯县以北、中路天山的深处。

瓦洛加舅舅从车座后面抽出两杆猎枪，一杆双筒一杆单筒，他把单筒递到我手里，说了句："子弹装好了，独弹，你跟紧我一点，我叫你开枪你再开。"

我朝他点点头。我打枪还是跟瓦洛加舅舅学的，那是两年前的暑假，他带我去伊宁县北边的山里，转了大半天，啥也没见着，于是就找了一棵枯树当靶子，教我练习打枪。当时我拿的就是这把德国产的单管猎枪。

我们一人扛一杆猎枪，一人手里拿一块干馕，边啃边往山谷深处走去。

太阳从山顶冒出来了，把光芒洒向山坡和树林，光芒所到之处如同涂抹了一层奶油，清新、鲜亮，让人赏心悦目；山谷里吹来阵阵清风，空气中弥漫着水汽和野草的气息。

我们沿着山谷里的一条小河沟往里走。山谷两边的山体变化无常，有些地方密密麻麻都是松树，有些地方除了青草和低矮的灌木就是大大小小的石头。小河沟里的水汩汩流淌着，好似自言自语诉说着什么。我们一路都没说话，穿过一小片灌木丛，瓦洛加舅舅突然停下来，竖起耳朵听了听，急急地朝我挥手，示意我躲到旁边一块岩石后面去。就在这时，从前面不远处的松树林里窜出来一个大家伙，浑身黑乎乎的，个头足有一头驴那么大！

"野猪！"我险些喊出声来。我的心开始"咚咚"狂跳。

我站在原地没动。说实话，到现在我都说不清楚当时自己是吓蒙了还是想逞英雄。我就那么站着，眼睛直盯着那头野猪。我们当时应该在下风口，所以野猪根本没注意到我们，它大摇大摆地走到河沟边上，旁若无人地大口喝着水。它当时离我最多只有三十步，我都听到它咽喉里发出来的粗哑的"呵儿呵儿"的声音，还看见它身上的黑色鬃毛，一双耳朵竖着，眼睛很小。我慢慢端起猎枪，瞄准它眼睛上面一点的地方；不知道在我耳朵里还是脑子里，有个急促的声音冲我喊叫：开枪、开枪、开枪……

枪响了，声音很大，响彻整个山谷；枪响的同时传来野猪一声惨叫，像子弹一样划过头顶上面的天空。

我依旧站在原地，感觉两只胳臂在颤抖，还有两条腿。我闻到了火药的味道，还有枪身上散发出来的铁味儿。

没注意瓦洛加舅舅是从哪儿蹦出来的，他像只疯狗一样扑向我，把我扑倒在地，歇斯底里地冲我大声咆哮："找死啊，你这个小混蛋！”

四周一片寂静，在那一刻，山谷里的空气似乎都凝固了。

野猪的惨叫声依然在我脑海里回荡，我抬头环顾四周，野猪早已不见了踪影。

“哎——”瓦洛加舅舅瘫坐在地上，眼睛瞪得牛大，看着我，摇了摇头，“你小子吃的是一块儿馕不是老虎的胆，居然敢对一头骚公猪开枪！”他好像还没完全从刚才的惊恐中摆脱出来。

“我、我瞄它脑袋开的枪。”我辩解说。他以前给我讲过，打野猪要么打脑袋要么打屁股，打身上没用，身上糊了厚厚一层松胶和沙子，子弹根本打不穿。

他转过脸望向刚刚野猪出现又消失的树林和河边，说道：“枪法臭，有时候还是好事，不然咱们今天非有人死在这儿不行。”

“怎、怎么会？”我疑惑地望着他问，心想：“两个大男人两把猎枪，还怕被一头野猪吃了不成？”

瓦洛加舅舅叹口气，摇了摇头：“我感觉你的心不在这儿。”说时他拿手拍了拍自己的胸口。他从地上爬起来，端着枪朝树林那边走去……

我们在山谷里转悠半天，再没遇到任何猎物，连只野兔都没有，也许我早晨那一枪把这里所有的动物都吓跑了。

我们离开山谷的时候已经是下午了，回来一路，瓦洛加舅舅唠叨了一路，说来说去，他无非想告诉我，世界上的男人分两种，一种是男人，一种是儿子娃娃。

“不都是男人嘛。”我实在听腻了，插了这么一句。

瓦洛加舅舅一脸严肃，看看我，说：

“你不懂。对，没错，每一个站着撒尿的家伙都是男人，可是，真正的儿子娃娃，一个要有胆子面对面朝野猪开枪，再一个还要有脑子应付开枪以后发生的事情。打猎不是玩捉迷藏，绝对不能当儿戏，就跟打仗一样，有时候不是它死就是你死。”

他说的有道理，我早晨的举动实在太过鲁莽，把自己和别人都置于危险当中。我默默低下头，嘴上没说什么，在内心里已经承认自己错了。

英阿亚提街有个叫半张脸的人，叫什么名字不知道，反正大家都叫他半张脸。听说他年轻时候喜欢打猎，一次在山里遇到一只狗熊，他毫不犹豫就开枪了，受伤的狗熊不但没逃跑，反而向他扑过来，掴了他一巴掌，这一巴掌把他一侧脸上的皮肉连同眼球一起掴走了。都说他能活下来就是一个奇迹。

这是我第一次扛着猎枪去狩猎，也是最后一次。

8. 在汉人街混过的人

“给我一个麻袋，我去汉人街把你需要的世界给你扛过来。”这是那些喜欢逛汉人街巴扎的伊犁人常说的一句话。言下之意，在汉人街巴扎没有买不到的东西。

很早很早的时候，汉人街应该就是这样，天津杨柳青人的京货、从苏联及后来的俄罗斯进来的洋货、新疆南北疆各地汇聚于此的土特产，可以说应有尽有。它曾经历时局动乱的无端浩劫，它也曾经受政治风浪的无情打击，它就像一艘孤立无援的小船，好像早已沉没在历史的长河里了。

但是，实际情况并非如此，汉人街平静平淡的表象之下，原来还有另外一个世界、一个不声不响顽强求生的世界！

我和瓦洛加舅舅打猎回来的第二天，阿不来提和他师父两人也开车从独山子到了伊犁，他们是来给单位买羊毛毡子的。筑路队常年在外，路修哪儿人就到哪儿，住在临时搭建的帐篷里，所以羊毛毡子是必备的物品。

那天，阿不来提要带他师父去逛汉人街，我正好没事，就跟他们一起去了。他师父姓张，叫张师傅。

阿不来提真正跟汉族人接触应该是去筑路队以后的事，也就从那时才开始学说汉语，说得磕磕巴巴，还要借助手势，跟个哑巴似的。我发现他和他师父两人经常是各说各的，沟通很费劲。我自告奋勇要给他们做翻译，可把张师傅开心坏了。

我们从英阿亚提街走过后滩湿地去往汉人街，正好路过水磨。娜佳他们家大门小门都紧闭着，不过大门外头打扫过，应该是铁匠穆萨家的人干的。水磨差不多被废弃了，屋顶长满了野草。

夏天的天气一大早就燥热起来。我们沿着麦草巷子走，过了铁匠铺拐进鸡蛋巷子。铁匠铺还没开门。

张师傅想给他老父亲买一件羊皮马甲，阿不来提就领着张师傅和我在小巷子里转，走了一圈问了几个人，最后找到一户做皮活儿的人家。这是一个很大的院子，一进大门左一排右一排两排房子，都住了人，应该是一大家子。我们被人带到右排房子靠近后院的一间小房子，里面有一个上了年纪的男人，手里正拿着直尺和粉笔，在一张毛皮的皮面上画线。他放下手里的活，跟我们握手。阿不来提向他说明我们的来由，他指着身后墙上挂着的一件羊皮马甲，问张师傅是不是这种。那是一件黑羊皮做的马甲，皮面朝外毛面朝里。张师傅点点头说，就是那种，尺寸按他的身量就行，他父亲高矮胖瘦跟他差不多。

谈好价钱我们就出来了，隔一天就可以来取，一手交钱一手交货。走出一段距离，张师傅使劲拍拍自己的手，显得很开心的样子，说："真没想到，这儿什么都有，什么都那么便宜！"

我们从小巷子里出来，快走到汉人街大桥那儿，靠右手有个蓝色的大门，阿不来提走过去敲了几下，边上的小门打开了，探出一个小男孩儿的头，问什么事儿。阿不来提说了一个人名字，男孩儿回头朝院子里喊了一声："爸爸，有人找您！"

小门打开，我们鱼贯进入，跟迎上前来的一个矮胖男子握手，互致问候。矮胖男子叫塔西，维吾尔语"石头"的意思。塔西人如其名，长得又胖又敦实，就跟一块石头一样。

"什么时候回来的，你？"塔西满脸堆笑，看着阿不来提问。

"昨天。"阿不来提走到塔西身边，笑道，"你们家好吃的是不是都让你一个人吃了？你看看，你胳膊都快跟我腰一样粗了。"

"你们是不是光让他干活不给他饭吃啊？"塔西用维吾尔语跟

张师傅开玩笑说，

“他说啥？”张师傅转过来问我。

“他说你们是不是不给阿不来提吃饭。”我给他翻译。

“他是一个吃不胖的猴子。”张师傅笑呵呵地说道。

塔西问我张师傅说啥，我告他张师傅说阿不来提是一只瘦猴子，大家顿时笑成一团。末了，塔西请我们进屋，不一会儿刚才那个小男孩儿端了一个铁盘进来，上面放了几只小玻璃杯，杯里是淡黄色的冰激凌。原来，这个院子的主人就是早先在汉人街大桥那儿卖冰激凌的那个人，那个人就是塔西的爷爷，爷爷去世前把手艺传给了父亲，父亲又传给了塔西。“文革”期间，汉人街巴扎被取缔，塔西他们家的冰激凌也销声匿迹了很长一段时间。现在虽然抓得也很严，不让上街摆摊，塔西就偷偷在家里做，做的不多，知道的人都来家里买。

我又一次尝到了小时候爷爷带我去汉人街大桥吃过的冰激凌的滋味，真是美妙无比。

从塔西家出来，我们去了汉人街国营土产门市部，那儿没有羊毛毡子，店员很热情，他让我们去伊犁土产公司问一问，如果那儿没有就没有了，只能买了羊毛再找人擀。或许店员的这句话提醒了阿不来提，从土产门市部出来，他好像已经有了主意，搓着手，显得很兴奋的样子。他让我告诉张师傅，说他有办法弄到羊毛毡子，要多少有多少。我把他的话翻译给张师傅，张师傅听了，看看阿不来提，一脸严肃地说：“这是单位领导交给我们的正事儿，不能瞎开玩笑。”

“你告诉我师父，我说的是真的。”阿不来提收起脸上的笑容，认真地说，“走，我现在就带你们去。”

说完，阿不来提转身朝喀赞其那边走，我和张师傅跟在他身后。我们从大街拐进小巷，然后又从一个小巷转到另一个小巷，最后在靠近红旗公社农田边的一户人家门口停下。阿不来提上前敲敲门，等了好一阵才有人来开门，是个女人，她先从门缝里往外看了看，问：“你们找谁？”

“吾麦尔在吗？我是他朋友。”阿不来提回答说。

门打开了，女主人闪到一旁请我们进去，说她丈夫在后园，她这就喊他出来。

我们来到院子里，女主人走到后园小门那儿，唤了一声“来客人了”。从我们站的地方根本看不清后园里有什么，一排高高大大的树木遮挡住了视线。

吾麦尔身材魁梧，三十多岁的样子，一脸浓密的黑胡须，说话嗓音沙哑，典型的莫合烟嗓子。他跟我们一一握手，最后问道：“你们从哪儿来？”

“从独山子来。我穆萨喀告诉我您这儿做羊毛毡子，我们来看看。”阿不来提说。

“是铁匠穆萨说的吗？”吾麦尔脸上的神情一下放松下来，“你们需要多大的毡子？”

“小的，铺单人床的那种，大概需要20张。”阿不来提说。

“进去看看吧。不过我这儿现在只有几张大的，铺炕的，小的没有。”吾麦尔边说边领我们往后园走去。

走过那片树木，靠后墙边一排凉棚，棚子下面堆了一大堆羊毛，黑色、白色、棕色、黄色，各种颜色的羊毛混杂在一起。墙边立着几卷做毡子用的竹席，有宽有窄。

阿不来提不愧是在汉人街摸爬滚打过的人，这次又让我大开眼界。说实话，在汉人街长大和在汉人街摸爬滚打过完全是两回事，这就跟土鸡和斗鸡一样，看着都是鸡，真正打起来就知道谁才是英雄了。阿不来提跟吾麦尔商量好工钱，定好交货日期，我们就出来了。走到路上，阿不来提跟张师傅说，他们现在需要一张单位证明，要从伊犁土产公司买出来140公斤羊毛，送到吾麦尔这儿来。

计划经济年代，公对公的买卖需要单位证明，不过价格很便宜。我想，就这一笔小生意，阿不来提又给他们单位省了不少钱，怪不得他们领导那么器重他。

9. 娜佳的来信

我的大学录取通知书还没收到，却先收到了娜佳从塔城写来的信。

那天我去看电影，快吃晚饭的时候才回家，一进门妈妈就冲我大声嚷嚷起来：“一出门就不知道回家了，家里这么多事！”

妈妈突如其来的责备让我有些发蒙，以为家里出了什么事儿。

“怎么了，妈妈？”我站在门口看着妈妈。

她解开身上的围裙，走到桌子跟前，从桌上拿起一封信朝我晃了晃，一改刚才生硬的口气，露出一脸笑容：“嘻嘻，你看这是什么？”

开始我还以为是大学录取通知书，一转念觉得不对，听老师讲大学通知书装在大的信封里，里面还有一大堆资料，介绍大学情况什么的。我走上前从妈妈手里拿过那封信，一眼就认出来信封上的字迹是娜佳的，她写字跟别人不一样，不喜欢一笔一画地写，不管什么字、笔画多寡，一笔下去就要写完它。不过，她的字跟我们通常认为的潦草还不一样，虽然连笔，还算规整，也好认。

“你唐尼娅阿姨和娜佳不是去苏联了吗，这封信怎么是从塔城寄来的？”妈妈一脸疑惑看着我问。

我看一眼信封，没错，下面的发信地址写的是塔城地区裕民县。“写的是塔城地区裕民县……”我边说边开始拆信封。

我得承认，有些方面妈妈做得确实很好，从我记事开始，她就时常告诫我不许打听别人的私事，那样很不好，所以我打小就养成了尊重别人隐私的习惯。信封上收信人写的是我的名字，所以妈妈没有拆，一直等我回来，等得都有点着急了。

我从信封里面抽取厚厚一叠信纸，少说也有三四张。不知道为什么，就在抽出信纸的那一瞬间，我的心“咚咚”地跳起来，脸上热辣辣的感觉。

信开头是这样写的：

我亲爱的康林你好

……

我刚念完开头一行字，眼泪就夺眶而出，视线变得一片模糊。我实在控制不住自己的情绪，好像有什么东西掐住了我的喉咙，让我无法呼吸。我把信放到桌上转身走出屋子，站在院子当中抬眼望向天空，这样或许能抑制住奔涌的泪水。

“你要去哪儿？信上说些啥？这孩子。”妈妈在屋里嘟囔着。

我在院子里站了好一阵，心绪平静下来了，这才又回到屋里，继续看信。我告诉妈妈娜佳和唐尼娅阿姨问她和爸爸好。妈妈听了，抓起刚才解下来的围裙捂住了脸，她也哭了。

娜佳在信上说：

阿姨和叔叔也都好吧，代问穆萨喀和哈丽倩姆姐姐好。

那天，我和妈妈坐车到霍尔果斯，到了那儿才知道，我们手里拿的通行证只能到霍尔果斯，根本不能到苏联去。原来去苏联那么麻烦，不是妈妈说的那样简单。我们必须先去北京开出国证明，拿着出国证明再去苏联人在北京的办公室盖章，盖好章才可以出去，而且只能从北京坐火车过去。

还好，我们在霍尔果斯找到了妈妈小时候的一个邻居，他带我们去了他们家。

非常非常巧。妈妈的这个邻居叫宋土改，也是二转子，他妈妈是俄罗斯人。几天前他舅舅从塔城过来，正好在他们家。他舅舅一见到我们就好像早就认识一样，很热情，问了妈妈很多事儿。当提到我姥姥名字的时候，老人一下呆住了，半天不说话。“你、你、你真的是娜塔莎的女儿吗？”老人激动得连话都说不出来了。

原来，老人是姥姥小时候的玩伴，他们在阿拉木图一起长大。老人也是新中国成立前就到了中国，现在在塔城生活。老人告诉妈妈，妈妈家有个亲戚在塔城，应该是姥姥的一个表哥，叫托洛斯基，已经去世了，不过他有两个儿子。

“你们去塔城找他们吧，他们一定非常高兴。托洛斯基在的时候，跟我提起过很多次，说他表妹娜塔莎也在中国，一直联系不上。”老人跟妈妈说。

就这样，我们在霍尔果斯待了两天，然后就跟着老人一起到了塔城。托洛斯基我应该叫舅爷爷，他的两个儿子一个叫彼得罗一个叫伊万。有血缘关系的亲戚就是不一样，舅爷爷的两个儿子，我叫他们大舅和小舅，他们对我和妈妈都特别好，好到好像都不知道怎么对我们好了。

大舅是县供销社主任，见我们第一天他就说要把我们家搬到塔城来，还要给我安排工作，供销社有好几个门市部，可以在门市部上班，如果想当老师，也可以安排我到学校上班。我连高中都没毕业，哪能当老师啊。

信上还说这段时间，她们几乎天天坐马车出去玩，大舅小舅家都有马车，他们轮换着拉她们出去拜访亲戚朋友，差不多把塔城周边的山山水水也都玩遍了。

信的最后她写道：

如果，你这次高考考不上，我真心希望你考上，我想说万一考不上，你可以跟我们一起到塔城来，我们这儿亲戚很多，有好几个当领导的，他们可以帮忙安排工作。真的，这里的人都非常好。

看到她这样说，我心里猛地紧了一下。我有种不好的预感，她也许真想离开伊犁搬到塔城去了。我们分别时她说要等我大学毕业，这才一个多月时间，她好像已经忘到了脑后，女孩子的心真是多变。

我把信按原样折叠好塞进信封里。

“还说些啥？”妈妈坐在一旁抹着眼泪问我。

我把信上的内容一一复述给她，她边听边点头，最后泪眼望着我，问我是不是也想跟娜佳她们一起去塔城那边生活。我摇了摇头，没有说话。我心想，我会考上大学的，去的地方不是塔城，而是北京。

不管我心里怎么想，面对娜佳现在的情况，尽管她提出来让我跟她们一起塔城，我还是有种被欺骗的感觉，尤其我一个人独处的时候，这样的感觉愈发地强烈。有几次，我提起笔准备给她写信，心里有满满当当的话要对她诉说，可最后还是放弃了，不知道从何说起。

时间真是一剂良药，收到娜佳的信已经过去半个多月了，我突然觉得这事儿没什么大不了的，如果她真的决定搬到塔城那边生活，也无可厚非，她在这儿连工作都找不到，也没人能帮她。至于我要不要跟着她去塔城，那是另一回事儿。人不能只想着自己，只为自己活着。我记不起来这句话是谁说的，可能是爷爷，也可能是别的什么人。

那天，我专门跑去铁匠铺，告诉铁匠穆萨娜佳来信了，信里问候了他们。铁匠穆萨一个人在铺子里。他一听说娜佳来信了，笑容瞬间布满整个脸孔，好像腮间一根根的胡须都乐开了花。他笑嘻嘻地望着我，问道："她在信上叫你什么？"

他也不问信是从哪儿写来的，相信直到这个时候，他也跟我们一样被蒙在鼓里，以为她们去了苏联，去了阿拉木图。

"叫我名字呀。"我随口回答。

"不对，让我猜猜。"他故作思考的样子，用手拍了拍脑门，"她叫你'亲爱的'，我说得没错吧？"他一脸诡秘神情，眼睛盯着我看。

我的脸"唰"的一下红了，都不敢抬头回应他的目光，心想这人太神了，怎么会知道娜佳这样称呼我？

"别不好意思，她早晚是你的人，你从现在开始就要好好珍惜她。"他说时拍了拍我的肩膀。

"她、她说那儿很好，可能，不、不回来了。"我支吾道。

"你说什么？她说她们不回来了？"铁匠穆萨突然激动起来，眼睛直勾勾盯住我，眼珠子都快瞪出来了。

“不是她说的。她说那儿很好，亲戚也多，也能帮助她们，所以我觉得她们不想回来了。”我赶忙解释。

“苏联有啥好。你赶紧给她写信，就说我说的，让她们赶快回来。啥叫亲戚多？我们也是她们的亲戚呀，就、就这么丢下我们走了？”他越说越激动。

“哦，对了，我忘说了，她们没去苏联，她们去塔城了，塔城有她们家亲戚。”我看着铁匠穆萨笑道。

“是这样啊！我就说嘛，去别的国家又不是去巴依托海，哪有那么容易的事呢。”他说着走到门边，从挂在门后的衣服口袋里掏出莫合烟袋，走到外面去。我也跟了出来。他坐到门口边的长条木板凳上，看了我一眼，继续说：“我给你说过的，女孩子就像野鸽子一样，说飞走就会飞走。你知道塔城离咱们这儿几天的路吗？”

“坐车两天吧。”

“那也不近啊。”

我挨着铁匠穆萨坐下来。他卷好烟咬到嘴上，掏出火柴点着深吸了一口，接着咳了一下，把话题扯到别的事情上去了，他说依民江可能不干了，上个礼拜请假，说伊宁县一个朋友结婚，后来又说大伯的儿子一个人开车去南疆，他想陪他跑一趟。年轻人想法多，出去跑跑也好，反正现在铺子里也没啥活儿。铁匠穆萨絮絮叨叨地说着，我一声不吭地坐在那儿，心里乱乱的，眼睛望着巷子里过往的行人车马出神。

10. 做徒弟

在汉人街做学徒是我小时候就有的一个梦想，所以那时候妈妈拿“你要是不好好学习，就送你去汉人街做学徒”来吓唬我，一点用都没有，心想我巴不得呢。

吃过早饭，我换了一身衣服，告诉妈妈我要去铁匠铺给铁匠穆萨帮两天忙，就出门了。妈妈好像没反应过来咋回事，我都走出大门了，她从屋子里追出来，冲我喊：“小心别把手脚砸伤了！”

以前，没事儿我一般不去铁匠铺，怕见到铁匠穆萨，他对我和娜佳的事儿太过热心，搞得我很不自在。现在不一样了，自从收到娜佳的信，我突然有种……不知道是不是因为娜佳说塔城那边不错，亲戚里还有做官的，可以帮她安排工作等，让我很受打击很受伤，于是内心里爆燃起一股类似报复的火焰，脸皮也一下厚起来，不但不怕听见别人说我和娜佳的事儿，甚至我还很乐意跟别人谈论我们的关系。

我想临时接替依民江给铁匠穆萨当徒弟，一方面圆我小时候的梦想，另一方面也想听听铁匠穆萨对我和娜佳现在面临的这种情况有什么主意。

我到铁匠铺的时候铁匠铺门口都已经打扫干净，还洒了水，空气中飘散着新鲜的泥土气息。

“这么早跑我这儿来，要检查工作吗？”铁匠穆萨笑呵呵地看着我问。

“我来接替依民江给您当学徒，怎么样，行吗？”我边说边走进铺子，把外衣脱下来挂到门背后的钉子上，“还有啥活儿要干？”

“你？”铁匠穆萨看着我，脸上一副奇怪的表情，“你是不是做啥梦了，昨天晚上？”

“我是认真的，我要帮穆萨喀打几天铁，如果……”我想说如果我考上大学，离开了这里，也许就再也没有机会实现我在汉人街做学徒的梦想了，可话到嘴边没说出来。

“你爸爸妈妈知道吗？”

“我告诉妈妈我要来您这儿打铁。”

“哦。”他点下头，看着我，“你是不是想挣点钱上学用啊？”

我摇头，说不是，就想抡一抡榔头，体验一下打铁的滋味。

“没关系，你要是考上大学，我给你奖励一只羊。”他说着转身走到炉子跟前，拿起边上一根铁棍，捣了捣炉子里的灰。

我往手心里“呸呸”两下，搓搓手，开始拉风箱，“呼呼”几下炉子里的火苗就蹿了起来。

“你是第一次拉风箱吧？还有模有样的。嘿嘿。”他看着我笑了。

这天铁匠铺没啥活儿，就两把割草用的镰刀，别人定做的。

在铁匠铺做学徒，首先要学会抡大锤；这个我不用学，从小就会，我们家果园里那些篱笆桩子都是我钉的。不是自我吹嘘，我这个徒弟悟性不错，上手很快，不到中午两把镰刀就打好了。我抡大锤抡得虽然有些累，但心里美滋滋的，因为一次都没有失手。铁匠穆萨对我的表现很满意，他说依民江抡大锤的水平还不如我。不管他说的是不是心里话，我听了很开心。中间休息的时候，铁匠穆萨感叹说，人还是要上学，上学的孩子总是很聪明。我说这也未必，阿不来提就没上过学，可他很聪明，干什么都比我们强。铁匠穆萨听了微微一笑，这话显然说到他心坎儿里去了，因为他也跟阿不来提一样，从小没上过学。

中午铁匠穆萨不让我回家，他要请我去汉人街上的馆子吃大半斤（过去伊犁人对大份拉条子面的称谓）。

拌面馆在汉人街大桥那边，隔壁就是娜佳请我吃锅贴的包子馆。正值中午吃饭时间，不过下馆子的人并不多，差不多一半的桌子都空着，没人坐。我和铁匠穆萨坐到最里头一张小桌子上，跑堂的小伙子给我们送来一壶茶水，问我们吃什么。

铁匠穆萨看着我说："咱们就吃大半斤吧，算我为你上大学送行。"

"还不知道能不能考上呢。"我喁喁道。

"我耳朵不好使，没听见你说什么。你是个小伙子，该大声说话的时候就要大声说话，把房顶掀掉都没关系。"他用训话的口吻对我说，摆出一副师父的模样，一脸严肃地斜睨了我一眼。

"好的，师父！"我颔首微笑。

"这就对了。将来你一个人闯荡世界，走到任何地方、在任何人面前，该低头就要低头，不该低头就要挺胸抬头。"他拍拍自己的胸膛，昂首挺胸扫了一眼整个饭馆。平日里他总喜欢戏谑，一下变这么严肃，我好不习惯，差一点忍不住笑了。

大半斤端上来了，面条一根一根油光闪亮，覆盖在面条上的炒菜里一块一块过了油的羊肉，不等动筷子，口水就流出来了。

吃饭的时候进来一个人跟铁匠穆萨握了下手，走过去坐到靠窗的一张桌子旁。这人穿一身西装，看穿着打扮和气质就知道不是我们这儿的人。铁匠穆萨悄声告诉我，这人是乌兹别克卡哈尔的儿子，卡哈尔就是这家饭馆的主人。新中国成立以前这儿是一个天津人的杂货铺，“三区革命”以后天津人要搬走，就把杂货铺卖给了卡哈尔，卡哈尔把杂货铺改造成了饭馆；新中国成立以后饭馆被公家公私合营了，卡哈尔后来带着家人去了苏联。他们手里有饭馆这儿的房契，现在他儿子回来就是跟政府要回这地方，听说政府答应还给他们了。

11. 买海提大哥

记得那天天气特别热，没有一丝风，好像整个天空凝固了一样。

考完大学这段时间，因为每天就只想着去铁匠铺干活儿，根本不关心哪天星期几，哪天汉人街上人头攒动异常热闹，那天就是星期天，就是汉人街星期天巴扎，这一天来铁匠铺的人也会比平常多出来很多，至少多出一倍，而且大多是外县农村来的农民。

快到中午的时候，铁匠铺来了一个人，说话声音很大，一张嘴就像跟人吵架似的。人还没进门，话就进来了：

“嗨，穆萨弟弟，你哥哥来看你了！”

铁匠铺的门被一个黑脸大汉粗壮的身体填满了，铺子里一下变得黑暗密闭。

“买海提大哥您好吗，家里嫂子和孩子们都好吧？请进请进！”铁匠穆萨赶紧放下手里的小榔头，迎上前去，跟那人握手。

在我眼里，铁匠穆萨一直是汉人街这片地方最壮实的男人，今天，当他站在这个叫买海提大哥的大汉面前时，简直有点小巫见大巫的感觉，如果这个叫买海提大哥的人想的话，他完全可以把铁匠穆萨拎起来扔到铁匠铺子房顶上面去，就像拎只小狗小猫一样。

我站在那儿，傻愣愣地望着他那张馕坑口子一样大大圆圆的黑色脸庞，不知道该说些啥或做些啥。

“这是你新招的徒弟娃子吗？怎么像一只没喂饱的小猫啊，拎得动榔头吗？”买海提大哥用审视的眼神上下打量着我，说话声音跟砸锤一样，震得我耳朵里嗡嗡直响。

“别看他瘦小，他可是喝牛奶长大的锡伯族小伙子，马上就要去念大学了。”铁匠穆萨微笑着望了我一眼，口气里满是骄傲。

买海提大哥朝我伸出手来。我把手给到他手里的时候，感觉有点像放进盆大的牛嘴里，心里充满紧张、敬畏、羞怯，还有一些好奇。

我在心里暗自庆幸：谢天谢地，他没捏碎我可怜的小手。

“上大学念书啊，好！”买海提大哥扯开嗓子说，好像要让整个汉人街巴扎上的人都听到似的，“我喜欢念书的人，念书的人的心很大，大到可以容纳整个世界。你知道世界多大吗？”他扭动粗得像一棵大树一样的脖子，看着铁匠穆萨问道。

“不知道。”铁匠穆萨摇摇头回答。铁匠穆萨见了买海提大哥简直就像老鼠见了猫一样，一下变得乖巧听话。

“你当然不知道了，你连自己的名字都不会写，哪知道世界多大。”买海提大哥又转过脸看向我，继续说，“可是，这个，你说什么小伙子来着？对，锡伯族小伙子，他肯定知道世界有多大。”

“您坐这儿吧，这儿凉快些。”铁匠穆萨给买海提大哥指了指铺子角落里的木头凳子说。

“先别急着让我坐下，外面那辆马车上还有一样东西，你去帮我抱进来。”买海提大哥拍了一下铁匠穆萨的肩膀，把他往门口那边推过去。

铁匠穆萨出去抱进来一副马鞍子，是那种木制镶金裹皮的老式鞍子，看起来很漂亮。

“你要找个地方放好它。这可是一个宝贝。你知道它是谁用过的鞍子吗？”买海提大哥双手叉腰，站在铺子中央，看着马鞍子问铁匠穆萨，眼神里满是敬意。

“是您用过的？”铁匠穆萨怯怯地小声问。

“我用？我算啥玩意儿。”买海提大哥突然压低声音，看看门口，一脸神秘的样子，说，“这是，这是黑尼巴图尔用过的鞍子。”

“真的吗？”铁匠穆萨惊讶地盯着怀里的鞍子，不知道继续抱着还是要放哪儿。

“真的。”买海提大哥肯定地点点头。

“那、那您准备把它……”铁匠穆萨紧紧抱着那副鞍子，好像一放下就会被人抢走似的。

“我把它拿到你这儿，是想让你修一修，上面一些金属片松动了，还有左边那个脚镫，吊皮口那儿有一道裂口。修好了先放你这儿。”

铁匠穆萨小心翼翼地把马鞍子放到刚才他让买海提大哥坐的木凳子上，后退几步，站在那儿仔细打量着，一副毕恭毕敬的样子。

12. 黑尼巴图尔的马鞍子

晚上吃饭的时候，我把黑尼巴图尔马鞍子的事儿跟爸爸妈妈讲了，妈妈一脸惊讶，瞪大眼睛望着我，问道：“你说的是真的？”

我朝她点点头，告诉她马鞍子就搁在铁匠穆萨的铺子里。

“吃饭吃饭，别管人家的事儿。”爸爸看了一眼妈妈，说道。

“黑尼巴图尔是个盗马贼，我记得很清楚，那一年开春，那一年我还在上学，在墩麻扎那儿。听说他偷了我们邻居家好几匹马，被警察局抓了，关进监狱里。他进过很多次监狱。听他们说，监狱就跟他们家一样，隔些天就进去一下。”

“你给孩子讲这些干啥？”爸爸不耐烦地冲妈妈嚷起来。

“我告诉他这些，是想让他离那个马鞍子远一点，别给自己惹麻烦。”妈妈嘀咕道。

“这事儿跟儿子有啥关系，你应该去跟穆萨讲。”

“好，我明天就去跟他讲，让他别给自己找麻烦。”

“你真要去跟他讲啊？我是让咱们的儿子离这种事远点，别人的事咱们最好别管。”

“穆萨是别人吗？”妈妈质问爸爸道，声音很大，好像有点生气了。

“就算他不是别人，他又不是三岁小孩儿，能听你的话吗？哼，真是多管闲事。”爸爸起身离开饭桌到外面去了。

“他就像我们的弟弟，他的事就是我们的事，怎么能不管呢？”妈妈冲已经走到外面的爸爸说道。

第二天吃过早饭我就去铁匠铺帮忙，整个上午我都提心吊胆的，生怕妈妈会跑来铁匠铺，跟铁匠穆萨说马鞍子的事儿。就在两天还是三天之前，铁匠穆萨还跟我说起做一个响当当的男子汉应该怎么样不应该怎么样之类的话，一个男人最不男人的行为就是传闲话，还有就是在别人背后做小动作、打小报告。当时我就在心里默默发誓，自己永远不要做那样的人。

中午下班，一走出铁匠铺，我就长吁了一口气，好像悬在心头的那颗石头放下来了，至少暂时放下来了。

回到家，见妈妈在厨房忙活，她看了我一眼，问："今天你穆萨喀没请你去吃大半斤吗？"

"没有，他中午回家有事。"

"那你下午还去吗？"

"去啊。怎么了？"我有些担心地问。

"没啥。我下午去粮店，家里没油了。"

"哦。"我离开厨房往自己的房间走，心里一阵狂喜，想道："太好了，妈妈好像把马鞍子的事忘了。"

我虽然担心妈妈去找铁匠穆萨说马鞍子的事，可我还是很想知道马鞍子的主人、那个黑尼巴图尔到底是一个什么样的人，为什么每个人一提到他的名字，都会有那么大的反应。妈妈说他是一个盗马贼，我隐隐感觉到事情似乎并没那么简单。

马鞍子的事儿过去差不多一个礼拜，有一天吃晚饭，就我和妈妈两个人，爸爸被单位派去特克斯县出差了。我其实很害怕在妈妈面前提起那副马鞍子，怕她去找铁匠穆萨，但我按捺不住好奇心，太想知道黑尼巴图尔到底是个什么样的人了。

"妈妈，那个、那个黑尼巴图尔，是啥人啊？"我到底没忍住，小心地问。

"你是说那个马鞍子的主人吗？就是铁匠铺——"

没等妈妈说完，我赶紧打断她的话："马鞍子拿走了，已经不在铁匠铺了。"

"拿走就好，你最好离它远一点。"妈妈抬眼看看我，放下手里的筷子，"让你知道也好，以后凡遇到跟他有关的事，最好躲远点。”

13. 黑尼巴图尔其人

黑尼巴图尔是呼勒加人，也就是伊宁市人，住在现在的喀尔墩那边，离汉人街不远，家里应该是种地的，很穷。黑尼巴图尔的名字让很多人知道是民国三十年的事儿，那时候他还是一个年轻小伙子。

有一次他到东麻扎（今伊宁县东部一个乡）那边找朋友玩，去的时候是搭别人的马车，玩了几天，准备回伊宁，就去大路边等待路过的马车，等了一整天，一直等到天黑，也不见一辆马车经过。

伊犁地区地域广阔，那时候的人出门不是骑马就是赶马车，一上路就是几天几夜。东麻扎虽说离伊宁市不远，但也有一百里路，靠两条腿把自己送到伊宁，非累死在半道上不可。

黑尼巴图尔孤零零一个人在马路边站着，天色越来越黑，他一下急了，感觉自己被这个世界抛弃了，满脑子只有一个念头：回家、回家！

就在那天夜里，黑尼巴图尔做了一件改变他生命轨迹的事儿。当然，在那个漆黑的夜晚之前，认识这个叫黑尼的小伙子的人并不多，除了亲朋好友之外，也就街坊邻居了。那个时候他叫黑尼，黑尼是他的名字，巴图尔是后来人们送给他的。

黑尼的父母个头都不高，可他们的儿子长得又高又壮，而且力大无比。那天夜里，黑尼摸黑跳进靠近大路的一户人家，把人家院子里的一头驴从后墙扔出来，骑回了伊宁，又刚好赶上星期天，他就把那头偷来的驴牵到汉人街巴扎卖掉了。

事情过去一个月，警察找上门来，把黑尼抓走了，关进汉人街那儿的看守所。

之后就出现了好几种版本的离奇传闻，说他在看守所里遇到了一个奇人，这人原来是国民党的一个小排长，犯了事儿被关进看守所，正好跟黑尼关在一起。有一天天一抹黑，那个排长就问黑尼想不想吃烤鸡喝烧酒，黑尼说想，可是到哪儿去弄呢？排长抬手指指屋顶上的小天窗，笑了。

就在这天夜里，黑尼正迷迷糊糊地睡觉，排长推醒了他，他醒来就闻到一股浓浓的烤鸡味儿，还有烧酒的味道。

打那以后，排长隔三差五从天窗飞出去，带回来烤鸡和烧酒，他们席地而坐，把酒言欢。

没错，当时传说就是这样，说那个排长会飞檐走壁，纵身一跳就从天窗飞出去了。

再后来，黑尼从看守所出来，人一下变了，变得天不怕地不怕。开始是偷驴啊羊啊的，后来越偷越大越偷越多，从一两匹马发展到一偷就是一群马，他住看守所和监狱的日子比住家里还多。人们开始叫他盗马贼黑尼。民间传说有一次国民党警察局派了三个警察去抓他，他徒手将三个警察打趴下跑了，第二天警察局派了五个人，还是没能把他抓回来，最后出动了十几个人才好不容易抓住他。就这样，黑尼渐渐成了一个传说故事中的人物，人们开始叫他巴图尔。“黑尼巴图尔”这个名字就这样传扬开来了。

再后来，黑尼巴图尔参加了伊犁武装暴动，1944 年攻打呼勒加城的时候，他带领一支小部队首先占领了汉人街看守所。

14. 上大学

秋天的汉人街一天天热闹起来，每天有很多来自周边公社的马车驴车拉着麦草苜蓿在巷子里出售。铁匠铺的活儿也多了，给马匹驴骡钉掌子的，还有修车子的。来的人见到我在那儿打铁，没有一个不好奇的。铁匠穆萨总是很自豪地告诉那些人，说我是一个大学生，很快就要去北京了，走之前跟他在这儿学习打铁。

“大学生学打铁，有用吗？”一天一位伊宁县来的马车夫怀疑地问铁匠穆萨。

“你难道不知道坦克、飞机都是铁做的吗？”铁匠穆萨不屑地看了那人一眼，这样说道。

“铁做的没错，不过，坦克、飞机可不是在铁匠铺里做出来的。”那人毫不客气地丢过来一句。

“你懂历史吗？历史上，打仗用的战车大炮都是在铁匠铺里造的，都是这么‘叮叮当当’敲打出来的，明白吗？”铁匠穆萨说时拿手里的小锤在砧子上面“叮叮”敲打了两下。

那人不说话了，蹲到外面的树底下抽烟去了。

“哼，跟我斗嘴，乡巴佬。”铁匠穆萨轻鄙地朝门外扫了一眼，又继续干手里的活儿。

那是1978年9月的一天，天气很热，到了下午，铁匠铺就清静了，大活儿小活儿一个没有。铁匠穆萨拉我离开铺子，说带我去吃冰激凌，就是那个阿不来提带我和他师父去过的塔西家。我们坐那儿聊了一会儿，回到铁匠铺的时候太阳已经到远处树林后面去了。铁匠穆萨说收拾收拾回家吧，就在这时，妈妈跑来找我。她难以掩饰心里的惊喜，一见我就大声嚷嚷起来：“你还在这儿晃悠，赶紧回家，你们老师在家里等你！”

铁匠穆萨朝我摆手：“赶紧回家吧，一定是好事。”

我一溜烟跑回家，把妈妈丢在身后。

我一推开大门，就看见潘老师还有几个同学围坐在葡萄架下面的桌子前。见我进来，潘老师向我招招手：“过来过来，有天大的好消息告诉你。”

我发现同学们向我投过来的眼神，就像暗黑的夜里手电筒的光亮，我都无法直视他们的眼睛。

我走到桌子跟前，见桌子上放着一个很大的牛皮纸信封，信封上赫然几个红色的字：北京大学。

就在那一刻，我大脑一片空白，看见潘老师嘴巴在动，没听见他说什么。不知道哪个同学上来就给了我一拳，我也没感觉到疼，好像失去了知觉一样。

果然，被铁匠穆萨言中了，我要去北京上大学了，而且是北京大学。

接下来的几天我和爸爸分头行动，我去市教育局办手续，爸爸跑到公安派出所办户口的事儿，完了准备行李、盘缠。对，妈妈就是这么说的，让爸爸多给我准备些盘缠，出远门不比在家里，盘缠多一点心里踏实。

我是九月末离开伊犁去往北京的，直到我上路，娜佳她们还没回来，也没再给我写信。

北京的冬天感觉比伊犁还冷。伊犁雪大，不过气温不算太低；北京很少下雪，即使下也是零零星星，跟伊犁深秋季节的寒霜差不多，不过风很厉害，把厚棉衣都能刮透。快过年的时候家里来了一封信，说娜佳和唐尼娅阿姨回来了，大家都挺好，别的没说什么。寒假我没办法回去，从北京到伊犁，要坐四天三夜的火车，接着再坐三天的长途汽车，马不停蹄地跑也要八九天时间。寒假就半个多月，来回路上都不够。

那天晚上我给娜佳写了一封信，告诉她我的学习情况，还有在北京的所见所闻，说北京怎么怎么好等等。我也跟她一样，在信里称她“亲爱的”。我在信里一个字没提她们搬去塔城的事儿，怕提起来它就真的变成现实。

春节过后，刚开学，我就收到爸爸写的信，信上说唐尼娅阿姨她们决定要搬走了，这几天正在找人卖房子。尽管我心里早有准备，当得知她们要把房子卖掉，还是很震惊，就像当头挨了一闷棍，半天回不过神来。那天，我就跟丢了魂似的，离开宿舍楼，一个人漫无目的地走啊走，最后走到了圆明园。

暮色中，圆明园残破不堪的样子如同世界末日景象，碎石满地、野草丛生，身边四周死一般沉寂，如果不是几只归巢的鸟儿掠过头顶时发出“啾啾”的叫声，你会怀疑自己身处噩梦当中，而非现实世界的一角。

一阵风吹来，我听到了草木发出的沙沙声，它们好像在提醒我：天黑了，回家吧。

我当时的心境很难形容，或许原本没有那么糟糕，圆明园废墟令我触景生情，孤独、想家，又听说娜佳她们要搬走，所有这一切一股脑儿扑向我，我感到非常无助和失落。在我过去十多年的成长生涯中，从没遭遇过这样的考验和打击。

后来我想，也许娜佳看了我年前写给她的信，猜想我大学毕业一定会留在北京，因为我打小就很向往北京，也不止一次跟她说过等我长大了要去北京工作，去做工人。或许，这些都是她下决心离开伊犁的原因。

15. 听天由命

那是五月份的事儿，记得是过了“五四”青年节后的一个周末，我们班十来个男同学相约去颐和园划船，晚上还在一起喝酒唱歌，玩到很晚。那时候也没有出租车，公交车下班又早，我们被公园管理人员“请出”颐和园时，已是夜里十二点多了，空空荡荡的马路上只剩下我们几个人。当时那条路很窄，我们一字排开便占据了整条路面。我想这就是所谓的“横行霸道”了吧。

我们肩并肩一路前行，还轻声哼唱着：向前向前向前，我们的队伍向太阳……

在那一刻，我情绪激昂，一段毛主席语录一遍遍在心里荡漾：“世界是你们的，也是我们的，但是归根结底是你们的，你们青年人朝气蓬勃，正在兴旺时期，好像早晨八九点钟的太阳。希望寄托在你们身上。”

回到学校的时候都快夜里两点了，宿舍楼下的路灯底下还有人在看书学习。

这就是北大。北大学生两个极端，爱学习的刻苦得不得了，不爱学习的又自由散漫得要死。不管怎么样，一旦跨进北大的门槛，成为千里甚至万里挑一的北大学生，头上便顶起了一个令人羡慕的光环。其实，这种光环也是双刃剑，它可以成就你，也可以毁灭你。

周末的时候收到爸爸的来信，说娜佳她们的房子还没卖掉，也许她们不卖了，因为搬去塔城的事要暂时搁下来。娜佳外公家亲戚从天津写信来了，说娜佳的大外公唐掌柜现在还活着，他想见见唐尼娅阿姨和娜佳。

小时候，我从娜佳那儿听说过她大外公唐掌柜，他们一家新中国成立前就离开汉人街回天津老家了。

那个周末，我一个人跑学校外面喝酒，买了一瓶二锅头，喝了半瓶，剩下半瓶拎回宿舍。我不想把自己灌醉，所以喝一半就不喝了。我不知道为什么要喝酒，是替娜佳她们高兴吗？好像也不完全是，因为我无法猜想娜佳对这件事情到底是什么态度。

天津离北京不远。上周末有几个同学乘飞机去天津玩，票价5块钱。他们回来说，飞机一起飞就降落了，也就眨眼的工夫，都没来得及看一眼舷窗外头啥情况。我们一个月伙食费15块钱，5块钱能吃小半个月呢。搁现在，5块钱能干啥？别说坐飞机，连坐出租车都不够。这些事儿讲给现在的大学生，他们压根不会信，如果你再告诉他们那时候5分钱就能吃一顿早餐，他们肯定认为这是天方夜谭，是发生在另一个世界的故事。

中国发展得太快，短短几十年走过了一些发达国家上百甚至几百年的发展路程。对于这一切，我们似乎连静下心来大发感慨的时间都没有。

话又扯远了。

平心而论，突然冒出天津这件事，于我应该是一件好事，相比遥远天边的塔城，天津离我很近很近了。如果娜佳她们搬到天津来生活，每逢节假日我还可以去看她们，至少目前是这样，至于我大学毕业以后分配去哪儿工作，也只能听天由命。

16. 走“后门”

快期末考试了，每天起早贪黑跑图书馆占座位，忙得焦头烂额；没办法，平时不好好上课，该秋后算账了，这点惩罚是我应得的。上中学时，老师拿“临阵磨枪——不快也光”这话来批评我等平时学习不用功的学生，然而，自打我弄明白这句话所传达的含义，便将它视作法宝，不断地亲身实践，还别说，真的很管用。

显然，大学里我这样的学生大有人在，看看一大早在图书馆抢占座位的情形就知道了。

这天晚上我还是最后一个回到宿舍，灯都灭了，我摸黑铺床，手触到枕头上的一张纸，以为是同学给我写的纸条，打开手电筒一看，原来是封电报，上面写着：70次列车，15日到，娜佳。

娜佳她们要来天津探亲了！

这一夜，我难以入眠，满脑子想的都是跟娜佳见面的情形，她会哭吗？她会拥抱我吗？她会……

早晨醒来，发现宿舍里就剩我和下铺的老谢。昨天夜里我应该很晚才睡着，睡得还很沉，寝室里其他同学早上起床的动静都没吵醒我。

我在床上翻了个身，下铺的老谢拍拍床腿，问我："电报看到没？"

"看到了。"我答。

"娜佳是谁？"他又问。

"我们家邻居。"

"女孩儿？"

"嗯。"

"名字很好听。人长得漂亮吗？"

“很漂亮。她是个混血儿。”我把头探出床沿，看着老谢，“你问这干吗？”

“随便问问。”他笑说。

“打分的话，至少得 96 分吧。”我不无自豪地说。

“是吗？”他一骨碌从床上爬起来，故作震惊的样子，两眼紧盯着我，“比我那个 95 分还漂亮？”

他的那个 95 分是外语系一女生，几个月前在学校舞会上认识的，他对她一见钟情，难以自拔地陷入单恋的旋涡。应该是上个月的事儿，他终于等到一个机会，向她倾诉衷肠，结果碰了一鼻子灰，人家早有男朋友了。他伤心欲绝，一连几天吃不下饭睡不好觉。这些话都是他跟我们说的，我反正没看出来。他要是真的失眠睡不着，对我们整个寝室都是一个福利，尤其对我。他睡觉打呼噜，从入学那天起到现在，好像从没间断过。至于吃没吃饭，只有他自己知道。

上个礼拜，他请我们寝室里几个玩得好的去喝啤酒，希望大家能帮他出一些主意。大家边喝啤酒边七嘴八舌地说着，感觉说的都是没头没尾的废话，当时不知是谁，提出应该把她男朋友约出来痛揍一顿。大家觉得这主意非常好，应该马上付诸实施，一个个摩拳擦掌，替兄弟两肋插刀的架势。这使老谢深受感动。他双手抱拳，连声说：“谢谢！谢谢！谢谢！”

“你说句话，要打，咱们现在就找他去！”我借着酒劲这样对老谢说。

老谢朝我摆摆手，说：“情义领了。我一堂堂男儿，岂能行暗算之事？我要像个绅士，大大方方去找他男朋友谈，如果谈不拢，就以决斗的方式解决。‘生命诚可贵，爱情价更高’，来，咱们干一杯！”

大家纷纷起立，高举酒杯，气氛庄严肃穆，好像喝的是壮行酒。

老谢喜欢俄罗斯文学，尤其是普希金的诗。当他说出“决斗”的时候，我一下想到了普希金。难道他也想用自己的生命去捍卫爱情吗？不至于吧，他跟她其实八字还没一撇呢。

“娜佳，这名字真的很好听。她是一个人来吗？”老谢端着脸盆走到门口回头问我。

“她和妈妈两个人。她们要去天津探亲。”

“准备住哪儿？”

“不知道。我还没想好。”我看着他摇摇头。住的确是个问题，大问题。那时候住招待所要单位证明，很麻烦的。

“住地质局招待所吧，离这儿也不远，在民族学院（现在的民族大学）那儿。所长是我们家亲戚，我帮她们住进去。”

“太好了！”我一下从铺上跳了下来，“谢谢！”我冲他喊道。

这应该算走“后门”，有没有单位证明都无所谓。那个年代宾馆、招待所少，如果没有关系，有时拿着单位证明也不一定能住上。

那时候，方方面面都存在严重的供需矛盾，于是走“后门”便成为整个社会一种普遍现象。那是中学时候的事儿，我一同学的妈妈是副食品店主任，春节前店里来了一批红薯粉条。这下可不得了，一波接一波亲戚朋友加上亲戚朋友的亲戚朋友，没白没黑上他们家找他妈妈，就为求她写一张买一两公斤粉条的纸条。

不知道这件事怎么伤害了我同学，从那以后他一听到“粉条”两个字，人就不好了，有时甚至会呕吐。

17. 她穿上了百褶裙

15号那天正逢周末，老谢自告奋勇要陪我去火车站接人。

娜佳她们运气真好。我和老谢刚到站台，列车就缓缓进站了，不但不晚点，还提早了几分钟。

站台上灯火通明。隔着一节车厢，我就看到了娜佳，她从车窗伸出头，俯瞰着站台上跑动的人群。

“我在这儿！”我边挥动手臂边朝她挤过去。

我刚走到车窗跟前，她就扑向我，险些把我扑倒。我就这么从窗子里把她抱了下来。她脚还没挨地，整个人都在我怀里，顺势就在我脸上亲了一口。忙乱、甜蜜、羞涩，那一刻，将她放到地面上那一刻，我感觉大脑一片空白。

“行礼拿下来了吗？”老谢走到我身边，拍拍我问。

“还没拿下来呢。”我对老谢说。我又转向娜佳：“这是我同学。”

“你好。”娜佳脸上红扑扑的，眼神里满满当当都是兴奋的笑意。

“你好你好。”老谢也笑脸相迎，头点了又点。

“这儿还有一个老婆子呢，你们不管了吗？呵呵。”唐尼娅阿姨站在窗子里头冲我们喊道。

“阿姨好！”我扒到车窗上跟她打招呼，“阿姨，把行礼递给我。”

她们行礼不多，就一大一小两件。我们提着行礼赶紧往公交车站跑。我和娜佳两个人提大行李，老谢拎那件小的，和唐尼娅阿姨两个人跟在我们后面走。

在我的印象里，北京的公共交通永远都是拥挤不堪的，从那时的公交车到现在的地铁，始终如一，从没变过。“挤公交车被挤成照片”是北京人的调侃。这种状况一年年传承延续，也没有因为人们从地面上（地面交通）跑到地底下（地铁）而有所改变。

现在想想，年轻真好，精力旺盛，一晚上不睡觉都没事儿，那天晚上我跟老谢我们两个大男人挤一张单人床，也不知道睡着、梦着，还是醒着胡思乱想着，反正稀里糊涂熬到了天亮。

娜佳和唐尼娅阿姨睡另一间房，是个四人间，还好她们一人一张床，说睡得还可以。

吃过早饭老谢就回学校了，临近期末，不能耽误人家复习功课。临走，老谢还再三叮嘱我，趁上午天气不是太热，先去看天安门，完了再去逛王府井大街。

娜佳说她要换件衣服，回房间去了，我和唐尼娅阿姨在招待所楼下等她。娜佳前脚走，唐尼娅阿姨就急不可待地凑近我，小声问："宝贝儿子，你们学校有跟你好的女同学吗？"说这话时，她脸上的表情十分有趣，似笑非笑的表情。

"没有。"我使劲摇头。

"不会吧？是不是不好意思说啊？"她眼神里满是过来人的狡黠。

"就是没有。"我态度十分坚定。

"那、那你还是喜欢你娜佳姐姐是不是？"她差不多耳语般压低声音说道，生怕被边上什么人听到。

我脸一下红了，热辣辣的感觉从脸上扩散到全身，浑身上下都不自在起来，就跟做贼被人捉到一般。我抬眼看见娜佳从楼里出来，便抬手朝她挥了挥。

"你看看，你娜佳姐姐多漂亮啊！"唐尼娅阿姨眼望着自己的女儿，啧啧赞叹道。

娜佳穿上了苏联寄来的那条天蓝色百褶裙，上身配一件白色短袖衬衣，简直太美了，就像一幅画、一首歌。在那一刻，我简直不能自已，心里默唱起那首苏联歌曲：

正当梨花开遍了天涯
河上飘着柔曼的轻纱
喀秋莎站在那竣峭的岸上
歌声好像明媚的春光
……

对，没错，此时此刻朝我走来的正是喀秋莎，那个迷倒无数男儿的美丽的俄罗斯姑娘——喀秋莎！

“你笑啥？”娜佳走到我身边，一脸灿烂笑容，盯着我的眼睛。

这么多年，长这么大，我第一次看到她这么美，如花、如梦，轻盈、飘逸，随她而来的是一股淡淡的玫瑰花香，让我心醉令我神迷。

“太漂亮了！”我由衷地赞叹。

“你班上女同学都没有你娜佳姐姐漂亮吧？”唐尼娅阿姨不无骄傲地看看娜佳又看看我。她说话声音很大，有两个女人正好走过我们身旁，她们好奇地扭过头看了看我们。

“小声点，妈妈！”娜佳压低声音冲妈妈吼道。看她样子恨不得冲上去捂住妈妈的嘴巴，不让她说话。

18. 广场上的国旗

我们换了几趟车，到天安门广场的时候已经是中午了，火辣辣的太阳在天空照耀。

“我知道，那上面，就是毛主席站的地方，对不对？”唐尼娅阿姨指着天安门城楼，像个小孩子一样兴高采烈地嚷嚷着。

我朝她点了点头。

虽然是星期天，广场上人并不多，或许是天气太热的缘故吧。我问娜佳想不想到故宫里头看看，她问故宫是什么地方，我告诉她那是皇宫，古代皇帝住的地方。

“那，现在。”娜佳犹豫了一下，问，“毛主席在的时候是不是也住里头啊？”

“没有，没在故宫里头住。”我跟娜佳说，“开春时候，学校组织我们去参观了毛主席住的地方，那儿叫中南海，就是那边。”我说时朝故宫的西边指了下。

“哦。”娜佳朝我手指的方向看了看，轻声问我，“咱们现在去的话不让进是吧？”

“那边不让进。故宫这边可以进去看。”

“那就不去了。”娜佳朝我摆了摆手，说。

“想不想在这儿照个相？”我问娜佳。

“对呀，咱们几个人在这儿照个相，回去给你爸爸妈妈看一下。”唐尼娅阿姨第一个响应道。

我们三个顶着炎炎烈日，朝金水桥那边的照相亭走去。

“我能不能在那个红旗下面照个相？”娜佳这样问我。

“可以啊，你愿意在哪儿照都行，反正一样给他们钱嘛。”

照相师傅很不理解，大家都是站在金水桥上拍照留念，背景正好是天安门城楼。站金水桥那儿，国旗在南边，这会儿正好逆光。

不管照相师傅怎么解释，娜佳早已拿定主意，非要跟国旗合影。

照相师傅一口北京腔，很不耐烦地数落我们一通：“没见过你们这样的，大中午逆光怎么照啊，这不是故意找事儿吗？对，钱是您出，可这是钱的事儿吗？我是好心好意。”

“谢谢您了，师傅。您就给她照吧。”我跟在照相师傅后面求奶奶告爷爷，好不容易才说通。

“我站哪儿？”娜佳问照相师傅。

“您爱站哪儿站哪儿，我给您拍就是了。”照相师傅很不耐烦地摆弄着手里的相机。

“你就站那儿吧，国旗正好在你后面。”我给娜佳指了指过了桥靠近路边的地方。

照相师傅说了一堆牢骚话，也惹恼了娜佳，她心里窝着火，站那儿板着一张脸孔盯着镜头看。

那时候都是黑白照片。这张照片里，娜佳一脸严肃，头顶一面国旗，国旗之上一轮炙热的太阳，因为逆光，整个画面并不清晰。

后来，我问娜佳当时为什么那么固执，非要跟国旗合影，而不是天安门城楼？她的回答出乎我意料。她说，偌大一个广场，那面红旗孤孤单单一个人在那儿飘啊飘，看着它，心里有一种说不出来的滋味，所以决定跟它合影。

说这些话的时候，她眼圈都红了。

是啊，在她的生命里，孤单犹如无法驱散的雾霭，如影相随。妈妈总有一天会离她而去，到那时，就剩她一个人了，身边没有爸爸妈妈陪伴，也没有一个兄弟姐妹相助。

想到这些，我也忍不住流下了眼泪。

19. 饺子馆里的包饺子机

娜佳和唐尼娅阿姨在北京待了两天。去过天安门广场和王府井大街以后，娜佳就不想逛街了，我就带她们参观北京动物园。那时候不像现在，园里没有多少人，走累了还有地方坐坐。

我们早上进去，慢悠悠看了大半天，出来的时候已经是下午了。

我想起动物园前面那个饺子馆，里面有一个包饺子的机器，一条输送带将包好的饺子直接下到锅里。我第一次见到它时，简直惊呆了，站那儿傻傻地看了它半天，都忘了自己是来吃饭的。打那以后，只要路过动物园这儿，就一定会到饺子馆吃饺子，并且还要一遍遍反复研究饺子机是怎么工作的。

我把饺子机的事儿告诉娜佳和唐尼娅阿姨，她们也好奇得不得了。本来，早晨出门时我们说好参观完动物园就去吃北京烤鸭。计划不如变化，半路杀出个饺子机，把我们的计划搅黄了。

一到饺子馆，娜佳就跑进人家后堂。管饺子机的师傅是个高个子的年轻人，他十分热情，给娜佳详细介绍饺子机是怎么包饺子的。他把娜佳当成了留学生。他笑呵呵地看着娜佳："您汉语说得真好，哪个国家的啊？"

"我是新疆人。"娜佳回答。

"哦，新疆人呀。是维吾尔族吧？"

"不，我、我爸爸是俄罗斯族。"

一直以来，内地人对新疆的认知就存在问题，认为新疆人就是维吾尔族人。新疆是个多民族地区，世居民族除了维吾尔族，还有汉、哈萨克、蒙古、回、柯尔克孜、锡伯、塔吉克、塔塔尔、乌兹别克、俄罗斯等十三个历史悠久的民族。目前，新疆共有五十六个民族。

娜佳从后堂走出来，脸上显露一丝尴尬。民族，这是她一个小小的痛处，每每有人提及它，她心里总有些不舒服，不知道应该怎么告诉人家。他们户口本上写的是俄罗斯族，不知为什么，她不大愿意承认自己是俄罗斯族。或许，这跟那个时期人们对苏联的态度有关。很长一段时间里，苏联、俄罗斯人，总是跟一些不好的事情，比如特务什么的联系在一起。

上中学的时候，她不止一次跟她同学讲，她们老家在天津，她外公是天津杨柳青人。

从饺子馆出来，我们直奔北京火车站，去买到天津的火车票。

或许北京到天津离得近，火车票很好买，不像乌鲁木齐到北京的火车票那么紧张。我们买到了第二天的票，上午发车，说是几个小时就到。拿到票我就去邮电局发电报。娜佳大外公家在天津市西郊区杨柳青公社。

那天晚上刚吃过晚饭唐尼娅阿姨就说累了，要回招待所休息。我和娜佳把唐尼娅阿姨送回房间，然后跑出来玩。我们跑到黄庄那儿，找了一家馆子，进去喝啤酒。那时候伊犁还没有鲜扎啤，娜佳是第一次喝。她见旁边桌子前坐着两个年轻姑娘，一人端着一扎啤酒在喝，羡慕得不行。她悄声跟我说："你看，她们两个，太厉害了。”

“你也随便可以喝掉一扎，试试吧，来。”我端起面前的啤酒。

“我会喝酒的。”她犹豫了一下，还是端起啤酒扎，跟我碰了一下。

我们一边喝酒一边聊天。她给我讲伊犁那边的事，我给她说大学里发生的事。不知不觉，我连续喝了三扎啤酒，她喝了一扎。

“我头有点晕，醉了。”她满脸通红，笑脸望向我。

我这儿也一样，酒精已经上头了，整个人飘飘欲仙的感觉，都可以飞起来了。

在送她回招待所的路上，她挽着我胳臂，我们谁也不说话，就这样在灯火阑珊的街道上走着。

走到招待所门口，娜佳突然抬起脸望着我，说：“你说的话算数吗？”

我愣了一下，酒精使我大脑有些迟钝，不过我很快就反应过来，十分肯定地回答：“算数，当然算数！”

“你、你以后要当大干部，到时候会嫌弃我的。”她说这话时脚下退后一小步，似乎要跟我保持一点距离。

“不会不会。”我使劲摇头。话音未落，我一下展开双臂抱住了她，抱得很紧很紧，就像在汉人街后滩木板桥上那次一样。她也拦腰抱住了我。我们就这样站着，谁也没再说话。不知过了多久，我们好像突然惊醒过来似的，先分开，面面相视，昏暗中，我看到了她眼睛里闪动的泪光。我再一次将她拥入怀抱，亲吻她的额头、脸颊、还有……甜蜜得令人迷醉、疯狂的嘴唇。

20. 送别

第二天一大早我就去送娜佳和唐尼娅阿姨，老谢也跟我一起去了。

许是京津两地离得太近，抬脚走抬脚来，邻居串门似的，所以站台上差不多都是上路的乘客，没几个送行的，整个站台空空荡荡。

车厢里人多，我跟老谢上去帮她们放好行礼就下来了，站在打开的车窗下面跟她们聊天。

要发车了，唐尼娅阿姨开始抹眼泪。她扒到窗子跟前，泪眼看着我："宝贝儿子，好好的，咱们回伊犁见。"

"阿姨路上保重！"我向她挥手。

这个时候娜佳早已哭成泪人，她一手捂着嘴，另一只手使劲向我挥动。

列车启动了，我身不由己，追着火车跑起来。老谢从后面追上来拽住我。"你是准备追到天津去啊？"他气喘吁吁地嚷道。

我也哭了，泪水止不住往下淌。我转身朝出站口方向走，一路都没回头看老谢，怕他笑话我。

"嗨嗨，等等我，走那么快干吗！"老谢在我身后喊。

走到车站外的广场，他追上我，拍了拍我后背。他是在安慰我。

上了公交车，正好有座位，我们并排坐一块儿。

“谢谢。”坐下后，我跟他说。

“这么客气。”他把手搭我肩上，问：“阿姨怎么叫你‘宝贝儿子’？”

“她一直这么叫我。”

“她们好像都很喜欢你，娜佳是不是你女朋友？”

我没有回答他，眼睛看向车窗外面。说实话，我也不知道怎么回答他这个问题。

娜佳算我女朋友吗？好像算，也好像不算。我们虽然有肌肤之亲，拥抱、亲吻，而且还相互承诺。可是，跟她在一起，我心里有一种说不清道不明的东西。恋情？亲情？还是别的？

我跟她我们两个人之间，似乎隔着一层什么，虽然看不见摸不着，但它确实存在，我能感觉得到它的力量，时不时将我们推向两边，让我们保持一种若即若离的关系。

回到学校，我没心思看书，一个人待在宿舍里。吃过晚饭老谢也回来了，我们两个一上一下躺在床上聊天。

老谢跟外语系那个95分仍没有什么进展，这段日子他苦苦地在情感的旋涡里挣扎，所以尽管临近期末，他也没什么心思看书。

“你去找95分男朋友没有？”我问他。与其说我关心他跟外语系那个女孩儿的事，倒不如说是为了转移目标，让他不再追问我跟娜佳的关系，我不想说。

“没去，我怕打不过那家伙，听说那家伙当过兵，还是侦察兵，身手一定很厉害。”

“你不也当过兵吗？”

“我是文艺兵，能跟人家比吗。”

老谢当的是文艺兵，他会拉手风琴，还会跳舞，至于打架嘛，肯定不行，就他这副身板儿，人家可能一两拳就把他打趴下了。

“你把他骗到一个没人的地方，圆明园那儿也行，我帮你打他。我中学学过擒拿格斗，还会摔跤，我们锡伯族人天生都会摔跤。”我趴伏在床沿上，一脸严肃，摆出一副为朋友两肋插刀的姿态。

“那不行。”他摇头，“打架斗殴学校会开除的。”

“那你还说跟他决斗呢。”

“酒喝多了呗，都是酒话。”他看着我笑笑，“酒壮怂人胆，没听说吗？”

“那、那你不想跟95分好了？”说实话，我多少还是有点沮丧，好戏没开场，就要谢幕了。

“你知道吗，那天，我把她领宿舍来了，然后，然后我们拥抱、亲吻，我把她按在床上，想……她一下推开我，坐床边哭起来，哭得很伤心，感觉世界末日降临了似的。我还以为我吓着她了，就拼命说好话哄她。她哭够了，平静下来，泪眼看着我，问：‘我跟男朋友上过床，你不介意吗？’我听她说这话，一下傻了，不知道怎么回答她。我把自己扔到床上，仰面朝天躺着，脑子里被挖空了一样，啥想法都没有。她在床边静静地坐了好一会儿，站起身，好像整理了一下头发啥的，我一直没看她，她也没再搭理我，就、就那么走了。”

剧情变化太快，我不知道如何应对这种状况，所以只能闭嘴、沉默。我翻身仰面朝天躺在床上，眼睛盯着空无一物的天花板。我就那么一动不动地躺着，眼前浮现出上午车站上送别娜佳和唐尼娅阿姨的情形，列车远去的背影深深印刻在脑海里，挥之不去。

一次次的送别，不知何时才是终点。

想到这儿，一股怅然若失的情绪猛然袭上心头，泪水又模糊了我的视线。

21. 最后一封信

期末考试一结束，学校就放假了，也就一夜之间，校园里人去楼空，变得清清静静。火车票是学校统一订的，一个礼拜以前我就拿到票了。

昨天收到娜佳写的信，她们八月初才回家，她问我放假了去不去天津找她们，去的话可以在那儿玩几天，也可以跟她们一块儿回伊犁。

我给娜佳回信，告诉她我火车票已经买好了，只能先走一步，我回伊犁等她们。

都快一年没见爸爸妈妈和爷爷奶奶了，我归心似箭，一刻也不想耽搁，恨不得飞回他们身边。

现在回想当年坐火车的情形，还是很佩服自己，四天三夜啊，“吭哧——吭哧——吭哧——”，日夜兼程几千里，还是硬座。路上，三五学生聚一块儿，唱歌、跳舞、喝啤酒，“嗨”得不得了，也不知道哪儿来那么大精神。

如果，那时候我不急着回伊犁，而是去天津找她们，我和娜佳我们两个人的人生轨迹或许是另外一种样子。可是，凡事都没有如果，过往的岁月无法重来，错过的事、错过的人，犹如河道里奔腾而过的水流，终难回头。

整个一假期，我在伊犁玩儿疯了，就像一匹脱缰的马儿，在草原上撒欢狂奔。

记得那天早晨下了一场雨，下午大太阳。许光、建国、宁宁他们几个来找我玩。他们带了两瓶白酒，问我能不能在我们家喝，我说不行，爸爸下班早，让他看到了，肯定挨骂。我说我们可以到后滩河边去喝，从我们家果园里摘一些苹果当下酒菜。

就这样，我们来到后滩，坐在河边一片草地上，河对面不远就是娜佳他们家。他们家大门紧闭着，可以看到水磨屋顶上长满了野草。

我高中同学差不多都认识娜佳，许光跟她很熟，我还带他去过他们家。许光第一次见娜佳时，小眼睛瞪得溜圆，眼珠子都快跑出来了。他一连好几天跟我念叨，说娜佳太漂亮了，他一定要找一个俄罗斯女孩儿做老婆。

我们没有酒杯，许光从口袋掏出小刀，用苹果做了一个杯子，还挺好用。他这人学习不好，可在其他方面主意很多，上次也是，喝格瓦斯没杯子，他转身从自行车上卸下铃铛盖，倒点格瓦斯涮涮，酒杯就有了。

许光学习差到啥程度？说出来谁都不信，参加高考，他所有考卷除了自己的名字，什么都没写。他说他一个都不会。即便如此，他爸爸还是把他送进了伊犁卫校。他爸爸希望他能子承父业，成为一名中医，可是，对许光来说，看书学习简直就是一种折磨。好在他长了一副好身板，有的是力气，只要不动脑子，干啥都行，于是他爸爸就把他安排去学按摩推拿。

当改革开放的春风吹到伊犁河谷，许光便找到了自己大显身手的机会——去苏联发展。其实，说“发展”真的是抬举他了，他去苏联真正的目的就是找一个俄罗斯老婆，实现他的人生梦想。后来听说，他在那边开办了一家中医诊所，专门搞推拿。

那天，我们六个人两瓶酒，居然喝倒五个，不对，不能说喝倒，确切讲应该是喝癫狂了。有那么一阵，他们五个好像魔鬼附身，路都走不稳了，非要跳水比赛，看谁跳得好看。五个醉醺醺的家伙在河边站成一排，嘴里喊叫着“1、2、3”，然后接连跳入河中。河水很浅，就到膝盖那儿，他们五个倒栽葱脑袋插进泥沙里，开始拼命挣扎。我一看不对，赶紧跳下去救人，把他们一个一个拖上岸。

事后想起来就后怕，幸亏我还清醒，不然非出人命不可。

难道是苹果酒杯闹得鬼？这个好像不是，因为我也是用它喝的酒。要么就是下酒菜——苹果的问题。

那天我没吃苹果，记得喝第一杯的时候咬了一口，之后就再也没动。白酒本身有问题的可能性也不大，因为我一杯没少喝。

有人说喝白酒吃苹果可以解酒。凡事不可一概而论，同样是白酒和苹果，就看你怎么喝怎么吃了，如果拿苹果当下酒菜，看来是一件很危险的事儿，必须远离河流和海水。

疯狂的假期一晃就结束了。

直到我八月底离开伊犁回北京，娜佳她们还没回来。

开学第二天，课间休息时生活委员手里拿着一沓信找它们的主人。她走过我身边时停下来，丢给我一封信。我一看上面的字体就知道是娜佳写的。

我打开信封，里面厚厚两三页信纸。不知怎么，信还没读，我心里咯噔一下，有一种莫名的不安。有时，预感这东西真的很奇妙。就刚才，打开信封的一刹那，我就预感到了一种不详。

这封信一开头就跟以往不同，她没叫我“亲爱的”，直呼我的名字。她写道：

我本来想把信寄到伊犁去，想了一想，还是寄到你们学校吧，这样你一到学校就看到了。

你在伊犁玩得一定很好，妈妈昨天还念叨你，说你是一个有出息的孩子，将来一定能做大干部。

我不知道怎么给你说。我们一起长大，我们就像亲姐弟一样，比亲姐弟还要亲。所以，我很害怕自己会拖累你，变成你的负担。有好多次，我想狠下心，离你远远的，让你对我死了心。可是，每次一见到你，我就会心软，当着你的面，我连一句硬一点的话都说不出来。

不管你承不承认，我们两个之间的差距越来越大，你上了大学，我连高中都没毕业。我每次见到你，我都不知道跟你说什么，我怕你笑话我，笑话我啥都不懂。

我想我们两个做姐弟比做夫妻更好，我这样说你也许会很生气，也很失望，可是没有办法，这事早晚会发生，长痛不如短痛，趁你还年轻，好好找一个配得上你的女孩子。

我知道自己是一个什么样的人，我也知道你是一个什么样的人，我昨天跟妈妈说，如果我真心爱你，就应该离开你，不然会害了你。

大外公家邻居有个儿子，叫王海，在工厂上班，年龄比我大几岁。王海父母跟大外公说，如果我愿意，可以做他们家儿媳，不回伊犁了。

开始，我很拒绝，我不想留在天津，我留下了妈妈怎么办？后来他们说妈妈也可以留下，跟我们一起生活。

接触了几天，感觉王海挺老实，不是那种滑头滑脑的人。

大外公一家人都很看好他，说他在工厂干得很好，将来还会当技术员。

……

我瘫坐在座位上，手里那几页信纸石头般沉重，上面的每一句都像子弹一样，无情地穿透了我的心。我的心在流血。

下课了，课桌椅噼里啪啦一阵嘈杂，同学们都涌向门口。我没有气力从座位上站起来，抬眼望着同学们的背影，那些背影在我眼前幻化成一股流动的熔岩，将我活生生炙烤成一具干巴巴的木乃伊。

信里都讲了些什么，我好像看过就全忘了，一句也没记住。

当一个人绝望透顶的时候，就会患上健忘症，忘记过去、忘记现在、忘记一切需要忘记的东西，包括欢愉、苦痛等等。

我知道，从今往后，娜佳不会再跟我联系了，这封信或许就是她给我写的最后一封信。就是说，那天晚上，我和娜佳在北京黄庄那儿的小饭馆里喝啤酒，成了我们最后的晚餐。

过了好些日子，我才把娜佳嫁人的事写信告诉了爸爸妈妈。上次，爸爸来信，说阿不来提回家探亲，听说娜佳结婚的事，抱头痛哭，嘴上还噜噜啦啦说着什么，也听不清楚。

22. 面朝太阳升起的东方

大学一毕业我就回新疆了，在中国科学院新疆分院化学所上班。很显然，我的这份工作，一眼就能看得到尽头，也能看到几十年后的自己。不管我愿不愿意，至少眼下，我无心跟自己的命运做任何的抗争，无论生活，也无论工作、事业，由它去吧。

我们那个时候，大学生并不多，所有单位都争着抢着要。我也想过是不是换个单位换种工作，可心气儿没那么足，没有动力，决心也不大。每每生出跳槽的念头，我总能找到一些理由一些借口，来堂而皇之地为自己安于现状和混日子的行为涂脂抹粉。

有好几次，我想给娜佳写信，问问她的近况，问她在天津生活得好不好。可是，拿起笔，半天写不出来一个字。我一想到她可能已经嫁人，跟另一个男人生活在一起，就感觉心痛，痛到绝望，痛到没有气力使唤手里的笔。

参加工作这几年，单位同事还有身边朋友，没少张罗帮我介绍对象的事儿，或因为不好推辞，或碍于面子等等，我也见过一些，不多，七八个应该有了，也都不了了之。不是人家不好或不漂亮，也不能说我看不上人家，而是，我压根儿就不想谈恋爱，至少眼下是这样。

那段日子于我甚至可以说是一种摧残，内心受到的折磨只有自己知道，也只有自己默默承受。

春节我回伊犁过年，给谁都没讲，我一直猫在家里没出门。初四那天下午，铁匠穆萨来了。

"你是不是把我这个师父忘记了，回来也不去看看我？"铁匠穆萨一见我就责怪道。

我赶紧向他赔不是。我说我忘了谁也不会忘了穆萨喀，他不光是我师父，也是最亲的大哥。铁匠穆萨听了，咧嘴一笑，说我上了几年大学，学没学到大本事不知道，反正嘴巴是练出来了，跟抹了油似的，说的话很入耳。

铁匠穆萨跟我聊起铁匠铺、聊起汉人街、聊起那些他认为我会感兴趣的事情。

“你还记得那个马鞍子吗，就是那个黑尼巴图尔用过的马鞍子？”铁匠穆萨突然想起什么似的，这样问我。

“记得呀。怎么了？”我问。

“那天，买海提大哥来了。”铁匠穆萨说。他从口袋里掏出莫合烟盒子，撕了一片报纸准备卷烟。我把桌上的香烟朝他推过去，他摆了摆手，说：“香烟劲小，抽着不过瘾，还是莫合烟好。”

“买海提大哥还好吗？”

“他还是老样子，没啥变化。”铁匠穆萨把卷好的烟放进嘴里，点着深吸了一口，“他说，今年开春的时候，黑尼巴图尔死了。”

“啊——”我有些惊讶。我记得什么人给我说过，黑尼巴图尔在苏联早就被人杀死了。

“‘啊’啥？”铁匠穆萨对我的这般反应有些莫名其妙，抬眼望着我。

“不是说他早就死了吗？”

“谁说的？他没死，一直活得好好的。”铁匠穆萨往烟灰缸里弹了弹烟灰，继续说道，“听买海提大哥说，黑尼巴图尔在苏联过得一点都不好，孤苦伶仃，连个帮他烧茶的人都没有。”

“他老婆呢？不是说他是被他老婆骗过去的吗？”我问。他被他年轻漂亮的老婆骗到苏联去这事儿，知道的人很多，在汉人街随便抓住一个老人问，得到的答案大抵都是这样。

“他老婆？不知道，买海提大哥没跟我讲他老婆的事，就说他死了，死之前好多年，他就一个人过了。”铁匠穆萨一边抽烟一边说。

“哦。”我轻点了一下头。

我从妈妈那儿了解来的黑尼巴图尔跟铁匠穆萨讲的这个黑尼巴图尔，好像不是一个人，差别太大了，根本就是完全不同的两个人。

铁匠穆萨向我讲述着他知道的有关黑尼巴图尔在苏联的生活，尤其晚年的悲凉故事。

黑尼巴图尔居住在一个靠近山边的小村子里，他家边上就是一座小山，半山腰的地方有一块大石头。当太阳从东方升起，第一抹阳光就洒在那块石头上，明亮而温暖。每天早晨喝过早茶，黑尼巴图尔就会离开家，爬到半山腰那块石头跟前，背靠石头面朝东方坐下来，卷上一支莫合烟抽着，一双眼睛出神地凝望着东方——他家乡的方向。

“可怜的老人。”我禁不住嘀咕了一句。

“唉——，离开生养自己的土地，不可怜才怪呢。”铁匠穆萨抽了一口烟，轻轻摇了摇头，叹息道。

“那，他为什么不回来？”我看看铁匠穆萨，这样问。

“不知道。”铁匠穆萨摇摇头，“今年开春的一天，黑尼巴图尔也跟以前一样，喝过早茶就上山了，一直到下午都没下来。他邻居家有个小男孩儿，跑山上去玩，发现黑尼巴图尔靠着那块石头睡着了，叫了半天都没叫醒。人老了，无依无靠，真的很可怜。”说这话的时候，铁匠穆萨的眼圈好像红了。

“他年轻时候在伊犁呼风唤雨，谁能想到他还会有今天。真凄惨。”我感慨。

铁匠穆萨长叹了一口气，看看我，突然跟我说：“你给娜佳写封信吧，就说我说的，让她们母女两个回来，回到自己的家。如果我们只有一碗饭，也会分她们半碗。”

不知怎么，听到铁匠穆萨这样说，我突然感觉自己眼圈也湿了。我把头转向窗户那边，点了点头，啥也没说。

23.“滚蛋”的饺子

铁匠穆萨走后，妈妈到我房间里来，跟我商量去瓦洛加舅舅家拜年的事，明天就初五了，再不去有点说不过去，人家可是每年都来我们家拜年，今年除外，今年他们没来。妈妈说，要么我一个人去，要么跟妈妈一起去，两者选一。这还用选吗，当然我一个人去了，我又不是三岁小孩儿，跟妈妈屁股后头去人家里拜年。

第二天一早我就去给瓦洛加舅舅和舅母拜年。

大家见面，面上看起来依然亲密无间的样子，有说有笑，但是，我分明从瓦洛加舅舅的笑容里看到了异样。不论是不是我过于敏感，还是别的什么，反正我心里感到了一丝不自在。

瓦洛加舅舅看起来老了很多，原本一头黄发，现在变成了灰色，腰也不如以前那么板直了。舅母变化不大，还是老样子，大大咧咧的，见我一口一个“大学生”叫着，非要留我吃午饭，说要给我送行，要给我包饺子。我知道这是汉族人的讲究，出门要吃“滚蛋”的饺子，讨个吉利，祝福上路的人顺利“滚”回家。

舅母在厨房里忙活，我和舅舅坐在客厅的壁炉旁聊天。他怪我没早几天来看他，我实话实说，除了初一去给爷爷奶奶拜年，接下来几天都在家睡懒觉。我问他现在还打不打猎了。一听打猎，他一下来了兴致，瞪大眼睛盯住我，问：

“你想去打野猪吗？”

我赶紧摇头：“不去。我就一个礼拜假，得赶紧回去上班，不然会扣工资。”

“也是啊，你现在可是公家的人了，要遵守纪律。”瓦洛加舅舅说着从壁炉边上拿起莫合烟袋，抽出一张烟纸给我递过来。

“我不抽烟。”我朝他摆摆手。

“不抽烟好，抽上了就戒不掉了。”说着他把两条腿朝两边岔开一点，拿手指指裤子上的一些小洞，“看见了吗，才穿上的新裤子，烧了好几个洞。你舅母看见了又要骂我了。有啥办法，我也不是故意的，是不是？嘿嘿。”舅舅说完咧嘴傻笑。

“舅舅咋不抽香烟？抽香烟就不烧衣服裤子了。”我说。

“抽香烟痰多，莫合烟没有，而且便宜。你舅母现在越来越抠门，零花钱一分都不多给。”舅舅眼睛朝厨房那头看了看，嘟嚷道。

我无言以对。舅母节俭是有原因的，她身体不好，经常吃药，他们还要供两个孩子上学，舅舅一个人的工资勉强养活一家人。

“对了，你都工作了，准备啥时候结婚呀？”舅舅问这话时目光很快地从我脸上划过，人显得有些慌乱。或许他突然意识到自己问了一个不该问的问题。

“早呢。”我轻描淡写地回答，眼睛也没看他。

“那个，我姐姐，年初的时候来过一封信，说她们在天津生活的还可以，就、就是……”瓦洛加舅舅突然把话打住，支吾起来。

“她们，没事吧？”我听出来舅舅话中有话，故作镇静，这样问道。

“好像，有一点问题，就是娜佳跟她男的……”瓦洛加舅舅提到娜佳的名字，不自觉地停顿下来，就在这时舅母出现在了门口，她听到了我们的对话。她狠狠瞪了舅舅一眼，随后转过脸看向我，问：

“咱们吃羊肉皮牙子（洋葱）饺子，怎么样？”

“好啊！”我爽朗地应道，就跟啥事都没发生一样。

临出门，她再一次瞪了舅舅一眼。很显然，她不想让舅舅跟我谈娜佳的事儿。

年轻人都很敏感，尤其浸溺于情感旋涡当中的年轻人，敏感得犹如受惊的烈马。

从瓦洛加舅舅欲言又止的样子，我已经猜想到娜佳过得并不好，至于不好到什么程度，我想唐尼娅阿姨也不会毫无顾忌地全都告诉他，她是一个既爱面子又虚荣的人，这一点我心里非常清楚。

就在刚才，当舅舅提及“娜佳和她男的”的时候，我心里一阵绞痛，痛过之后似乎雨过天晴一般，一下就轻松起来，好像还有那么一点点，当然不是幸灾乐祸，绝对不是那种感觉，而是有那么一点点，怎么说呢，当什么东西失而复得的时候，你才会有这般爽快心情。我突然有一种冲动，好像有一股无形的力量开始推动我，推动我离开瓦洛加舅舅家、离开伊犁、离开乌鲁木齐，奔向遥远的天津，奔向娜佳的身边。

24. 我去接她们回来

回到乌鲁木齐的第二天早晨一上班，我就去找所长，把一张写好的请假条搁他桌子上。假条内容是这样的：我姨姨和姐姐在天津遇到了麻烦，我去接她们回来。

“你姨姨和姐姐遇到什么麻烦？要不要我给当地政府或者派出所打电话，寻求帮助？”所长将目光从假条移到我脸上，有些焦急地问道。

“她们、她们不想在那儿待了，要回来，我去接她们。”我支吾道。

“她们不能自己回来吗？”所长问。

“不能。”

“非要你去接？”

“对。”

我决心已定，谁也甭想阻拦，所长从我的态度和举止中也意识到了这一点。

“这样吧，你先回去，我跟张主任商量一下。”所长看着我说道。张主任是我的顶头上司，也是我的实验室搭档。

“我现在就去火车站买票。”我走到门口，回头给所长撂了这么一句，便一溜烟朝2路公交车科学院站跑去。

我当时的心情和决心，也只有我自己清楚，我是铁了心了，一定要马上、立刻就上火车，去天津，去找娜佳，还有唐尼娅阿姨，把她们一块儿接回来。

有时候，一个人的运气好坏，好像跟这个人的决心大小是成正比的，决心越大，运气也就越好。这不是吗，我刚到火车站，一走进售票大厅，就有一个人火急火燎地从我身后跑进来，手里拿着一张票样的东西，直奔退票窗口那儿。我愣了那么一下，随即紧跟上去，问他是不是要退票，退哪儿的票？那人转过脸看我一眼，说今天晚上去北京的票，家里出了点事，不能走了。我一把拽住他，太使劲了，把人家胳膊都拽疼了。

“你咋回事，使劲抓我？”那人惊叫道。

“把票卖给我，我有急事去北京！”我也几乎喊着说。

这时一下围拢过来好几个人，当中不乏票贩子。说时迟那时快，我把那人手里的票一下就抢了过来，然后问他多少钱。

边上有人跟那人说自己可以加价购买，应该是票贩子，那人看了那家伙一眼，转过脸跟我说：

“小伙子，我看你真有急事，就给你了，票面有价格，是多少就给多少，不挣你一分钱。我可不是二道贩子！”

显然，他最后那句话是说给票贩子听的。

我给那人付了钱，谢了又谢，就马不停蹄地跑回宿舍收拾东西。

我拎了一包换洗的衣物啥的，正要离开宿舍，张主任跑来了，通知我所长批了我的假，来回十二天时间，从明天算起。

那个时候我已经顾不上假不假、多少天假什么的，满脑子就一个念头：赶火车，去天津。

后来，我也曾回忆过那次赶火车去天津的经历，怎么也回忆不起来，我是说，根本记不得自己在火车上是怎么度过的，睡没睡觉、吃没吃东西，这些一概都记不起来了，脑子里一片空白，好像这件事从没发生过。

从北京转车去天津，中间间隔了大概三个小时，这个我记忆犹新。我把包存到行李寄存处，在火车站附近找了一家理发店，一进门我就告诉准备给我理发的阿姨，我要赶火车。理发师阿姨手脚很麻利，理发洗头总共也就十多分钟。完了我跟她要了一点擦脸油抹脸上。她站在一旁看着我，笑说：“嘿，小伙子还知道臭美哎。”

我从理发店出来，就近找了一家饭馆，美美吃了一顿，好像几天来第一次吃饱肚子。

25. 我是她弟弟阿林

娜佳大外公家在天津市西郊区杨柳青公社。这地址我铭刻在心，永远不会忘记。

下了火车，根据以前写信的地址，没费太多周折，我就找到了娜佳大外公家。

我敲门，开门的是一位老爷爷，我猜想他应该就是娜佳的大外公唐掌柜。

“爷爷好。我是来找娜佳的，我是她弟弟阿林。”我站门口，向老人说明来意。破天荒第一次，我在别人面前公开承认她是我姐姐我是她弟弟。

老人看着我，顿了一下，惊喜地大声问道：“你就是、就是那个上北京大学的阿林吗？”

我朝老人点头笑笑。

“快进来快进来。”老人给我让开门，请我进去，“娜佳前几天还跟我提起你，说你已经大学毕业了。”

“我已经工作了。”我一边往屋里走一边跟老人说。

这时从里面屋里走出来一位大姐。老人给大姐介绍说：

“他就是娜佳常说的那个阿林，北京大学的大学生。”

“来来，坐这边沙发上。”大姐给我指指沙发，让我坐下。

不等我坐下，老人就吩咐大姐道：“你赶紧去王海家，把娜佳她们喊来。”

“我给你倒杯茶，你先喝着，我这就去叫娜佳过来。”大姐跑进里屋端了一杯茶水搁我面前的小茶几上，“爷爷，您先陪客人说说话，我这就去叫娜佳。”说着大姐就出门去了。

“爷爷，您也坐下吧。”我起身给爷爷让座。

“你坐着，我都坐了一上午了，站一会儿。”老人站在我对面，一脸堆笑，眼睛里好像闪着光的样子，“小伙子，你最近回过伊犁吗？”

“春节回了。”我说。

“快给我说说，现在汉人街变啥样了？”老人显得有些激动的样子，乐呵呵地望着我，等我答复他的问题。

说实话，老人的问题有点为难我，我不知道该怎么给他描述现在的汉人街，因为，这些年我很少光顾那里，也从没想过有人会问我这个问题。对了，过年的时候，妈妈唠叨过几句汉人街的事儿，说那些老房子有的都塌了，也不知道那些泥糊糊的街巷啥时候能好好修一修。我正在心里酝酿该怎么跟老人说这些，门一下被撞开了，第一个冲进来的是娜佳，她朝我扑过来，把我生生压在沙发上，压在她身下。她抱住我的头，还咬了我耳朵一口，那一刻，我好像失去了知觉，也不知道疼了。紧跟后面进来的是唐尼娅阿姨，人还没进门哭声就已经传到我耳朵里。

“来，给我看看我的宝贝儿子，看他长成啥样了。”唐尼娅阿姨走到沙发边上，拨开娜佳紧抱住我脑袋的手，俯身亲了亲我额头。

“你们都快把小伙子闷死了，让人家坐起来，好好说话。”老人站一旁嚷道。

娜佳坐起来，顺手也把我拉起来。她抹了抹眼泪，一脸笑容，笑得很灿烂，至少她直视着我眼睛的那一刻是这样。

“你咋不说一声就跑来了？”娜佳小声嗔怪道。

我坐那儿只管笑，啥也不说。我看看娜佳又看看唐尼娅阿姨。她们变化都很明显，娜佳变瘦了，也变憔悴了；唐尼娅阿姨老了很多，头发都差不多全白了。我心里突然难受起来，不知道她们在这儿的这几年，日子是怎么度过的，看她们的样子，肯定不是很如意。

“你爸爸妈妈怎么样？”唐尼娅阿姨问我。

“挺好。”我回答，“我春节回家了。对了，我现在在中国科学院新疆分院上班，在乌鲁木齐。”

“你都工作了？”唐尼娅阿姨一副惊喜不已的神情，“这么快就读完大学了？”

“大学就四年，他早就毕业了，都工作两三年了。”娜佳跟唐尼娅阿姨说。

“你春节回伊犁都见到谁了？快给我们说说。”唐尼娅阿姨迫不及待想知道伊犁亲友的情况。

我把见到瓦洛加舅舅和舅母的事儿说了。还说我爸爸妈妈也非常惦念她们。唐尼娅阿姨听了，又开始抹眼泪。

26. 缘未了

到天津那天晚上，唐掌柜老人吩咐孩子们摆了一桌席，请我吃饭，场面有些过于隆重了，搞得我很不自在。唐掌柜的大儿子比我爸爸都大，还在那儿屁颠屁颠跑来跑去替父亲招呼我这个远道而来的客人。

那天，唐掌柜家的人差不多都到齐了，坐了满满两大桌子，老人的大儿子、小儿子、女儿女婿、孙子孙女都到了，也都一一介绍给我认识。这是一个大家庭。

娜佳公婆家的人一个没来，王海也没来，是没请还是请了没来，就不得而知了。

一大家子人，都纷纷给我敬酒，幸好我酒量不错，不然早被撂倒了。

酒席结束，除了唐掌柜老人和今天第一个见到的那个大姐，其他人都各回各家了。大姐是唐掌柜的孙女，从小就跟爷爷一起生活。唐掌柜留我住他们家，他们家三间卧室，正好一人一间。娜佳和唐尼娅阿姨一直陪我到很晚，她们回家的时候差不多已是半夜了。

第二天一早娜佳就跑来了，喊我起床，我睡过头了。她叫醒我之后就在客厅跟唐掌柜说话，我听见她说王海出差去东北了，下午回来。

我洗漱完，娜佳就要拉我出门，大姐说早饭准备好了，吃了再走，娜佳说她要带我去吃天津小吃，就这样拉我走了。她风风火火的性格依然没变。

我们从早餐店出来，她问我："吃饱了吗？"

"饱了。"我回答。

"骗人。"

"真的。"

"我看你都没怎么吃。"

"不太饿。"

"要是奶茶、馕，还有果酱奶油这些，你就不会说不太饿了，是不是？"她笑脸望着我。

"这个吗，当然了。"我也笑了。

"去逛街还是去看电影？"她问。她说这话时没看着我，眼睛故意望向别处，我知道她的心思。

"咱们去看电影吧。"我说。我看着她，我自信我看她的目光坚定而且有力，跟我说话的口气一样。

我们走了两条街就到了电影院门口，票价两毛钱，忘了是什么电影，电影院里空空荡荡，一半座位都空着。我们没有对号入座，跑到最后面一排的一角坐下，周围一个人没有。

电影开始了，扩音器里传出来音乐和演员们的对话声，电影院里既安静又嘈杂。

"你咋想起来看我们？"娜佳在我耳边问。

"唐尼娅阿姨给舅舅写信了。我知道你过得不好。"

"妈妈也真是。"娜佳嘟哝道。

"我该好好感谢她，不然我永远不会知道你过得不好。"

“唉！那又怎么样？”娜佳轻叹了一口气。

“我、我现在知道该怎么样。”我一下抓住她的手，抓得紧紧的，“我是来带你、带你们回家的！”

“啥？带我们回家？”她想把手抽回去，可她办不到，我不会松开，“你不知道我已经结婚了吗？”

“知道。但是，你也可以离婚。”

“别胡说。”

“我没胡说。我是认真的。”

“……”她好像说了什么，我没听见。

“如果你不跟我回去，我也留在这儿，不走了。”我说话声音虽然很小，但很有力，一字一句，掷地有声。

“为啥？”

“我不想让你受欺负，我心疼你，我、我……”我不知道还应该说些什么。说到“我心疼你”，不知怎么，心里一阵酸楚，眼泪也流了下来。电影院里忽明忽暗，我以为她看不到我流眼泪，可她看到了，掏出手绢给我抹泪。

我们谁也不说话了，静静地感受着对方的存在，视若无睹地望着闪动的银幕。在那一刻，我突然有种错觉，自己好像置身一个虚实交错的时空当中，过去和现在叠加一处，分辨不清此时此刻是真实还是虚幻。

我紧握住她的手不松开，生怕一松开她就会消失不见了。

“有一句话，我知道说的啥意思，可说不出来。”娜佳把另一只手搭在我手上，幽幽地说，“意思就是，早知道现在这样，为啥那样做。”

“早知今日，何必当初。”我看着她的眼睛，小声说。

“我就想说这句话。”她也盯着我的眼睛看。

“现在也不晚。”我说。无论我看她的眼神还是说的每一句话，都坚定无比，没有一丝一毫的犹豫。“他好像还打过你，是吗？”

“你问这些干啥？”

“我想以牙还牙，揍他！”我咬紧牙关，从牙缝里吐出几个字。

“都过去了。我们年前已经商量好了，过了年就办离婚。”

“真的？”我不敢相信自己的耳朵，差点喊出声来，“是真的吗？你可别骗我。”

“是真的。”娜佳深呼了一口气，好像把什么不好的东西吐掉似的，“都结束了，就像做了一场噩梦一样。开春了，我们就回家了，回伊犁的家。”

“太好了！”我压低声音说。不管回哪个家，只要离开这里就好。“我知道我们，我和你，缘分未了。”

“有件事求你，你如果见了王海，不能打架，知道吗？”

“这个我可以答应，不过你也要答应我一件事。”

“说吧。”

“你和王海赶紧去办离婚手续，明后天都行，办完手续就跟我一起走。”我用不容置疑的口气说。

“这个，这个要不要跟妈妈商量一下？”娜佳看着我问。

“以后，遇到什么事情，你跟我商量就行了，我已经长大成人，可以保护你。”说着我又一次握紧她的手。

至此，我们谁也不说话了，静静等候电影结束散场。

27. 我要和她结婚

我在天津待了一个礼拜，所长批的假期已经用完了，昨天下午我给张主任发了一封电报，续假四天。

娜佳跟王海的离婚手续昨天上午才办妥，前两天王海他们单位领导还来给娜佳做思想工作，希望他们重归于好，好好过日子。娜佳主意已定，谁说都没用，别说王海单位领导，就是她亲妈唐尼娅阿姨的话她也不听了。

可以感觉得到，唐掌柜老人一家，对娜佳的事怀有一份愧疚，毕竟这件事是他们促成的，未曾想好事变成了坏事。

昨天一早娜佳就跟王海去民政办手续，我和唐掌柜老人留在家里等她，唐尼娅阿姨跟大姐上街去了，说是要买些东西带回伊犁。

我和唐掌柜老人坐在沙发上喝茶聊天，老人也把他知道的娜佳跟王海的事告诉了我。王海年岁已经不小，他跟娜佳结婚之后，急切想要个孩子，可几年过去，娜佳这儿一点动静没有。他怀疑娜佳身体有病，所以迟迟不能怀孕，就鼓捣她去医院做检查，结果一切正常。有次两人吵架，王海骂娜佳是一头不会怀孕的骡子，娜佳气急了，就回敬他一句，说他是太监。王海就动手打了娜佳，从此两人就分居了，娜佳一直跟妈妈住一起。

年前娜佳还在一家儿童服装厂上班，才辞职没多久。

看来娜佳早有离开天津的准备，我来得正是时候。

“她们娘儿俩回去以后可怎么生活啊。唉——”老人长叹了一口气。

“爷爷，她们还有我呢，我会照顾她们。”我说。

“你将来成家了，有了自己的妻儿，就不好照顾她们了。”

“我、我要跟娜佳结婚。”不知道哪儿来的勇气，我就这样跟唐掌柜老人说了，也没考虑他会有怎样的反应。

老人瞪大眼睛看我半天，低头看着自己的一双手，不再言语，不知道在想些什么。

“你、你是认真的吗，孩子？”沉吟半晌，老人这样问我。

我点点头，说：“认真的。”我只想说，我跟娜佳，我们两个早就该在一起。我们从小一起长大，就跟亲姐弟一样，难以割舍彼此，只是，成长过程中出现了一些问题，现在一切都过去了，风停了，雨住了，太阳出来了，我们的好日子就要开始了。

“小伙子，你是好样的，我相信你会照顾好她们。”老人顿了顿继续说，“过日子不会一帆风顺，磕磕绊绊总是会有的，有耐心就行。我已经老了，不中用了。不过，我还是有一点能力的。小伙子，你说吧，你要我怎么帮你？”

“谢谢您，谢谢您留我住您这儿，已经很麻烦您了。”

老人朝我摆了摆手，说道：“你没听明白我的意思，我是问你，要不要我在经济上帮你一下；你工作没几年，工资也没多少，将来过日子用钱的地方很多。”

“不用，爷爷，我们可以养活自己。”

“你愿不愿意告诉我，你现在一个月挣多少钱？”

“一个月八九十吧。我们还有年终奖金，乱七八糟加起来，也不少。”

“小伙子有骨气。我年轻时候也跟你一样，很自信。”老人脸上露出笑容，“新中国成立以前，我离开天津去伊犁的时候，比你还小，身无分文就去闯天下了。不过我运气不错，在那儿遇到了贵人，在他的帮助下学会做生意，而且越做越大，也算发了一笔小财。”

唐掌柜老人和他弟弟唐彼得的故事，我小时候就听唐尼娅阿姨讲过，到现在都没忘记。如果不是因为时局动乱，唐掌柜老人或许就不会离开伊犁，离开汉人街。

28. 西去的列车

办完离婚手续，娜佳好像一下变成了另外一个人，有一种雨过天晴的感觉。

第二天就要坐火车离开天津了，晚上我们两个出去逛街，唐尼娅阿姨要陪唐掌柜老人说说话。

“天津待了几年，马上就要走了，你啥心情？”我拉着娜佳的手，我们走在冬季里寒冷而空旷的大街上，旁若无人地说着走着。实际上，那个晚上，大街上也确实没几个人，空寂得都有点让人起疑，难道这是一座空城？

“过去的事，我要把它们统统忘掉，所以，我现在的心情，就跟头顶上面的天空一样，除了本来就有的星星和月亮，其他什么都没有了，干干净净。”娜佳抬头望向深邃的夜空，好像那里有我需要她答复的所有答案。

一阵风吹来，很冷，娜佳紧握住我的手，担心我被风刮跑了似的。

“如果我不来，你会这么快下决心办手续离开天津吗？”我这样问她。

“不知道。”她看我一眼，笑笑，“好像，一切都是命里注定，命里注定在我的生活里出现一个那样的男人，也命里注定我跟他不会长久。”

“还有，命里注定你将跟我在一起，我们情未了缘未结。”我像朗诵诗一样大声说出上面的话。

又一阵风吹来，好像比刚才更加寒冷，可我对它毫无反应，内心里激荡着的热情战胜了黑夜和寒冷。

“你会在乎我嫁给过另一个男人吗？我这问题太傻了，还用问吗，你一定会在意的。没关系，如果你觉得自己很吃亏，可以找一个姑娘结婚，好好过日子。万一，我说万一你们过不下去了，就离婚，再回来找我，我会一直等你。”

“别说傻话了。我来天津，就是为了接你和唐尼娅阿姨回家的，回我和你咱们两个以后的家。”我深情地说。

“你会像以前一样爱我吗？”

“会。”

“我也会。”她说着突然停下脚步，面向我站住，轻声说：“吻我。”

我一把将她搂进怀里，疯狂地亲吻她的眼睛、嘴唇……我听见她轻声呻吟着说：“我要、我要给你、生、生孩子，好多孩子。”

第二天一早，我们就坐火车离开了天津，到了北京也没做停留，买上票就急不可待地坐上西去的列车。

我和娜佳，还有唐尼娅阿姨，我们归心似箭，好像无论什么都无法阻挡住我们回家的脚步。

事实再一次证明，决心大小跟运气好坏是成正比关系的，决心越大，运气也就越好。到了北京，一下火车我和娜佳就去买票，居然买到了一张卧铺两张硬座，正好，卧铺给唐尼娅阿姨，两张硬座我和娜佳两个坐。

同样是四天三夜的旅程，去时跟来时简直是天差地远的两种感受。简单讲，去时于我是一种煎熬，所以，在记忆的空间里不会有它的位置，本能已经将其清除得干干净净；而来时却是另一番景象，那是一种美好、一种甜蜜、一种温馨、一种希望，所以，它们会长久地存留在记忆里，存留在我们未来共同生活的每一年、每一月、每一天、每一刻。

西行的列车飞驰电掣般追逐着落日、追逐着落日遗留在天边的一万朵玫瑰。

“我们真的要回家了！”娜佳把一双闪动着泪光的眸子从车窗外收回，深情地看向我。

“是啊，我们要回家了！”我也激动不已。我恨不得自己有一双翅膀，飞出窗外，带着她飞向遥远天边的伊犁。

坐在我们对面的阿姨看看娜佳又看看我，问：“你们是出来旅行结婚的吧，是不是想家了？”

我向她点点头。

“姑娘真漂亮。”阿姨看我一眼，笑笑，“小伙子真有福气。”

娜佳把一只手送到我手上，我紧握住了它。

已经入夜了，旁边座位上的一对男女相偎着睡着了，两个人的脑袋你来我往地晃荡着。

我问娜佳想不想睡觉，她朝我轻轻点头，然后就把头放在我肩膀上，闭上了眼睛。我透过车窗看到了远天的星星，还有大地上的灯火，它们遥相呼应，诉说衷肠。

列车“吭哧——吭哧——”向前行进，车轮有节奏地撞击着铁轨，我的心也有节奏地撞击着胸膛，充满了无限的力量。

娜佳睡着了，睡得很安心。